长篇小说

金拇指

郑渊洁

著

陕西新华出版
太白文艺出版社·西安

果麦文化 出品

目录

第一章　儿子吃狗粮　　　001

第二章　米小旭的电话　　010

第三章　同学聚会　　　　019

第四章　下注赌博　　　　034

第五章　开门红　　　　　044

第六章　一败涂地　　　　058

第七章　向胡敬求救　　　078

第八章　泥沙俱下　　　　098

第九章　意外发现　　　　105

第十章　难以置信　　　　114

第十一章　惊心动魄　　　127

第十二章　出人意料　　　138

第十三章　所向披靡　　　149

第十四章	向米小旭提条件	167
第十五章	还债	175
第十六章	不速之客	182
第十七章	四面楚歌	193
第十八章	国贸之夜	206
第十九章	不愿意当奶奶	222
第二十章	真相大白	231
第二十一章	狗血喷头	242
第二十二章	铁窗内外	249
第二十三章	指点迷津	258
第二十四章	两条人命	269
第二十五章	无处藏身	274
第二十六章	涅槃境界	281

第一章　儿子吃狗粮

　　当被我经历过一万七千五百多次的清晨又一次光临我时，我着实感到厌倦。我睁开眼睛，预看上帝分配给我的属于我的这一天，我不知道怎么打发它。前些年的某天，当我从一张报纸上看到"雷同"这个词时，我马上想到了人生的每一天。世上还有比人生的每一天更雷同的事吗？那张报纸上说，雷同是杀害艺术品的刽子手。照此推论，雷同的生活就成了杀害人生的刽子手。今天和昨天的经历一模一样，今年和去年的经历如出一辙：吃饭、睡觉、方便、上学、工作、结婚或独身、有孩子或没孩子……活一天就知道一生了，干吗还要雷同重复地活？既然每个生命都是由雷同构成的，干吗唯独苛求艺术家在创作作品时不能雷同？既然雷同是生活的本质，并非来自天外的艺术家，如何能不受雷同生活的耳濡目染进而将雷同自觉不自觉地融进他们的作品？

　　我希望我的故事能使你的今天不雷同于昨天。追求新鲜的生活大概是很多人梦寐以求的理想。你可能根据我刚才的言论在猜测我的性别、年龄、职业、学历甚至姓名，我估计你没猜对。

　　用半老徐娘形容四十八岁的女人，属于过誉；用穷光蛋形容全家存款累计不到三千元人民币的人，比较贴切；用半文盲形容只上过小学的人，相当宽容，因为如今有人称不会使用电脑的人为半文盲，包括大学毕业生；用准残疾人称呼左手只有四根手指头的人，恰如其分；将失业美誉为下岗，有阿Q直系后代的嫌疑。

我是半老徐娘加穷光蛋加半文盲加准残疾人还兼阿Q。我的名字是欧阳宁秀。欧阳是复姓。我现在所处的时代是二十世纪末。

你可能会说，看你的语言不像半文盲呀？你如果认为精彩语言都出自有大学及以上学历的人之口，你就大错特错了。我断言你没去过随便哪个单位的食堂帮厨。大师傅和揉馒头洗菜刷碗的小工在烹饪期间说的话，那才是真正的字字是真理，一句顶一万句。你就是把刀架在大学教授的脖子上，他们也说不出如此饱含哲理如此生动的话。你肯定听说过这个典故：一个君主让大臣将天下的道理整理给他看，大臣整理出数百万字。君主说太多了，你精简后再给我看。精简了一半，君主说还是太多。又精简了一半，君主还是嫌多，他说我要你把人世间的道理给我概括为一句话。大臣为难。大臣的仆从见主人回家愁眉不展，问怎么了。听主人说完后，仆从说，将人世间的道理概括为一句话，依我说，就是"天下没有免费的午餐"。大臣向君主转述，君主顿悟，说：没错，这句话概括了天下所有的道理。

你看看，古往今来，没文化的人说出的道理比有文化的人多得多。这是由于对生活感受最深的，是生活在最底层的人。越往上，越肤浅。和大海的道理一样。浮在上边的东西能有深度？

说是这么说，你可能还是有疑问：你的遣词造句好像很有功底呀？

这得归功于我喜欢阅读。不管是报刊还是书籍，只要是进入我的视野的，我不把它们生吞活剥绝不罢休。我没钱，我几乎没买过一本书。好在如今拿书当书的人越来越少，这当然首先缘于不是书的书越来越多。于是亲朋好友左邻右舍家的书都成为我免费的午餐。我看书没负担，一不为应试，二不为功名，三不为谋生，只拿看书当娱乐，我没钱进行别的娱乐项目。看久了，言谈话语自然潜移默化。需要说明的是，我的言谈话语只限于在心里自言自语，我从不和别人包括家人说我现在和你说的这种话，我没有说这种话的资格。

和你说了这么多，虽然今天和昨天一样没意思，可我还得起床，我必须给丈夫和儿子做早饭。他们要去上班和上学。没事的人伺候有事的人，这可能是所有人类家庭的规矩。其实，什么叫有事？什么叫没事？人最重要的事是什么？当然是吃喝拉撒睡，全是我失业后从事的工作。说来说去，这家里数我干的事最重要。从事最重要工作的人反而在家里地位最低，甚至排在上学的家人后边，人的确奇异。

我看了身边的丈夫一眼，他还在睡。我失业前，家里没有早饭这个节目，尽管我们知道人不吃早饭有损健康。那时我家不吃早饭有两个原因：一、家庭成员都有事做，要上班上学，于是大家平起平坐，谁也不自告奋勇承担做早饭的重要工作；二、经济拮据，能省一顿就省一顿。其实这才是我们不吃早饭的真正原因。我失业后，家人不吃早饭的理由减少了一个。有我这个闲人存在，创建早饭制度就成为家人的心愿。美其名曰早饭，也就是把昨天有意多蒸的米饭和故意剩的菜汤天人合一地搅在一起弄热了完事。

我穿上衣服，先到厕所小便。我知道如今的人不管家里的厕所叫厕所，而是叫卫生间。再高级点儿的人，更是管厕所叫盥洗室。可我不能管我家的厕所叫卫生间，那确实是厕所，不是卫生间。它只有两平方米，每人每次大便时只有放四个屁的配额，放多了估计会造成这栋建筑爆炸，我们不想株连邻居。

我清楚早晨小便和大便同步进行比较爽快，但我不能这么做，我得给儿子曲航预留出厕所。曲航正在读高三，他早晨起床后第一件事是大便。他说如果早晨不大便，在学校放的屁就会很臭。一次他早晨来不及大便,结果在上课时放了一个全校都闻见了的臭屁。曲航当然不会承认是他放的,他还跟着同学骂是哪个浑蛋放的而且骂得最凶。老师由此谆谆教导同学,现在是高考前的关键时刻,如果你们不想把一十二年寒窗辛苦付诸东流,我奉劝你们把屁留到大学去放。曲航发现,只要早晨大过便,即使上课放屁,也不会有臭味。当然要掌握好分贝,别弄出声响来。他还说,过群居生活的人都有这种体会——曲航管三个人以上待在一个屋顶下共事叫群居——在群居状态下,放屁是很令人尴尬的事。过来人都知道,群居状态下有四种屁。其一是又响又臭。一旦制造了此类爆炸外加毒气,肇事者很难不被揪出;其二是有味无声。此类屁只要在场人数逾三人,有可能逃脱"道德法庭的制裁";其三是有声无味。制造这类屁的人比较吃亏,没造成恶果,却背上了"坏名声";其四是无声无味。此乃群居状态下的最佳屁,当事人都会有吃了一顿免费午餐的感觉。

　　小完便,由于水价日新月异,我没有冲马桶。我家厕所有如下规矩:只有大便享有买一送一的冲水特权,小便是买十送一。也就是说,十次小便才冲水一次。这也算我家对环保的贡献吧,不是说咱们国家水特少吗?那天我从电视上看到记者采访一位往猪肉里注水的屠宰户,记者问他你什么时候就不再干这种缺德事了?屠宰户回答说,水价高于猪肉价后,我就不干了。看来要想吃原装猪肉,只有寄希望于水价高于肉价了。可如果水价真要是高于肉价,我估计我家就得改为一个月冲一次马桶了。

　　我在厨房的铁锅里为剩米饭和剩菜汤举行婚礼。我听见丈夫曲斌和儿子先后起床。曲斌养成了在工厂大便的好习惯,据说狗就是离开家才大便。曲斌和我同在一家工厂,幸亏我们厂出台了本厂双职工不能都下岗的人道主义规定,曲斌才幸免于难。不过,好景不长，听说这条规定已经被修订为"双职工不能同批下岗"。

当我把隔夜饭和自己腌制的咸菜端上饭桌时，曲斌和曲航已经坐在饭桌旁了。

刚清理完肠胃的儿子一手端碗一手拿筷子，他大口大口地吃饭。十七岁正是能吃的年龄。他早饭能吃两碗，就这他还说每天上到第三节课时，饥饿感就开始骚扰他。我清楚这是他碗里没有肉、鸡蛋和牛奶的缘故。同样体积的饭菜，质量不一样，到了肚子里立刻见分晓，肉是二两拨千斤，粮食是千斤撼二两。我家如今的月收入只有八百七十三元，刚好不具备申领最低生活保障金的资格。这点儿钱，我无法让正在长身体的儿子每天摄入足够的脂肪、蛋白质和维生素，碳水化合物倒是绰绰有余。一次儿子去同学家玩电脑游戏，不知哪个浑小子立下规矩：谁输了谁吃一把狗粮。你肯定知道狗粮，就是从国外流传到咱们这儿的那种专门给狗吃的颗粒食物，里边含有肉、蔬菜、钙和应有尽有的营养，据说比人的食物还贵。结果我儿子输了，他只得皱着眉头吞咽狗粮，结果他发现狗粮奇香无比，里边显然有他梦寐以求的肉味。后来，每每再到那同学家玩游戏，曲航就故意输。

儿子告诉我这个故事时，我没有丝毫心酸，你可能觉得作为母亲，听到孩子讲述这样的经历，最起码也会眼泪往肚子里流。我不。是苏轼帮了我的忙。知道苏轼吧？就是号称苏东坡的那个宋朝人，中国著名文学家。有一次，一个收废品的在我家楼下吆喝，我闻声去向他兜售几个空酱油瓶。我无意间瞥见他的车上有一本别人当废品卖了的残破不堪的《苏轼文集》，我就拿我的酱油瓶换了这本书。这本《苏轼文集》被我看了不下二十遍，这倒不是说我多喜欢苏轼，而是那期间我没能弄到别的书。我看书的规律是这样，在没弄到下一本书之前，手里这本书我会一直看死它。你要问了，你刚才说你儿子吃狗粮你不伤心是由于苏轼帮了你，他怎么帮的你？苏轼在《与李公择》一文中说，他是在五十岁时才懂得怎样过日子的，过日子最重要的是俭素，说白了就是吝啬。苏轼解释说："口体之欲，何穷之有，每加节俭，亦是惜福延寿之道。"用今天的话说就是：人的食欲和肉体的其他欲望没有止境。控制食欲和别的欲望才是长寿享福的正确方法。你看，曲航很少吃到肉，导致他长寿。作为母亲，会为儿子长寿而掉泪？依我看，倒是那些天天给孩子整肉整鸡蛋牛奶的母亲该伤心掉泪：每不节俭，亦是不惜福不长寿之道。

曲斌早餐只吃一碗饭。他沉默寡言，不爱说话。曲斌大我两岁，是我刚进厂时的师傅。当年我从插队的地方回城，能进工厂当车工，属于十分幸运的事。我出身疲软：姥爷是地主，妈妈是自绝于党自绝于人民的右派。也不知安置办公室的人是否吃错了药，没把我这样的人分去扫马路。曲斌的车工技术很是了得，虽然他当时只是三级工，但厂里的八级车工都敬畏他的技术几分。由于曲斌是独子，其父又瘫在床上多年，因此躲过了插队，十六岁就进厂当工人。我给曲斌当徒弟时，他二十五岁，我二十三岁。我们的交往比较有戏剧性，以后有时间再聊。

我家由曲斌管钱。过去我没失业时，每月发工资后，我都把钱交给他。如今我那两百来元的下岗生活费，更是由他统一支配。曲斌不爱管钱，但他是仔细人，而且有自控能力，这些素质对于经济不宽裕的家庭无疑是出任财长的必备条件。曲斌是绅士。你会说真是敝帚自珍，一个工人，怎么能和绅士挨边儿？前些天我从一个叫村上什么的日本人写的书里看到了绅士的定义：所干的事不是想干的，而是应该干的。以这个标准衡量曲斌，他是地道的绅士。

每个月拿到工资后，曲斌先留出水电煤气费，再留出电话费。然后拿出一百元存入给曲航开设的上大学专用账户。再留出五十元不可预测费，比如生病什么的。剩下的就是我们全家的伙食费。用这个数目除以三十天，曲斌再用纸将这笔钱包成三十个纸包，他在纸包上写明日期。我家不需要日历，只要看纸包就对于当天属于公元哪年哪月哪日管辖一目了然。不这样预留钱款，我家就活不到下次领工资。这种理财术，也是苏轼教我的。看过苏轼的《答秦太虚书》吗？苏轼下岗后，住在湖北黄州，由于被停发了工资，他只能精打细算。每个月初，苏轼拿出四千五百钱，分成三十份，每天一百五十钱，然后苏轼把这三十串钱挂到较高的屋梁上。宋朝的钱中间有洞，便于悬挂。每天早晨，苏轼用张挂书画的长棍从屋梁上取下一串钱，再将长棍藏起来，家人谁也找不到长棍，因此任谁也够不着高高在上的钱。我觉得苏轼家极为壮观：四壁字画和屋顶的钱串簇拥着苏轼这个旷世奇才。遇到结余，苏轼就把钱装进一个竹筒里，用来待客。我将苏轼的理财术告诉曲斌时，曲斌点头说好，从此他就古为今用。幸亏宋朝没有专利制度，否则倘若苏东坡当年为他的理财术申请了专利，我们不会冒着侵权的风险使用他的发明，我们没钱赔偿，听说苏轼的后代是政协委员。

"妈，我走了。"曲航拿着书包出门前对我说。

"中午在学校吃饭要吃饱。"我对儿子说。

儿子没答话，他走了。进入高考倒计时后，老师要求同学在学校吃午饭，以节省时间。但凡学校的饭，大都是用克扣作料烹制的，价高质劣。曲航在学校用午饭，对我们来说，是得不偿失，花费多，吃不饱。

曲斌出门时冲我点了下头。

家里安静下来，我没有急于收拾碗筷，我优先要做的事是大便。我看书看得最痛快的时候就是在大便时，一边看书一边排泄，对于去粗取精去伪存真抛弃书上没用的东西很有帮助，特别是看没意思的书。由于我看书没有选择的权利，只能拿到什么书看什么书，因此碰到特别没劲的书，我就在大便的时候看。人是喜欢累计长度的动物，比如建国多少多少年，怎么没人累计人的一生大便的总长度？我估计能绕地球一圈了吧？胡思乱想不是年轻人的专利，很多中老年人脑子里的怪念头一点儿也不比年轻人少，只不过他们不愿说出来罢了。

我一边大便一边看一本特无聊的书。我发现，特别无聊了，反而有意思了。

我感觉有水滴到我头上，我抬头看，产权属于楼上邻居的马桶但合理侵占我家领空的下水管往下渗水，当我意识到这水的成分里肯定含有邻居的排泄物时，我赶紧用手中的书当雨伞顶在头上。

我还不能马上走，我还没完成大便。近五十岁的女人大都有便秘的体会，这种便秘不是怀孕时那种幸福的便秘，而是临近更年期的不幸福便秘。我甚至大不敬地用一句古诗形容我的便秘："千呼万唤始出来。""始"是同音字。我在书伞的呵护下继续未竟的事业。由于抬头看了邻居插进我家的秽管，我想起了我的吊死在这根管子上的母亲。

这套三十五平方米的单元房，是父母留给我的唯一遗产。说是遗产有点儿占国家的便宜，准确说，我继承的是"继续租赁权"。

我知道，每天在母亲去世的地方大小便是对母亲的不敬，但我没有办法，我家没有迁居的能力。我们曾寄希望于拆迁，但后来听说我们这一带的地下可能有古墓群，专家说鉴于目前考古掘墓的科技含量还太低，他们建议将这罕见的古墓群留给后代发掘。于是，我家停做拆迁梦。

我冲完马桶，开始收拾碗筷。我不吃早饭是为了省钱。我要把早饭钱省给儿子。上高中的儿子放学回家经常会告诉我们学校又收费了。每当这种时刻，我和曲斌的腿就抽筋。其实，儿子从上小学开始，我们就没完没了地往学校送钱。九年义务教育怎么个义务法，我至今不明白。

我准备去房管所报修厕所管道，我舍不得花电话费。电信局每次明降暗升的"降价"都导致我家不敢再碰电话。我们的电话成了单向电话，只接不打。电信局可能发现了我家的阴谋，最近他们又出台了提高月租费的新政策，我家被治惨了。

我刚要出门，电话铃响了。

第二章　米小旭的电话

我反身拿起电话话筒。

"喂。"我说。

"请问是欧阳宁秀家吗？"一个不亚于我的年龄的女声。

"我是欧阳宁秀，你是谁？"我最近没接触过对方的声音。

"欧阳！真的是你吗？你绝对猜不出我是谁！"对方的口气既激动又亲切。

"苗姐？"我猜。

苗姐是六年前我因卵巢囊肿住院时的病友。反正不是我掏电话费，我愿意奉陪对方聊天。我家打电话你一看就知道是打出去的还是接进来的。像报火警那样简洁的，准是我们打出去的电话；死聊的，全是从外边打进来的。什么时候该死的电信实行固定电话双向收费了，什么时候我们家接电话就也像报火警了。对于没钱的家庭，安电话等于让电信局在你的心脏上连了一根电线，将你的血液直接输送到电信局。据说咱们这儿的电话收费之贵在全世界排名第一，而人均收入却全球排名倒数前二十名。依我说，就是这么穷的。电信经营者把计次费调得贼高，等用户都舍不得打电话后，经营者再打月租费的主意。

"不是。再猜一次。"对方使用的肯定不是家庭电话，要么就特有钱，还得不吝啬，特有钱的人也有舍不得打电话的。

"小乔？"我再猜。小乔已经四十六岁了，是当年和我一起插队的姐妹，回城后在一家商场当售货员。

"我一开始就说了，你肯定猜不出，果不其然。我是米小旭！你不会忘记我吧？"

"米小旭？怎么会是你？你是怎么知道我的电话的？真的是你？米小旭！"我惊声尖叫。米小旭是我的小学同班同学，自从小学毕业分手后，从未谋面。

"我怎么不能知道你的电话？只要你活着，我就能打听到你的电话。没想到是我吧？"米小旭还像小时候一样，性格张扬。

"有三十多年没见了吧？"我说。米小旭的一个电话，让我年轻了三十岁。

"整整三十五年！我算过了。我家还有小学毕业分手时你送给我的笔记本，注意，是纸的笔记本，不是笔记本电脑。"

"我也得有啊！"我笑。

"你在笔记本的扉页上写道：'小旭，读毛主席的书，听毛主席的话，做毛主席的好战士。'"

"那时都这么写赠言。"我感慨。

"你现在怎么样？在做什么？"

"下岗了。原先是工人。"

"什么下岗，不就是失业嘛！我也失业了。更好，自己挣大钱。有孩子了？"

"今年考大学。你的孩子多大了？"我问。

"我没孩子。是他的毛病。我不在乎。这年头，指不上孩子。"

"这倒是。当年，咱们班女生中，你是第一个来月经的。你上着课突然大喊椅子上有钉子，扎破了你的屁股，流了好多血。你还记得吗？"

"当然记得，傻得真够可以的。之前怎么就没人告诉我？连我妈都不跟我打个招呼，让我出这份洋相！你看你，三十多年了还记得！我要有女儿，她六岁时我就告诉她。我也真是，全班第一个来月经，到现在还没孩子，起个大早，赶个晚集。没办法。"米小旭咯咯笑起来，她还像上小学时那样爱笑。

"你说你下岗后在挣大钱。怎么挣？告诉我，我都快揭不开锅了。"我说。

失业后，我尝试过多种挣钱的方法，包括卖煎饼，都以失败告终。失败的原因是每个行当都人满为患，卖的比买的还多。

"炒股呀！我已经挣了三千多块钱了！"米小旭说。

"炒股？那是有钱人干的事吧？"我自然想起了华尔街。我从垃圾箱里拯救过一本描述美国华尔街的书，因此我对股市略知一二。一九二九年美国股灾，死了多少人。

"没钱一样炒！我就是三万元起的家。我的一只股票已经连续涨停两天了，爽呀！你也炒股吧，在咱们这儿炒股，和赌博差不多。知道美国赌城拉斯维加斯吗？"

"听说过。"我不知道炒股和美国赌城有什么关系。

"拉斯维加斯最有名的赌博地点是凯撒宫。在凯撒宫，除了英语广播，你猜还有什么语种的广播？"

"法语？德语？"我下意识看了眼表，成毛病了，不是自己掏电话费也心疼。

"汉语！全美国你随便转，哪个娱乐场能有汉语广播？只有赌城！"

"美国最有名的赌城有汉语广播？"我表示怀疑。

"千真万确！向毛主席保证！"米小旭竟然使用我们上小学时的最高级别发誓语言。那时，一句"向毛主席保证"，足以令别人对你说的话坚信不疑。

你知道中国大陆有多少人炒股吗？"

"很多。我们厂就有好多人炒股。"我说。

"跟我炒股吧，保准你赚钱。"

"你在哪儿？"我没回答米小旭向我发出的给她当股友的邀请，我觉得她打的准是不花钱的电话。

"在家呀！我马上要去证券公司看行情了。"

"听说在家就能炒股。"我说。我觉得米小旭确实有点儿钱，她在家打电话敢这么聊，无异于一张接一张地往窗外扔毛票。

"去证券公司炒股有气氛，那么多人坐在一起看电子屏幕墙上瞬息万变的行情，和赌场一样刺激。谁说咱们没有赌场我就跟谁急。好了，我该走了。说了这么半天，我差点儿忘了正事。知道我为什么给你打电话吗？"

又是没奖竞猜。

"拉我炒股？"我开玩笑。

"那我真成雷锋了。还记得吴卫东吗？"

"记得，上一年级时他鼻子下边老拖着黄鼻涕。他老欺负我。"

"人家现在可神气了，是街道工委的书记。屁大的官，也前呼后拥的。他发起咱们班同学聚会，时间定在下周六中午十二点，地点是黄帝酒楼。分工我通知你和康巨峰。吴卫东特别叮嘱我，一定要找到你，他说要向你道歉给你起外号的事。"

我马上想到了钱的问题。我担心大家凑份子吃饭，AA制。我没有参加聚餐的经济实力。

"下周六中午你没事吧？都失业了，还能有什么事？"

"好像要开家长会……"我撒谎。

"哪儿有周六开家长会的？校长还得给老师发加班费。别看我没孩子，可我懂，我家那位是副校长。是不是没钱？你不用担心，黄帝酒楼是街道的产业，归吴卫东管，他随便吃，那酒楼敢跟吴书记要钱？去吧！"

"我争取吧……"我不能转弯太急。

"就这么定了。下周六见。我去炒股了。"米小旭要挂电话。

"全班同学都去？"我问。

"不可能。已经死了三个了。还有出国和在外地的，还有死活联系不上找不着的，估计能有十多人吧。"

"胡敬去吗？"我问。据我所知，胡敬目前是我们班最有出息的同学，我经常在报纸电视上见到他，著名经济学家。

"去，他最好找。我可真得走了，下周六见。"米小旭挂断电话。

我没心思去房管所报修邻居的马桶下水管道了。我坐在床沿上，看着窗户外边两只使用高难度飞行动作嬉戏的苍蝇，听着街上机动车的喧嚣声，我得承认，米小旭的这个电话把我拉回到了三十多年前，她说出的那些既陌生又熟悉的名字，令我感慨不已。我上小学的第一天，就被吴卫东起了外号。由于我的左手只有四根手指头，比正常人缺少一根小拇指，吴卫东管我叫四指。我出生时左手就只有四根手指头。由于我没上过幼儿园，因此没有在同龄人中遭受生理缺陷歧视的经历。当和我同桌的吴卫东发现我的左手少一根手指头进而惊叫昭示全班时，我哭了。时至今日，我依然认为未成年人是人类不同年龄层中最没有同情心最残忍最幸灾乐祸的群体。我上小学六年级时，遇到"文化大革命"，我的身为右派的母亲再次遭到揭批，我在班上的处境就更艰难了。那个年代，小学生的狂热一点儿不比其他年龄层的人低。我可以说是我们班的最底层，就像今天人均收入排名全球倒数第一的国家。当然，平心而论，还是有不少同学对我不错的，米小旭和胡敬就是其中的两位。

胡敬原先是我们班的班主席，小学六年级时，他的父亲被定为走资派，胡敬的班主席职务因此被撤了。可能是同病相怜的缘故，自那以后，胡敬对我比较友好。当然，在此前的五年中，胡敬也从未歧视过我。上过学包括小学的大多数人有这种经历：给班上的异性同学排名次。所谓名次，就是你对其喜欢的程度。胡敬在我们班上，位于我给异性同学排的名次中的第一位。用现在的话说，叫作白马王子。当然，像大多数学生特别是小学生一样，这只是我心中的秘密，我从未向他人包括胡敬袒露过。小学毕业分手后，我第一次看到胡敬的名字是在八年前的报纸上。那天我在工厂的车间里看报纸，在国有企业当过工人的都会熟悉这样的场面：工人在上班时间看报纸。厂方用公款给全厂每个班组订阅一份当地的党报，一般的名称是《××日报》，其实这也是一种腐败，和公款消费别的东西比如吃喝比如出国旅游没有本质的区别。我是我们班组公款消费党报最"腐败"的人，我看得很仔细，不放过任何一个字。那天，我在报上看到了胡敬的名字，那篇报道讨论市场经济的座谈会的文章称胡敬是经济学者。开始我以为是重名，后来我从报社配发的会议照片上认出了胡敬，尽管那张照片是由很多颗粒组成的，尽管胡敬混杂在十个人里面，尽管我和胡敬有二十多年没见了，我还是一眼就认出了他。那张报纸被我留了起来。此后，胡敬的知名度与日俱增，如今他在经济学界已成为一言九鼎级的人物，"著名经济学家"的桂冠已经戴了不少年头。不是所有人都有幸和名人当过小学同学，每次从媒体上看到胡敬，我都有自豪感。这里还包含了我对自己的眼光的肯定，我相信当时在我们班上所有女生中，将胡敬定为白马王子的人不会很多，胡敬的长相并不出众。

我很想见小学同学，特别是胡敬。在从米小旭口中获悉此次聚餐无须凑份子后，我决定参加这次同学聚会。

然而我没有一件像样的衣服。我家一旦有点儿闲钱，都用来给曲航买衣服了，曲航身高增长得比较快。我穿衣服的原则是，可以旧可以破，但不可以小和脏，尤其是不可以小。这个原则和我家的经济实力不相符，曲航的身高几乎每个月都在变化，就算给他买较大的预留衣服，过不了一年，他穿着就像马甲了。我进入四十五岁后，尽管营养不良，身体却依然固执地明显开始横向发展，我的衣服都瘦了，能系上扣子的已经不多。在我和儿子之间，当然给他换装先于给我换装，特别是我失业后，我在家里的换装地位已经排在了曲斌后边。

除了衣服，容貌也是我参加小学同学聚会不能不考虑的问题。我看镜子里的我。一张饱经沧桑的脸，皮肤上不平的地方已经多于平展的地方。不笑还好，一笑眼睛立刻被皱纹围剿封杀。我一直奇怪这件事，怎么高兴和皱纹的联系如此密切呢？你随便看一张逾四十岁的脸笑时的模样，如果你脑子里没生出"乐极生悲"这四个字，只能说明你的观察力和表述力欠佳。

我对着镜子使用双手隔着皮摸自己脸上的骨头，从脑门经过眼眶和嘴一直摸到下巴，我摸的确实是一颗骷髅，不信你现在放下书也摸，绝对能感觉到你是在顶着一颗骷髅活。十几颗曾是小学同学的骷髅要在下周聚会，其中我这颗还在为骷髅外的包着的皮上的皱纹感到遗憾。我觉得挺好笑。

我的头发几乎都白了，现在之所以黑，是染的。曲航多次劝我不要染发了，说染发剂毒性很大，他上化学课时老师讲过染发剂的化学成分，全是和人不共戴天的死敌。曲斌也说我不用染发了，他说你又不是官场上的人，怕白发给竞争对手以老迈横秋的口实。儿子说就算是官场的人，有白发也未必是坏事，比如美国那个叫克林顿的人当总统时才四十多岁，人家就顶着一头白发满世界跑，据说还是有意染白的。把白头发染得跟上足鞋油的黑皮鞋似的，不能说明这个人年轻，只能说明其自信不足，不敢向世人彰显真实的自己。连头发都要弄虚作假，别的就可想而知了。我尝试着两个月没染发，曲航和曲斌都说感觉特好，曲航还说头发越白，越反衬得脸年轻。但当我外出买菜时，邻居们不这么说，她们大惊小怪地说你怎么不染发了？这显得多老呀，这样下去你老公迟早会当陈世美。我看她们个个都是染发族，几乎每个人的发根都有尺寸不一的齐刷刷的黑白分明的"国界"，那是新长出尚未来得及就地正法的白发。我扛得住她们一次两次声讨我，但我扛不住她们不厌其烦地说我，当我的不染发成为她们每天的重要话题后，我投降了。自从我恢复染发后，她们每天的话题就转到别人头上了。

我从镜子里看到我的发根大约有十毫米的白发，我决定在下周五晚上染发。这样参加同学聚会时，我的头发基本上能保持全黑。

晚上吃饭时，我告诉家人，上午我接到了小学同学的电话，下周六中午，我要去参加同学聚会，我特别说了聚餐不是凑份子。

"胡敬去吗？"丈夫一边吃自制的萝卜丝咸菜一边问我。

家人都为我曾经和胡敬是小学同学感到自豪。

"去。大概有十多人。"我说。

儿子说："说不定他们中能有人给你找个工作。"

"没准儿。"我说。

"妈，你穿什么衣服去？"上高中的儿子竟然能想到母亲参加聚会的着装，我挺感动，也挺悲哀。

"就穿那件淡蓝色的外套。"我说。

"那件衣服你穿上就跟被五花大绑似的。"曲航说。

"这是我最肥的衣服了。"我说。

"这个周末你不是要给我买衣服吗，我不要了，妈，你买吧。"

曲航说。

"你买，你的上衣已经快露出裤腰带了。"我说。

"要不把我的衣服改改？"曲斌提议。

"这主意不错。"我说。

晚上，我找出丈夫早年的上衣，从中挑选了一件，一试穿，竟然博得了丈夫和儿子的喝彩。

"妈穿上爸的衣服很酷呀！"曲航说，"像韩国人。"

"穿这件衣服去，不错。"曲斌说。

第三章　同学聚会

参加小学同学聚会的前一个晚上,我几乎彻夜睡不着觉。四十五岁以后,本来我就增添了失眠的毛病,加上从未参加过同学聚会,兴奋和期待将我的睡意绞杀得无影无踪片甲不留。临近六点时,我迷迷糊糊睡了不到一个小时,做的还都是和同学聚会有关的梦,乱七八糟。

由于是周末,曲斌和曲航起得比平时晚,而且我家的规矩是周末休息日不吃早饭,因此我可以先占据厕所。

我大便时看曲斌昨天从工厂带回的报纸。自从我失业离开工厂,同时也失去了看公费报纸的权利,曲斌就力所能及地将他的班组被工友看过一遍的报纸拿回家给我看。由于工厂想将公报据为己有的人不在少数,曲斌每周只能抢到一两次。我一边拉一边看报,当我翻到第三版时,我看到了胡敬的文章,几乎占了整整一版,题目是《论防范金融风险》。我每次看胡敬的文章都有一种感觉:他使用的这些字是一个老师同时教我们的,怎么他就能利用这些字为自己和社会谋利益,我却不行呢?

我一目十行地将胡敬的文章从头到尾看了一遍,直到曲斌来敲厕所门。我得承认,知道自己一会儿能见到胡敬时看他的文章,确有亲切感。

我出门前,被丈夫和儿子从头到脚审查了一番。

"妈穿上爸的这件衣服还真是不错，如果头发全是白的就更气派了。"曲航说。

"裤子差点儿。"曲斌说。

"吃饭时是围坐在餐桌旁，看不见裤子。"我说。这是我最好的一条裤子。前年花十八元在地摊买的。

"爸，从咱家骑车到黄帝酒楼多长时间？"曲航问曲斌。

"一个小时。"曲斌说。

我们家没人知道黄帝酒楼的位置，我们从没在餐馆吃过饭。曲斌昨天下班后，专门去黄帝酒楼给我"踩道"。回家后，曲斌给我画了从我家到黄帝酒楼的路线图。

"现在是十点半，我该走了。"我看表，说。

"太早了。"儿子说。

"早点儿也好，骑慢点儿。"曲斌说。

我拿上自行车钥匙，准备出门。

"你带了多少钱？"曲斌问我。

"五元。"我说。

"怎么也得带十元。"儿子说。

"带上五十元。"曲斌从抽屉里拿出一张五十元的钞票递给我。

"带这么多钱干什么？这是咱们家几天的伙食费？"我不接钱。

"我知道你不会花，但一定要带。"曲斌说。

我接过我们家的巨款，小心翼翼装进内兜。

我在丈夫和儿子的瞩目下离开家，我不是去参加聚会，而是乘坐时间隧道光速列车返回童年。

我骑着那辆跟了我十年侥幸没丢的自行车前往黄帝酒楼。据说，骑了十年还没丢的自行车完全可以申报吉尼斯世界纪录。曲航已经丢了三辆自行车。对于我们家来说，丢自行车等于别人家丢汽车。

我和机动车行驶在同一条马路上，豪无遮拦地将机动车排出的废气吸进自己的肺部。我的心情很好，我清楚我不是往黄帝酒楼骑，我是往童年骑。我想见我的小学同学，我知道那是激动人心的场面，每个同学的脸都是沧海桑田。

一个小时的自行车路程对于我已经不是轻而易举的事了。最近我的左腿膝盖时常莫名其妙地疼痛，好像只能弯曲不能伸直，伸直了就疼。从四十三岁以后，身体的一些零件就开始怠工，进入更年期后，它们甚至联手向我示威，还组织了工会和我谈判，当然这是我的比喻。我现在能想到什么就说什么，还有听众，我得感谢你听我说话。我脑子里诸如身体零件组织工会向我摊牌这样的奇怪念头不少，但我从不向别人包括家人说。还是那句话，我没有说这种话的资格。看书多的人爱胡思乱想。有身份有地位的人可以把看书后获得的胡思乱想转变成财富，而像我这种人，要么清楚地知道自己只能想，不能说出口，要么被别人当精神病看待。话语权实在是一种奇怪的东西，不是有声带就有话语权。

我骑到黄帝酒楼时，时间是差十五分钟到十二点。黄帝酒楼外观很气派，仿古建筑将中国帝王的封建形态体现得淋漓尽致，两只面目狰狞的石狮子把持着酒楼的大门，它们脸上没有丝毫温柔。

我寻找能够安全停放自行车的地方。看来到黄帝酒楼吃饭的人开车的居多，酒楼的门外有面积不小的机动车停车场，但没有存放自行车的地方。我看见黄帝酒楼旁边的一家超市有收费自行车存放处，我将自行车停放好。

黄帝酒楼门口站着两位身穿古代服装的现代小姐，她们的脸上挂着职业微笑。

出入酒楼的人穿着都比较考究，我低头审视自己的衣服，反差确实存在。

我苦笑着摇摇头，朝黄帝酒楼金碧辉煌的大门走去。

两位古装小姐同时向我行礼："您好！请问您是用餐吗？"

我说："我是参加同学聚会……"

我还没说完，门里边的一个中年男子闻声出来对我说："你是欧阳宁秀？"

我点头。

"我是吴卫东呀！真的不敢认了！"吴卫东伸出手，热情地和我握手。

吴卫东的变化很大，和小时候判若两人。如果这之前我和他在街上相遇，我们绝对不会认出对方。

"欧阳！我是米小旭！"米小旭从吴卫东身后冒出来，她拉着我的手不放，"你还是小时候的样子，不显老。"

"我还不老？"我说。见到阔别三十多年的小学同学，我很激动。

吴卫东对米小旭说："小旭，你带欧阳去'紫禁城'，我在这儿迎他们，还有四个人没来。"

米小旭拉着我的手往里走，我看见单间的门口都有名称，什么景山，什么团城，全是和古代帝王的建筑有关的名称。

"厕所在哪儿？"我问米小旭。过四十六岁后，我小便的次数明显增加。

"跟我来。"米小旭带我去厕所。

一进厕所我就呆了，这哪里是厕所，分明是宫殿，我还是头一次进这么豪华的房间。一名中年女侍向我鞠躬。

"去吧。"米小旭指指里边的几扇门对我说。

我拉开其中一扇门，紫红色的马桶端庄地坐在那儿。我回身关上门，听着舒缓的音乐，闻着淡淡的香味儿，我发现我尿不出来。

小便便秘，于我还是头一次。

尝试了几次，我都没能成功。我不能容忍自己往这么干净的地方排泄。

"还没完？倒霉了？"米小旭隔着门问我。

"完了。"我无功而返。

我利用马桶冲水的声音掩盖我尿不出来的尴尬。米小旭在对着镜子补妆。

女侍拧开水龙头让我洗手。我不适应让人伺候。

"我自己来。"我一边洗手一边说。

"这是香皂水。"米小旭帮我按我身边墙上的一个长方形金属容器。

从那容器下端流出几滴黏液，米小旭示意我用手接那黏液。

洗完手，米小旭又拉着我的手伸到一台狂吐热气的器物下边猛吹，直至将所有水珠吹干为止。

女侍给我们开门。

"谢谢。"我对她说。

"走这边。"米小旭给我指路。

"来了很多同学？"我问米小旭。

"通知到的差不多都来了，还差几个人。"米小旭说，"你肯定都认不出来了。"

"王老师来吗？"我问。

王老师是我们刚入学时的班主任，她教我们到二年级。其他的老师基本上一年一换，印象不是特别深。

"王老师是吴卫东联系的，吴卫东说王老师的儿子在法国，王老师两口子去法国探亲了。"米小旭说。

米小旭指着走廊右边一扇标有"紫禁城"的门说："到了，这是黄帝酒楼最好的单间。吴卫东在这儿很牛，这儿的人见了他都是吴书记长吴书记短的。"

米小旭推开门，她大声对紫禁城里的人说："你们看谁来了？"

我往紫禁城里看，房间足足有八十平方米，除了一个大餐桌，还有几组沙发。我的小学同学们坐在沙发上。他们全都站起来看我。我在他们之中找胡敬，没有。

"欧阳宁秀！"两个先认出我的男子不约而同地说。

"涂富？"我看着其中一个问。

"你还真认出一个来！"米小旭夸我，"人家改名叫涂夫了，丈夫的夫。"

涂富上小学时的外号是屠夫，别看外号不善，可涂富当时在班上比较弱势。

"欧阳认不出我了？"涂夫旁边的男子问我。

我摇头。

"我是刘力山。"他说。

"真的认不出来了！"我说。

"还是我给你介绍吧。"米小旭指着一屋子我的小学同学一一向我介绍，"这是范源源。这是乔智。这是庄丽。那是窦娟。那是代严。那是白京京……"

我生平第一次和小学同学中的男生握手。昔日同班时，男女生不握手。

吴卫东带着刚来的两个同学进来了，大家又是一通识别。

"就剩胡敬和康巨峰了，咱们等他们一会儿，我打了他们的手机，都在路上。这两个是大忙人。"吴卫东说。

我看了看手表，十二点五分。

"康巨峰是《午报》的总编辑。"米小旭告诉我，"听说他一个月光是工资就拿七千元,这还不算别的。"

《午报》在我们这儿挺受欢迎,发行量不小。我没想到康巨峰能成为报纸的总编辑,我记得他小时候作文不好。

十二点十五分时,康巨峰来了。他满面春风,一边和大家打招呼一边说临出门时遇到一个紧急事件,报社的一个记者采访时被打了。他向大家致歉。

"致歉不行,得道歉。"吴卫东开玩笑。

"我道歉我道歉。"康巨峰说。

"还有比你晚的,胡敬还没来。"米小旭对康巨峰说。

吴卫东拿出手机,给胡敬打电话。

"胡敬,你在哪儿?就差你一个了。"吴卫东说,"到门口了?在找车位?你跟保安说你是吴书记的客人,他们会安排你把车停在酒楼的内部车位。这样吧,我去接你!"

吴卫东把手机随手放在茶几上,他对大家说:"胡敬已经到了,我去迎迎他。"

我看着吴卫东闪出门外的身影,想象着他和胡敬见面时的情景。

吴卫东将胡敬引进紫禁城。大家都站起来,都用崇敬的目光看胡敬,我也不例外。三十多年前上小学时,没人能预见到这样的场面。上小学时,同学之间竞争的是考试分数、长相和父母的地位。长大后,同学见面,竞争的就只有功名和经济实力了。

"咱们的著名经济学家到了!"吴卫东把胡敬推到大家面前。

"谁也不要自我介绍,让胡敬一个一个猜。猜不对的,一会儿罚他酒。"米小旭提议。

胡敬确实气质非凡,目光和举止都透着自信和气宇轩昂,那做派如果放在我身上,别人会笑掉大牙,可放在他身上,就是潇洒和魅力。我想起一本书上说过,所有了不起的人都有一个共同点:魅力四射。

胡敬先和康巨峰握手。

"康巨峰和我见过,是去年吧?"胡敬对康巨峰说。

"采访你可真难。年初我派记者去采访你,让记者拿着我的信,你都不见!你是嫌我们的报纸小。我看全国性的大报上老有你的专访。"康巨峰笑着说。

"我没见到拿着你的信来找我的记者呀?"胡敬说,"有你的信,我能不见?"

胡敬松开康巨峰的手后,环视众人,他在找能认出的同学。我希望他能认出我,我下意识地抬起左手摆弄我的衣服扣子,我得承认,我的这个举动比较虚荣和卑微,我是想通过让胡敬看见我的左手缺一根手指头诱导他认出我。

果然,胡敬中了我的计。

"欧阳宁秀。"胡敬指着我说。

胡敬向我伸出手,我赶紧和他握手。

"在做什么?"胡敬问我。

"在工厂当工人,已经下岗了。"我说。

"当前就业形势不容乐观。"胡敬说。

"今天早晨我还看了你的文章,说金融危机的。"我没说是在大便时看的。

"写得太多,我都记不住哪是哪了。"胡敬笑着摇头。

胡敬又认出了涂夫:"涂富?"

"他改名了,现在叫涂夫。"米小旭插话,我看出她很想让胡敬认出她。

"屠夫?这名字有特色,其实谁不是屠夫?为了吃,一生间接杀害多少动物。"胡敬张嘴就是哲理,"现在干什么?"

涂夫握着胡敬的手说:"在法院当法官。"

"名副其实的屠夫了,我估计犯罪嫌疑人看了你的名字就全招了。哈哈。"胡敬大笑。

米小旭等不及了,她问胡敬:"胡敬,你还认识我吗?"

胡敬打量着米小旭,轻轻摇头,再看,胡敬说:"范源源?"

"我是范源源。"一旁的范源源说。

"罚你一杯酒。"米小旭对胡敬说,"给你一个提示,上三年级时,我打碎过你的保温壶。"

"没错,"涂夫说,"那天我卫生值日,是我扫的碎片。"

"怎么一点儿印象也没有了?"胡敬拍自己的头。

"胡敬光想国家大事了。"吴卫东说,"听说如今社会的好多重大经济决策都是你参与制定的,你是智囊团的骨干呀!记不住小学三年级被同学打碎保温壶的事情有可原,如果是我忘了,就不能原谅。"

大家都说那是那是。

米小旭看了我一眼,我知道她很失望,对于胡敬这样的名人见小学同学时,要么都认不出来,要么都认出来。我觉得我抬起自己的左手启发胡敬认出我属于不正当竞争。

"她姓米,姓米的人不多。"我对胡敬说。

胡敬做恍然大悟状:"我想起来了,米小……"

米小旭见胡敬说不出她名字中的第三个字,她只好自己说:"米小旭!"

胡敬说:"没错,米小旭!"

其他同学赶紧自报家门。

"我是庄丽。"

"我是窦娟。"

"我是代严。"

027

"我是白京京。"

"我是乔智。"

"……"

胡敬和每一个同学握手。

吴卫东说:"入席吧,咱们一边吃一边聊,肯定有说不完的话。"

大家围着大圆桌坐好,我有意挨着米小旭。我没经历过这样排场的用餐,我得随时向米小旭请教规矩。

女服务员把杯子里的餐巾拿出来铺在每个人腿上,另一个女服务员挨个儿问我们喝什么。她先问胡敬,胡敬说喝橙汁。吴卫东说应该喝点儿酒。胡敬说他开车,不能喝酒。吴卫东说意思一下。当女服务员问米小旭时,米小旭说要啤酒。服务员问我,我效仿胡敬也说喝橙汁。

冷拼被几名女服务员轮番端上来,随着每盘菜的落桌,服务员还要报上菜名。

胡敬说:"现在这菜名,越起越离奇。上个月我去南方一个城市开研讨会,晚上当地的地主蓝我声请我上街吃饭,其中一道菜叫'玉女沐浴',你们猜是什么?就是几根削了皮的黄瓜泡在奶油汤里。"

大家笑。蓝我声也是著名经济学家。

吴卫东端着酒杯站起来:"为咱们曾经同班上小学,干一杯!"

大家都站起来举杯相碰。

吴卫东一饮而尽。他喝完了审视别人。

胡敬抿了一口。没等大家兴师问罪,他先说:"我开车,实在不能喝。"

"除了开车的,都干了。"吴卫东说。

大家干杯。

"现在谁还稀罕吃饭?都吃腻了。"吴卫东说,"在一起吃饭就是说说话，喝点儿酒。"

大家附和，都说确实吃腻了，什么都不想吃了。

我像到了另一个世界。看着满满一桌山珍海味，我什么都想吃，可我的尊严和虚荣心不让我吃，每逢有人动筷子，我就赶紧伸筷子搭车趁火打劫。

康巨峰说："前些天我妈妈住院，我老往医院跑。你们猜我看到医院里停的最多的汽车是什么车？"

吴卫东说："当然是救护车。"

康巨峰说："还真不是救护车。医院的院子里来往最多的汽车是运钞车。"

涂夫说："没错，现在医院很挣钱。一般企业都比不了。"

胡敬说："医院挣钱，百分之六十五靠人们的晚饭，百分之三十靠椅子，另外百分之五靠天灾人祸。"

康巨峰说："精辟。晚饭吃太多吃太好容易生病。久坐也容易生病。"

吴卫东说："现在是午饭，各位同学可以多吃。"

胡敬坐在我的斜对面，他和康巨峰、吴卫东侃侃而谈，涂夫时不时插两句话，其他的人包括我基本上不说话，只是听他们说。我们这些不说话的人并没有动筷子，只是当胡敬或吴卫东对大家说"吃呀，这个菜味不错！"时，我们才吃上一口，然后继续洗耳恭听。

昔日的同学聚会时，谁的事业最成功，聚会就成了谁的论坛，其他人都是听众。

康巨峰对胡敬说："咱们班，算你最有出息了。"

吴卫东说："别说咱们班，就是咱们学校，甚至咱们市那拨学生里，也数得着胡敬。"

"听说六班有个当演员的。"乔智说。

"叫什么？"吴卫东问。

"好像叫关南，专演特务。"乔智说。

大家都表示不知道。

康巨峰对胡敬说："你知道我最欣赏你什么？"

胡敬用吃补药的表情看康巨峰。

康巨峰说："你接受电视采访时，从来不说'我个人认为'这句话。我最讨厌这句话。如果这人有职务和身份，他接受媒体采访时说的每一句话只能代表他的职务。如果没有职务，他接受采访时说的每一句话只能代表他个人，即使他不说'我个人认为'，谁会以为他在代表某机构说话？"

胡敬说："是这样。"

吴卫东说："没错，越是没身份的人越爱说'我个人认为'，以此暗示别人他还可以代表某个机构说话。"

涂夫问吴卫东："你在街道当书记，很忙吧？"

吴卫东说："做具体工作，大事小事都得管，很杂。计划生育、失业救济、选举……事很多。"

胡敬说："说到选举，昨天我看英国一部权威辞典，上面对儿童词条的解释是：没有选举权的人。"

康巨峰说："儿童的定义是没有选举权的人。没毛病。"

胡敬问涂夫："你在法院什么部门？"

"专审贪官的法庭。"涂夫说，"很忙，贪官太多。"

胡敬说："实在应该将某天定为'无受贿日'，全国官员在那天都不能受贿。这比艾滋病日植树日爱牙日有意义多了。"

庄丽说："应该搞无受贿年。"

涂夫说："那我该下岗了。"

胡敬笑着说:"怎么可能定了无受贿日就没人受贿了?"

吴卫东对涂夫说:"依我说,最该改革的是法院。前年,我管辖的一家小企业租用了一间店铺房,房主和我们的企业签约时,他和原租户的合同还没到期,结果原租户将我的企业和那房主一起告上法院,人家在法院有认识的人。法院送传票时真够凶的,非要我亲自签收,当时我兼着那企业的法定代表人。法院的人说如果开庭时我们不到庭就冻结我们的账号。幸好开庭前我们街道劳动科的一个干部在单位大便时无意间瞥见纸篓里的一张被擦了屁股的报纸上有工商局吊销企业营业执照的名单,名单里有告我们的那家公司。我得到信息后,立刻向律师咨询,律师说那公司被吊销营业执照就没资格告我们了,这叫丧失诉权。开庭时我去了,那是我第一次出庭,九平方米的法庭满地是烟头,法官敞着怀。我对法官说,原告没资格告我们,法官说你闭嘴,有没有资格由我们决定,我们受理了,就说明原告有资格告你们。我从公文包里把那张被蹂躏亵渎过又恢复了青春的报纸递给法官。法官看了一眼,其实他马上就明白原告没戏了,可他还是嘴硬。走了一通开庭的形式后,法官说,休庭。什么时候再开庭,听通知。三年过去了,再没下文了,你也得给我个说法呀,严格说,这案子还没结案呀。原告丧失诉权,法院不该通知被告结案?"

康巨峰对吴卫东说:"你得奖励那个在厕所发现了擦屁股报纸的干部吧?"

吴卫东说:"那当然!我奖励了他一千元。从那以后,我们街道的干部上厕所时都养成了翻纸篓的习惯。"

涂夫说:"法院是要改革。首先是法官的素质要提高。像吴卫东说的那种法官,现在肯定下岗了。"

胡敬他们就这么谈笑风生,我们就这么聆听。

米小旭小声给我说："看得出，你很缺钱。"

我说："特缺。儿子今年考大学。说实话，我挺怕他考上的，考上我真没钱供他上大学。"

米小旭说："跟我学炒股吧，一会儿吃完饭咱们再细聊。"

聚餐快结束时，大家互相留了电话号码。胡敬除了刚见面时和我说了句话，此后再没和我说话。表面看我们这些小学同学是围坐在一张餐桌旁边平起平坐地吃饭，实际上等级是绝对存在的。我们是坐在大学阶梯教室那样的地方共进午餐。

合影时，我们簇拥着胡敬。他的确是我们班的骄傲。

离开紫禁城时，餐桌上剩了很多食物，而我的肚子连半饱都算不上。

在黄帝酒楼门口，大家告别。胡敬驾驶一辆奥迪走了，大家站在两旁欢送他。康巨峰、涂夫、白京京、乔智和窦娟也陆续开着车走了。

其他的人坐出租车走了。

吴卫东对我说："我派车送你？"

我说："我骑自行车来的。"

吴卫东说："把自行车放在汽车上，我给你派辆面包车。上小学时，我老欺负你，我得向你道歉。"

米小旭说："这就算道歉了？欧阳，得让吴卫东专门请你吃一顿。"

"没问题！"吴卫东说。

我对吴卫东说："我和米小旭还有事，就不用你送了。谢谢你。"

吴卫东说："过些日子我请你吃饭。"

我问米小旭："你怎么来的？"

"我坐出租车。你的自行车在哪儿？今天我没事，周末股市休息。"米小旭说。

我和米小旭同吴卫东告别后，朝存放我自行车的地方走去。

我找到我的自行车，我和米小旭站在自行车旁说话。

米小旭向我介绍中国大陆的股市。说起炒股来，她眉飞色舞。米小旭说在咱们这儿炒股一般不会把钱赔光。上市公司一旦破产，国家为了保持社会稳定会出面补偿股民的损失。

"拿什么钱补偿？"我问。

"当然是纳税人的钱。所以说，在咱们这儿，不炒股的人很吃亏，等于拿你的钱补给炒股的人。"米小旭像个行家。我不知道她说的是否正确。

"那干吗不是所有人都去炒股？"我问。

"都去炒股，亏了由谁出钱补？再说，也不少了，好几千万人炒股呢，听说每十个中国人里就有一个人炒股。这种上市公司破产有国家给兜着的好事也不会持续太久，听说过不了多久，破产就没人管了。"米小旭捋了捋被风吹乱的头发。

"有那么多人炒股？"我觉得有很多人干的事不会是傻事。

"把钱存在银行是傻子和懒人才干的事，你得拿自己的钱投资，让钱生钱。"米小旭教导我。

我很想把我家的三千元积蓄变成三万元。

"有多少钱才能炒股？"我问。

"一般来说开户需要五万元保证金。"

我心一下子凉了，说："我没那么多钱，我家总共只有三千元。"

"我借给你五万元开户，开完户你还给我就行了。"米小旭慷慨地说，"股市外边我还有钱。"

"这……"我发现小学同学这种关系含金量很高。

"就借给你一个小时，开完户我就转走了。你将来真的炒股发了，别忘了我就行。"米小旭笑道。

第四章　下注赌博

和米小旭分手后，我骑自行车回家。一路上，我满脑子都是炒股赚钱的事。如果真像米小旭说的那样，我通过炒股能把我家的三千元积蓄变成三万元，曲航上大学的费用就解决了。真有这么好的事？米小旭给我讲了好几个几乎身无分文的穷人借钱炒股变成百万富翁甚至千万富翁亿万富翁的真实故事，听得我瞠目结舌蠢蠢欲动。

我决定孤注一掷，我的心态确实像赌徒。下了决心后，我才发现我一直憋着尿。本来我在聚餐前就想上厕所，由于环境原因没能如愿以偿后，聚餐期间，我没敢再去黄帝的宫殿厕所。用餐时，我喝了两杯橙汁，目前我的生理容积已经被扩张到极限，我一边骑车一边在路边寻找厕所。我发现街上的餐厅比厕所多多了。

我好不容易看到一座厕所，我正准备下车，那厕所门外的牌子令我望而却步，牌子上写着：每位收费二角。

就是憋死，我的经济状况也不允许我花钱撒尿。我继续一边骑车一边物色厕所。车座就像催尿装置，我每蹬一下，车座就从下往上压迫客满的膀胱。

我看见的都是收费厕所。人穷到连小便自由都没有的地步，就只能靠毅力活了。我终于坚持到家了。一进家门，我直奔厕所。曲航和曲斌挺惊讶。

我一出厕所，曲斌就问我："拉肚子？"

"小便。"我说,"拉完肚子我能不冲马桶?"

"妈,吃得特好吧?"曲航问我。

我说:"那一桌子菜,看得妈眼花缭乱。可我没吃饱。你们中午有剩饭吗?我饿坏了。"

曲航瞪大眼睛:"不够吃?"

我说:"剩了很多,我看着真心疼,有一盘大虾,几乎就没动。"

曲斌说:"你干吗不吃?"

"人家都不吃,我怎么好意思老吃?"我说。

"妈你可真逗,管别人吃不吃呢,你想吃就撒开了吃呗。"曲航说。

"我不好意思。"我说。

曲斌说:"我们剩了口面条,我给你热热。"

曲航问我:"不吃饭他们干什么?"

"聊天呀,有说不完的话。"我说,"他们说,如今没人爱吃饭,在一起吃饭就是为了说话。"

儿子不吭声了,我看出他无法理解。也是,一个一星期才能吃上一次肉的人如何能想象一帮人面对一桌山珍海味光说不吃的场面?

曲斌给我端上来半碗剩面条。我狼吞虎咽地吃。

丈夫和儿子在一边大眼瞪小眼。

曲航说:"妈不像是从黄帝酒楼回来,像是从饥荒年代回来。"

"胡敬去了?"曲斌问我。

"去了。"我一边吃一边说。

"妈见过名人了。"曲航说。

"那么多同学,胡敬几乎就认出了我。"我放下碗说。

"真的?"曲斌为我高兴。

035

"我的这些小学同学,有出息的不少,自己开车去的占多数。就数我穷。"我说。

曲斌不说话了。我意识到我说了刺激丈夫的话,在这种时候,男人最在意自己的"人生成就"。

我赶紧纠正:"其实咱们这样挺好,我看他们都很累。还是咱们活得自在。前天我看一本书上有这样的话:有容乃大,无欲则刚。"

曲航笑:"妈是狐狸吃不着葡萄说葡萄是酸的。"

我想起米小旭动员我炒股的事。

我说:"米小旭教给我一个挣钱的办法,我想试试。"

曲斌看我。他在等我说。

"米小旭炒股挣了不少钱,她动员我也炒股。"我说。

"炒股风险很大吧?弄不好会赔。"曲斌说。

"我们班有个同学的爸爸炒股,上个月用挣的钱买了辆汽车。"曲航说。

我说:"我是想把曲航上大学的钱挣出来。"

"拿咱们的三千元积蓄去炒股?"曲斌问我。

"行吗?"我反问他。

"万一赔了呢?"他说。

"米小旭说,现在炒股只赚不赔。"我说。

"怎么会?那为什么不是所有人都去炒股?"曲斌说。

我把米小旭对我说的那些话向家人转述。

儿子说:"我觉得有道理。不过,你们不用太为我上大学的学费操心。一来我还未必能考上。二来就算我考上了,我可以自己打工挣钱。"

曲斌对儿子说:"没有什么一来二来的,你必须给我考上!钱的事你不要考虑,你只管考上大学。我和你妈就是砸锅卖铁,也要供你上大学。没有大学文凭,你将来找不到好工作。你不能再像我们。"

曲航说:"听说美国再有钱的人的孩子上大学,也是自己打工挣钱养活自己。"

"那是美国,这是中国。国情不一样。你上大学后要全身心学习,打工会分散精力。"

曲航嘟囔:"这不等于承认中国孩子不如美国孩子的自立能力强嘛。"

我说:"曲航,你一定要考上大学,学费的事确实不用你操心。"

沉默了一会儿,曲斌问我:"三千元钱能炒股?"

我看出他很想挣出儿子上大学的费用。

我说:"开户需要五万元保证金。米小旭说,她借给我五万元开户,开完户咱们再还给她。"

"弄虚作假?"曲斌吓了一跳,"查出来怎么办?"

"米小旭说,好多人都是这么开的户。她说绝对没人查。"我说。

"咱们虽然穷,但犯法的事不能做。"曲斌说。

"那当然。"我说,"我觉得这么做出不了事。咱们只不过借朋友的钱开户,又不是挪用公款。开了户,咱们用自己的钱炒股,不犯法。"

曲航说:"妈说得对。咱们没钱开户,借朋友的钱开户,开了户再还给朋友。然后用自己的钱炒股,就算赔光了,赔的全是自己的钱。"

我说:"最好别说全赔光了这种话。"

曲斌说:"如果你要去炒股,也只能拿一千五百元去炒,不能把三千元都拿去。"

"米小旭说,投入越多,挣得越多。"我说。

"也可能投入越多，赔得越多。"曲斌说，"咱们赔不起。"

"两千可以吗？"我问。

"爸，你就让妈拿两千去炒股吧。"曲航说，"真要是赔了，我去打工。"

"你怎么老是打工打工的？"曲斌瞪儿子，"我怎么没听你老说上大学的事？"

曲航不吭声了。

我对曲斌说："米小旭说，很快要实行上市公司退出也就是破产制度，目前这种旱涝保收的炒股机会永远不会有了。咱们应该抓住这个机会挣些钱，米小旭说，过了这村就没这店了。"

曲斌想了想，说："你拿两千元去炒吧，不能再多了。"

曲斌真的同意我拿家里的两千元巨款去炒股，我倒犹豫了。我清楚，一旦我赔了，对我们家来说，是大灾难。

曲斌以为我嫌少，他说："真的不能再多了。"

我忙说："我不是嫌少，我也怕万一赔了怎么办。"

曲航说："妈，你的同学既然炒股赚了钱，她买什么股，你就买什么股，应该不会赔。"

曲斌说："投资股票是一门学问吧？咱们一点儿不懂，是不是需要先学学？起码也应该看看这方面的书吧？"

我说："我倒觉得不用。你们想想，如果写炒股的书的人真的料事如神，他们早就去炒股了，怎么会把自己的绝招儿告诉别人？"

"电视上经常有股评家评论股市行情，看看也许有好处。"曲斌说。

我说："那天米小旭给我打电话后，这几天我注意看了几次电视上的炒股节目，我觉得没什么用。电视台每次评论股市行情，都是找三个专家，一个建议股民买进，另一个建议卖出，最后一个建议继续持有。这样的股评节目，和没说一样。"

曲斌点头："这倒是。"

只有三千元流动资产的我们就这么讨论投资股票的可行性，一直讨论到吃晚饭。

"我怎么觉得像赌博？"曲斌说。

曲航说："听我的同学说，在咱们这儿炒股和赌博差不多，好多股民根本不清楚上市公司的业绩，甚至连自己买的股票所属的公司是做什么的都不知道。这不是赌博是什么？"

我看了一眼表，到了该做晚饭的时候，我说："确实是赌博，但是是一种几乎只赢不输的赌博。咱们表决吧，如果大多数人不同意，我就不冒险了。我该去做饭了。"

我举手。曲航也举手。

曲斌说："我举不举手已经没意义了。"

我说："别弄得跟电视台的股评节目似的，红脸白脸全有。"

听我这么一说，曲斌也举了手。

我说："晚饭后，我就给米小旭打电话。周一让她带我去证券公司开户。"

曲斌说："明天我去银行取钱。"

曲航说："妈妈责任重大呀。"

我说："你别给我增加心理负担。我得轻装上阵。"

曲航说："妈真的挣了大钱，我想买一双运动鞋。"

曲斌说："凑够大学学费再说。"

我知道，儿子平时最憧憬的就是运动鞋。鉴于我家的经济状况，他脚上只能穿十元钱一双的白球鞋。一次逛商场时，曲航指着货架上一双剑拔弩张的运动鞋对我说他们班上有个同学穿的就是这种鞋，我看那鞋的价签，我以为自己看错了，价签上标明的是一千二百五十元。当儿子帮我确认那双鞋就是一千二百五十元时，我着实吃惊了一个星期。

我对曲航说："妈炒股真的挣了大钱，给你买运动鞋。"

曲斌瞪了我一眼。我冲他笑笑。我觉得，偶尔在嘴上奢侈一下，还是可以的。

曲航说："妈炒股准能挣钱。"

晚饭后，我给米小旭打电话。

"小旭吗？我是欧阳。"我一边看着表上的秒针一边和米小旭说话。

"你好，决定炒股了？"米小旭问我。

"你料事如神。我和家里商量后，他们同意我跟你学炒股。后天上午你带我去办开户手续行吗？不好意思，还得借你五万元开户。"我说。

"没问题。下周一上午八点整，我在证券公司门口等你。你带上身份证和炒股的钱。"米小旭告诉我证券公司所处的位置。

挂上电话后，我看见丈夫和儿子都在听我打电话。

曲航说："妈，你真的挣了钱，得感谢米阿姨。"

"那当然。"我说。

次日，曲斌去银行取出两千元交给我。曲斌的表情比较隆重。

我对他说："我会把这两千元变成两万元的。"

"但愿。"曲斌说。

我把钱和我的身份证放在一个包里，压在我的枕头底下。

这天晚上，我很久没睡着。我得承认，我确实有赌博的心态。我清楚，万一赔了，曲航上大学的学费就没有着落了。我知道现在反悔还来得及，可每当出现这样的念头时，米小旭说的那些炒股发横财的事例就占据了我的大脑。只有我自己清楚，我对钱财没有很大的兴趣，但我对自由的兴趣极大。我觉得自由应该是人生的最高追求。但没有钱很难自由，就像有很多钱同样没有自由一样。

"还没睡着？"身边的丈夫问我。

"你也没睡。"我在黑暗中说。

"有两点了吧？"他说。

"差不多。"

"有件事，我没跟你说。"

"什么事？"

"周五下班前，我听说，厂子下个月还要裁员三百人。"

"有你？"

"估计是。"曲斌叹了口气，"咱家的日子越来越难过了。"

我下意识将一只手伸进枕头底下，摸着装有两千元钱的包，我的手有点儿抖。

越过越穷的日子让人心里发虚。

"我不能拿这钱去炒股。"我说。

出乎我的意料，曲斌说："你一定要去炒股。如果我不知道我要失业，我不会同意你去炒股。咱们没别的路了。"

"万一赔了呢？"我问，"曲航上大学可是今年的事，没有任何余地了。"

"我去卖器官。"

"胡说八道。再说了，买卖器官违法。"

"我在工厂听李勉说，他在农村的一个亲戚为了供女儿上学，卖了一个肾，得了几万元。没人管。"

"你绝对不能卖器官。你怎么会动这样的念头？"

"我还能动什么念头？"

"……"

"据说今年大学学费还要涨。"曲斌说。

"不是据说，是肯定涨，报纸上已经说了。"我说，"报纸上说，高等教育不属于义务教育，是一种智力投资行为，应该是全部自费。"

"免费上大学的日子不会再有了。"曲斌说，"你找了个没本事的男人……"

"别这么说，有钱的人更烦，上个月我看一本书上说，亿万富翁的幸福感普遍低于百万富翁。"

"那才是胡说八道。肯定是钱越多越幸福。"曲斌说。每当我把从书上看来的钱多不幸福的道理有点儿阿Q地向家人兜售时，曲斌都会反驳我。

今天的月亮素面朝天，太阳没有给它较多的光，离开别人的光就黯然失色的东西竟然有"亮"字。

"照你这么说，物质财富和精神财富都成催命鬼了？"曲斌翻了个身。

"你别说，还真是这么回事。"

"那咱家是上了双保险的安全家庭了？既没物质财富，也没精神财富。"曲斌说。

"可以这么说吧。"连我都觉得好笑。

"如果是这样，曲航还有必要上大学吗？"曲斌深夜和我抬杠。

"当然得上！曲航是咱们家唯一的希望。他必须上大学！"我坚定地说。

"以你刚才的逻辑，曲航上了大学，就可能有钱和有自己的思想，就该危险了。"曲斌说。

我更正自己的话："有太多的钱和太多自己的思想才有危险。物质财富和精神财富都保持小康没危险。"

"反正我是穷怕了。"曲斌说,"怎么过着过着我就成了没本事的人了?"

想当年,曲斌在工厂是有一技之长的人。如今,他的车工技术可以说已经不算是技术了。

"什么都在变。"我宽慰丈夫。

我虽然不懂写作,但我看了不少书,我最喜欢看那些在文法修辞上有变化有创新的书。我觉得最没出息的写作是死守文法。生活也一样。

"睡吧,天亮后你还要去开户。"曲斌说。

我的眼睛一直把天睁亮。

第五章　开门红

我起床时，曲斌也坐起来穿衣服。

"你起这么早干什么？"我问他。

"今天我做早饭。"曲斌一边穿衣服一边说。

"你别再给我施加压力了。"我笑道。

曲斌没说话，他穿衣服的速度比我快，他先进了厨房。我去厕所时，发现曲航已经在里边了。

曲斌父子都比平时起得早，他们拿出了给我送行的姿态。我有点儿不知所措。

坐在饭桌旁时，我看见我的碗里有一个鸡蛋。

"这是？"我看曲斌。

"不是说鸡蛋能提高智力吗？"曲斌说。

我把鸡蛋夹到儿子的碗里。儿子又给我夹回来。我再给儿子夹回去。我们这么进行了三个回合后，我把鸡蛋一分为三，一人一份。

等我和曲航吃完鸡蛋后，曲斌把他碗里的鸡蛋让给我。

"妈，你就吃了吧。"曲航对我说，"咱家你吃鸡蛋最少。"

"谁吃得都不多。"我说。

丈夫和儿子都看着我，我明白自己只有吃掉它一条路可走。我在吃那鸡蛋时，感觉是在吃金子。我知道我的这个比喻不太恰当，金子是不能吃的。我的意思你肯定清楚，我是在吃一样极其珍贵的东西。而这东西在别人家是极其普通的,喂狗的可能都有。

吃完早饭,曲斌不让我刷碗,他刷。我感到肩头的担子太重了。

失业后,我头一次有上班的感觉。我和曲斌父子俩同时出门。

"别丢了。"曲斌在楼下小声叮嘱我。

"除非我丢了。"我说。

我就差像人体带毒的贩毒分子把钱藏在身体里了。

我骑自行车前往证券公司。路上,我经常警惕地回头张望,看是否有犯罪嫌疑人觊觎我的钱财跟踪我。

我到那家证券公司门口时,差十分钟八点,米小旭还没到。证券公司门口有宽敞的自行车停放地,这使我对股市有了亲切感,这说明炒股的人群中不全是大款。

我坐在证券公司门外的草地围栏上等米小旭。我身边的草地上有几只贼头贼脑的麻雀在觅食。不知怎么搞的,我历来爱把麻雀和老鼠做比较,它们都和人类抢粮食吃。麻雀是长翅膀的老鼠,老鼠是没有翅膀的麻雀。可人类似乎对麻雀很宽容,就因为它们有翅膀会飞?如果老鼠有翅膀,处境会不会比现在强?人类好像没有把任何身长超过十毫米的会飞的动物定为害虫。

证券公司门口的人渐渐多了,他们互相打着招呼,像一个单位的同事在上班前互致问候那样。

两个和我年龄差不多的中年妇女坐在离我不远的围栏上,我能听到她们的对话。

"昨天抛了吗?"一个问。

"没有。上次我抛了不到两天,就涨停了。"

"我也是,一抛就涨,一买就跌。"

"上个月挣了多少?"

"一千七百元。"

"生活费出来了?"

"差不多。你呢?"

"三千整。水电煤气费也有了。"

"还是你运气好。"

她们的话立刻增加了我的信心,她们两人都在股市上挣钱,没一个赔钱,这不就是百分之百赚吗?

我看看手表,已经是八点十分了,米小旭还没到。

证券公司门口的人开始多起来,八点半时,证券公司的大门打开了,人们拥进去。

我站起来,四处找米小旭。

八点五十分时,一辆出租车停在我身边,米小旭从车上下来。

"真对不起,堵车。"米小旭对我说,"你挣了钱后先买个手机,否则联系太不方便了。堵车时我想给你打电话都没办法打。"

"没关系,我也刚到。"我宽慰她。

"正式炒股是九点。"米小旭说,"咱们去办开户手续。"

我跟着米小旭走进证券公司的大厅,一面墙大的显示屏上全是令我眼花缭乱的数字,众多股民坐在一排排长凳上,聚精会神地看屏幕上不断变化的数字。

我站住了。

"先去办理开户,待会儿再看。"米小旭对我说。

"这么复杂,我能学会吗?"我被大屏幕吓住了。

"第一次进来的人都像你这么想,我也是。"米小旭笑了,"这东西特唬人,其实那上面的绝大多数数字和你没关系,你别看他们煞有介事地看,就以为他们都是金融专家。明天你就和他们一样了。"

"真是这样？"我不信。

"开完户，我教你，保你十分钟之内学会。"米小旭说。

我跟着米小旭走到一个窗口前，米小旭给我领了几张表格。

"咱们先填表。"米小旭坐到一张桌子前，"我帮你填。我已经帮好几个朋友办过开户手续了。"

我坐在米小旭身边看她给我填表。

"你的身份证号码？"米小旭问我。

我从内衣里掏出身份证，我念身份证号码，米小旭写。

"你的警惕性挺高。"米小旭一边写一边表扬我，她看出我把钱和身份证藏得比较严实。

我注意到米小旭只有一个很小的包，我觉得里边不可能装有借给我开户的五万元钱，而她的身上也不像塞着几万元的样子。

我压低声音问她："你把钱藏在哪儿了？"

"什么钱？"米小旭抬头问我。

"借我开户的钱呀！"我以为她忘了。

米小旭哈哈大笑，她意识到旁边的人看她时，才不笑了。

"都什么年代了，谁还揣着那么多钱？"米小旭小声对我说，"从我的账户上直接转给你就妥了，咱们看不着钱。"

我像听童话。

"你带的是现金？"米小旭问我。

我点头。

"那是银行的窗口，一会儿你去开个户头，往后你从股市上赚了钱，直接从你家附近的储蓄所就可以提钱，从自动取款机上也能取。"米小旭说。

"在股市挣的钱，不用到证券公司来取？"我惊讶，"在我家附近的银行就能取？自动取款机也行？"

047

"当然。"米小旭说,"炒股不一定来这儿,在家就行,通过电话交易。"

"那他们干吗来这儿?"我问。

"找上班的感觉呗!这儿有气氛,还能结交朋友,有时还能听到信息。"米小旭说,"我就爱来这儿炒股。"

米小旭帮我填完表,她带着我先到银行的窗口开了个户头,将我的两千元存了进去。米小旭拿出她的存折,将五万元转到了我的账户上。

我再跟着米小旭到股市开户窗口,窗口里的工作人员拿着我的表格和身份证,她在鉴定我和身份证上的照片是不是一个人。

"这是你?"她问我。

"是。"我说。

她开始给我办手续。

"输密码。"她指着窗口的密码输入器说。

我看米小旭。

"你的股票账户密码。"米小旭向我解释,"以后你每次买卖股票或取款都要先输入这个密码。这个密码不能告诉别人。你要记牢。"

我输入密码。

"再输一遍。"工作人员说。

我又输了一遍。

工作人员从窗口递给我几张卡片,还有我的身份证。

米小旭告诉我:"收好卡片,这上面有你的股市号码,你要背下来。每次交易都要先输号码,再输密码。"

"钱什么时候还你?"我拿着米小旭的钱心里不踏实。

"不着急,明天吧。"米小旭说。

"你教我炒股。"我迫不及待要挣钱。

米小旭将我领到大厅一个没人的角落，她指着大屏幕问我："知道那上面的数字是什么吗？"

"股票。"我说。

米小旭没有给我的回答打分，她说："企业要发展，需要什么？"

"人才。"我说。

"除了人才呢？"

"钱。"我说。

"企业到哪儿弄钱？"

"向银行贷款。"

"银行哪儿来的钱？"

"老百姓的。"

"企业直接向老百姓借钱不就得了？"米小旭说，"股市是企业绕过银行直接向老百姓筹钱的地方。"

我不知道米小旭说得对不对，但我觉得她的话通俗易懂。

米小旭继续对我说："能到股市上筹钱的企业叫上市公司。每个上市公司有一个代码，比如1234或567890，另有一个简称，比如华山公厕，我这是打比方。简称相当于人的名字，代码相当于人的身份证号码。"

我说："如果我想买华山公厕，我只要输入它的代码就行了？"

"完全正确。"米小旭说，"炒股的原则是：低价买进，高价卖出。赚差价。比如你是以每股八元买进的华山公厕，然后你在它每股涨到十八元时卖出，这样每股你就赚了十元，当然你要交手续费和税，不过那没多少。"

"如果我买了十股，我就赚了一百元？"我说。

"别那么小家子气，连想都不敢多想？"米小旭开导我，"如果你买了十万股,你就赚了一百万元。"

我呆了。

"你怎么了?光说说就傻了?真挣到钱怎么办?"米小旭推我,"炒股要有心理承受能力。"

我问:"所有炒股的人都赚,钱从哪儿来?"

"怎么会所有人都赚?当然有赔的,钱从赔的人那儿来。炒股的本质是合法地从别人手里抢钱。"米小旭说。

"那天你可没跟我说会赔。"我紧张了。

"我是说不会赔光。万一上市公司完蛋了,国家为了稳定会想办法补救股民的损失。但国家很快就不管了。现在你炒股风险还是比较小的。"米小旭说。

"我现在就买?"我问她。

米小旭点头。这时,有几个股民过来和米小旭打招呼。

"米姐,卖了吗?"一个长发男子问米小旭。

"急什么?我觉得还不到卖的时候,该卖我就卖了。"米小旭笑着说,"你忘了上个星期你猴急着卖,结果少挣了四千!"

"那次我要是听你的就好了。"长发惋惜。

一个三十多岁长得不难看的女人问米小旭:"米姐,菱亮涨停了,你还不卖?"

米小旭惊喜万分:"菱亮涨停了?真的?那得卖!"

"你干什么呢?在证券公司待着,连自己的股票涨停都不知道!""不难看"笑道。

米小旭说:"我在帮朋友开户。"

我不安地问:"我耽误你的事了?"

米小旭说:"没有,不就是涨停了吗!我现在就卖。你跟我来。"

米小旭走到一台电脑前,她熟练地按键,我在一边看。米小旭敲了几个键后，她见我盯着她的手，不敲了。

"怎么了？"我问她。

米小旭脸上露出挺奇怪的表情。

我突然意识到我在看她输密码。

我赶紧转身，说："对不起，对不起，你输密码吧。"

米小旭说："没关系。"

我看到大厅里有不少人在数十台电脑前轮流忙碌着。

"转过来吧，我卖了。"米小旭满面春风地说，"我挣了一千。中午我请你吃饭。"

"一千！"我吃惊。

"快买吧。"米小旭说。

"什么叫涨停？"我问。

米小旭告诉我："如果某股票在一天之内没完没了地涨，不利于股市安全。因此，管理机构就给每只股票在一天之内的涨幅规定了一个幅度，超过这个涨幅，当天就不能再涨了。这就是涨停。"

"有跌停吗？"我问。我担心赔惨了。

"有啊！道理相反。"米小旭说。

我心里踏实了。

"你建议我买什么？"我急于挣第一桶金。

"一般来说，买低不买高。"米小旭说，"还有就是不能把所有的鸡蛋都放在一个篮子里，应该买不同的股票。一旦被套住，不至于全赔。"

"套住？"我问。

"比如你以每股十元的价格买了某股票，过几天那股票跌成八元了而且长期不变，你又不愿意赔钱卖，这就是被套住了。"米小旭给我扫盲。

我说:"我买两种股票,你向我推荐。"

米小旭看着大屏幕思索。

她说:"你买蟾蜍股份和长城猪业吧。都是刚上市不久的新股,蟾蜍股份每股六元,长城猪业每股七元。"

"我每股买多少?"我问。

"先各买一百股吧,这样你还有七百元机动资金。"米小旭说。

我走到电脑前,米小旭告诉我操作方法。当我输密码时,米小旭也转过身去不看,就像我是一个在换内衣的男人。

"成交了。"米小旭告诉我,"你现在是蟾蜍公司和猪业公司的股东了,也就算是他们的老板之一了。"

我感到神奇。

"有意思吧?"米小旭说,"越炒越上瘾。周末不能炒股时,你会感觉很难受,就像喜欢上网的人遭遇停电一样。"

我在大屏幕上找我的蟾蜍股份和长城猪业。

米小旭说:"欧阳,快看,你已经挣了五十元了,蟾蜍股份变成每股六元五角了。你的运气真不错。"

我难以置信,还不到五分钟,我连地方都没挪,就挣了五十元?!而我只买了一百股,如果我买了一千股蟾蜍股份,不就挣了五百元吗!

米小旭好像看到了我的思维,她说:"如果你买了一万股,你就挣了五千元。你是在算这笔账吧?刚开始炒股的人都这么算。"

"我现在如果卖了蟾蜍股份,我就挣了五十元?"我问米小旭。我想拿这五十元回家给曲斌和曲航看。

"当然。"米小旭说,"不过股市有规定,当天买的股票最早只能在次日出售。别这么急,过几天卖可能赚得更多。"

我已经会看大屏幕了,尽管上边层出不穷自下而上着永无止境的数字，我只看和我有关系的蟾蜍股份和长城猪业。

"长城猪业也涨了！"我情不自禁地喊道。

"小声点儿！人家还以为涨停了呢！"米小旭对我说，"不就才涨了几分钱嘛。"

我赶紧收声。

"咱们找个地方坐下看。"米小旭说。

我跟在米小旭身后，她一路和股友打着招呼。我们坐在长凳上看大屏幕。

炒股确实有一种很奇特的感受，赚钱之外，还有种有事做的感觉。没事干的人严格说不能算人。我失业后，感觉自己人不人鬼不鬼地活着。

我和这么多人坐在一起，面前的大屏幕上彰显着我们的财富，我的蟾蜍股份和长城猪业一路上扬，到上午收市时，蟾蜍股份每股已经魔术般变成了七元！我赚了一百元！长城猪业也不甘落后，每股由七元涨到七元三角。这样算来，我在刚入门的上午就挣了一百三十元，而我只投资了一千三百元。回报率确实高。

"咱们现在去吃饭，下午接着炒。"米小旭站起来。

大厅里的股民都陆续往外走。

证券公司左侧是一家名为好运的餐厅，我跟着米小旭走进好运餐厅。餐厅的生意不错，有八成客人。

我和米小旭坐在一张靠窗户的小餐桌旁。

"在这儿吃午饭的大都是股民。"米小旭告诉我，"这家餐厅发的是股市财。据说周末没人来这儿吃饭。"

"熊市的时候，来这吃饭的人也少吧？"我是从书上知道股市的好光景叫牛市赖光景叫熊市的。

米小旭瞪大眼睛看我："你还懂牛市和熊市！"

我说:"从书上看来的。"

一位小姐来问点不点菜。

"你喜欢吃什么?"米小旭问我,"就咱们俩,你别客气。那天聚会我看出你没吃饱。现在你想吃什么尽管说。等你挣了钱,再请我吃。"

我想了想,说:"我来一盘米粉肉就行了。"

米小旭对小姐说:"米粉肉、京酱肉丝、清炒西兰花、酸辣汤、两碗米饭。"

"太多了!"我说。

"能吃完。"米小旭说,"等我将来进了大户室,就在证券公司里拥有自己的厨房了,那时咱们自己做饭吃,干净。"

"大户室?"我问。

"这家证券公司的规定是,投资股市资金超过五十万元,就算大户,证券公司为每位大户提供大户室。大户室里有电脑、床、卫生间和厨房。"米小旭说,"我的奋斗目标是一年之内杀进大户室。"

"祝你成功。"我由衷地说。

"我也祝你早进大户室。"米小旭说。

"我可不敢想。"我说。

小姐开始给我们上菜。

"你说,股市靠的到底是什么?"我问米小旭,"好像不是钱吧?"

"股市靠人的两种本性:贪婪和恐惧。"米小旭说,"你仔细想,是不是这么回事?"

我使劲儿点头。米小旭说得有道理,贪婪导致买进,恐惧致使卖出。

米小旭说:"靠几万元起家,赚了上亿的都有。"

"我只要有五万元,就不愁儿子上大学了。"我说。

"吃吧，这些菜咱俩都吃光。"米小旭用筷子指着餐桌上的菜说。

三盘色香味俱全的菜。其中的米粉肉香气四溢，与肥肉珠联璧合排列整齐的油光光的肉皮透过米粉看着我。

"那我就不客气了。"我将一块米粉肉夹到我的碗里，就着米饭大口吃。太香了。

米小旭吃京酱肉丝。

"你不吃米粉肉？"我问她。

"我在减肥，不敢吃肥肉。"米小旭说。

我三口两口就吃完了一碗米饭。我对米小旭说："我想再要一碗米饭。"

米小旭招呼服务员又给我上了一碗米饭。

"你没见过这么吃饭的吧？"我问她。

"吃得这么香，让人羡慕。"米小旭说。

"穷人吃饭最香。"我说。

"你先生做什么？"她问我。

"工人，和我是一个厂的，他也快失业了。"我说。

米小旭叹了口气，说："从那天的同学聚会看，在小学同学里，你的经济状况算是比较差的。"

"不是比较差，是最差。"我纠正她。

"人比人气死人。"米小旭说，"十根手指头不一般长。"

米小旭突然想起什么，她看了一眼我左手的四根手指头，发觉自己说了错话，她赶紧说："对不起，我忘了你的手指……"

"没关系。就是十根手指头不一般长嘛。"我说。

"我吃饱了，这些菜你都吃光。"米小旭指着桌子上的大半盘京酱肉丝和半盘清炒西兰花说。

我吃得荡气回肠。

"你说咱们班混得最好的是谁?"米小旭问我。

"那还用说,胡敬。"我一边喝汤一边说。

"依我说,不是胡敬,是吴卫东。"米小旭说。

"吴卫东再怎么说,也就是个街道书记,胡敬可是在全国有影响的人物。"我说。

"胡敬是有影响,可他手中没权。"米小旭说,"吴卫东虽然官不大,却有权力,我敢说,吴卫东吃饭抽烟根本不用花钱。吴卫东能用公款请这么多小学同学吃饭,胡敬能吗?我估计他不行。"

"也许吧。"我喝完了汤,"不过我还是觉得咱们班数胡敬最有出息。"

米小旭看手表:"快开市了。"

米小旭招呼服务员结账,这顿饭钱吓了我一跳:四十五元。

"咱俩一顿饭吃了四十五元!"我唏嘘。

"四十五元现在还算钱?"米小旭笑我。

餐厅里的人都开始往外走。

我和米小旭站起来,米小旭的手机响了。她和我一边往外走一边和给她打电话的人谈笑风生。我想起了上小学时,有一次米小旭身上过敏,长了好多红包,正逢学校组织去动物园春游,她不能去,我就也向老师称病不去春游,去米小旭家陪她。

一进证券公司,我就迫不及待看大屏幕,我的蟾蜍股份和长城猪业又涨了!

"欧阳,你的运气确实好。"米小旭说。

"是你指点得好!"我说。

"什么时候卖?"米小旭问我。

"我想明天就卖,让家里人看看战果。"我说,"明天我要还你钱。"

到收市时，蟾蜍股份和长城猪业的上涨趋势才不得不鸣金收兵。

我回到家里时，曲斌和曲航都还没回来。

第六章　一败涂地

我在回家的路上，买了五百克猪肉。你可能会说，如今有谁会在生活中使用"克"这种和普通老百姓近在咫尺却相去甚远的计量单位？谁在日常生活中会对家人说"我买了一千克猪肉"？你说得没错，我平常买东西时尽管价签上标明的是"克"，我依然对售货员说我要多少多少"斤"。需要请你原谅的是，既然我的这次叙述有不少人听，我还是规范一些好，以免给人以口实。

我要用自己的好心情给丈夫和儿子做一顿好饭。

我在厨房从五百克猪肉中分裂出一百五十克猪肉，我用刀将这一百五十克肉剁得粉身碎骨，再把昨天的剩馒头揉碎了同肉掺和在一起做成丸子。曲斌和曲航都爱吃丸子。

余下的三百五十克猪肉被我切成肉丝，分别和不同的蔬菜炒成两个菜。

当曲斌和曲航前后脚到家时，他们一看见桌上的三个菜就意识到我遇到开门红了。

"赚了？"曲斌对我说。

"妈肯定赚了！"曲航一边把书包扔到床上一边说。

"你们猜我今天赚了多少？"我的口气像银行家。

"三十元？"曲航猜。

"二十元？"曲斌猜。

"一百四十五元！"我宣布战果。

"花两千元买股票一天就赚了一百四十五元？"曲斌难以置信。

"我只花了一千三百元买股票，还有七百元放着没动。"我说。

"如果咱们用一万三千元买股票，今天就能赚一千四百五十元？"曲航假设。

我学米小旭的样子说："如果咱们有十三万，我今天就赚了一万三千元。"

"这是用赚的钱做的？"曲斌指着桌子上的菜问我。

"赚的钱明天才能拿到。"我向他们解释股市的规定，"这几个菜是我为了庆祝咱们炒股成功特意做的。"

我们一家三口围坐在饭桌旁，曲航大口吃饭吃菜，曲斌中口吃，我几乎不吃。

"妈，你怎么不吃？"儿子问我。

"中午你米阿姨请我吃饭，米粉肉，我吃撑了，现在还饱着。"我说。

"借人家的钱还了？"曲斌问我。

"明天还。"我说。

"五万元数了半天吧？"曲航问我。

"是转账，根本见不着钱。很省事。"我说。

我向家人详细描述今天我在证券公司的经历，描述我和米小旭坐在证券公司里看大屏幕上的股票行情的情景。

"妈，蟾蜍股份和长城猪业是做什么的？"曲航问我。

"不知道。"我说。

"你是人家的股东了，连人家公司是做什么的都不知道，真逗。"儿子笑，"真像我们同学说的，很多股民不知道自己持股的公司是干什么的。"

"米小旭也这么说。"我证实。

曲航说:"我的同学毕莉莉的爸爸炒股,最近她家还拿炒股挣的钱买了汽车。我打电话问问她,她爸爸没准儿知道蟾蜍股份和长城猪业。"

我经常听儿子说起毕莉莉,我参加家长会时,见过那个长得相当不错的女孩儿,凭做母亲的直觉,我感受到儿子喜欢毕莉莉。我和曲斌探讨过这个问题,我们一致认为目前无须告诫儿子不能发展和毕莉莉的关系,这是因为我们从儿子口中获悉,毕莉莉家境殷实,又长得漂亮,她一般不会看上貌不惊人且家境贫寒的曲航。鉴于一个巴掌拍不响,我们也就没有必要提醒儿子将全部精力用在高考上。

儿子提出给毕莉莉打电话还是头一回,我看向丈夫。

"知道了那两家公司的实情,可以减少风险。"曲斌批准儿子给女同学打电话。

曲航显然挺兴奋。

"你知道她家的电话?"我的问话有点儿居心叵测。

"全班同学之间都留电话号码。"儿子有点儿欲盖弥彰。

"你给她打电话吧。"我一边收拾碗筷一边说。

曲航从书包里拿出一个小本,他找到毕莉莉家的电话号码,他拨电话。

"请找毕莉莉。"曲航说。我看出他有点儿紧张。

我和曲斌都在听。我还下意识看了一眼墙上的表。我在乎电话费。

"你就是?"曲航说,"你好,我是曲航。我有件事想通过你向你爸咨询。炒股的事。我妈也炒股了。她今天买了蟾蜍股份和长城猪业,我们不知道这两家公司是干什么的,你能帮我们问问你爸吗?你现在就问?我等着?我过一会儿再给你打过去吧。"

曲航挂了电话。他懂得节省电话费。

我到厨房刷碗，曲斌也帮我收拾。过去，我和曲斌都是分别刷碗，从来没有一起干过。我们家的碗筷也非常简单。我看出曲斌今天很高兴。

电话铃响了。

曲航拿起话筒，说："你好，我就是。蟾蜍股份是生物公司，长城猪业是饲养业。谢谢你。明天见。"

我对毕莉莉有了好感，大概是因为她把电话打过来了。你别笑话我小家子气，穷人就得这么节约。其实不光穷人这样，我从一本书上看到，一个百万富翁为了节约电话费，在家里从手机上看到别人给他打电话，鉴于手机是双向收费，他不接电话，而是按照手机上显示的对方电话号码使用他家的固定电话给对方打过去，以节省自己的电话费用。你看，连百万富翁都这样，我们这种收入的人家就更得节省了。

曲航放下电话对我和曲斌说："毕莉莉的爸爸说，蟾蜍股份是生物公司，长城猪业从事饲养业。"

曲斌说："如今生物技术是热门。"

"没错。"我说，"米小旭建议我买的，她有经验。"

"饲养业不是热门吧？"儿子说。

"肉类是人们的生活必需品，应该不会衰落。"我说。

"只要咱们这儿不暴发口蹄疫什么的，饲养业可能不会不景气，这么多人要吃肉。"曲斌说。

我们像是蟾蜍股份和长城猪业的大股东，在开董事会。

"明天一开盘，我就把这两只股票都卖了，先赚一笔。"我说，"落袋为安。"

"这样好。"曲斌同意。

"应该等再多挣点儿再卖吧？"曲航说。

我们就这么讨论了半个小时，直到曲斌提醒儿子该写作业了。

熄灯后，我和曲斌都兴奋得睡不着，我们盘算一天能挣一百四十五元，十天就是一千四百五十元，一个月是四千三百五十元，半年是两万六千元，一年是五万二千二百元。

"五万元！"曲斌惊叹道。

"咱们还没算把赚了的钱再投入赚的钱。"我提醒他。

"这下曲航上大学的费用就全解决了。"曲斌长舒了一口气。

曲航上大学的费用是压在我和丈夫心头的一块巨石。平日里我和曲斌在督促儿子一定要考上大学时，我们的心里是发虚的。我们既盼望儿子考上大学，又怕儿子考上大学。

"是米小旭救了咱们。"我在黑暗中说。

"咱们要感谢她。"曲斌说。

次日早晨，我和曲斌、曲航一起出门。当我将自行车插进证券公司门口的自行车群里时，米小旭在我身后叫我。

"欧阳，上班来了？"米小旭逗我。

"这种上班真不错，迟到了也不扣钱。"我笑着说，"你怎么来早了？"

"今天没堵车。"米小旭说。

"我把钱还给你。"我说。

"急什么？"米小旭拉着我往证券公司的大厅里走。

"你已经帮了我，我不能占压着你的资金。"我说。

"才炒了一天股，你的口气就挺专业了。"米小旭看着我说，"你的气色比昨天好多了。"

我和米小旭走到窗口，我们办理了转账手续，我将米小旭借给我开户的五万元钱完璧归赵。

"咱们快去看行情。"我迫不及待。

"已经上瘾了。"米小旭说。

我和米小旭并排坐在长凳上,我的目光在大屏幕上寻找我的蟾蜍股份和长城猪业。

我觉得那一排排和我毫不相干的股票赖在大屏幕上不走,我焦急地盼望我的股票出现在屏幕上。终于,蟾蜍股份登场了,它又涨了!

"你的运气真不错。"米小旭对我说。

"我想卖了它。"我说。

"以我的经验,蟾蜍股份还会涨。"米小旭说,"你应该沉住气。"

长城猪业露面了,它还维持昨天的水平。

"我要卖。"我对米小旭说,"你教我怎么操作。"

我拿到我在股市挣的第一笔钱心里才踏实。

米小旭站起来跟着我走到一台电脑前,她告诉我按哪些键卖股票。

我完成了操作。我的股票账户上显示的金额是两千一百六十多元。我板上钉钉挣了一百六十元。

"感觉怎么样?"米小旭问我。

"很好!"我说。

"还买吗?"米小旭问。

"当然买,把两千元全买了。"我说。

"把那一百六十元取出来?"

"你怎么知道?"

"我炒股挣了第一笔钱时,也是这么做的。"米小旭笑。

我到一个窗口取出了我炒股挣的第一桶金:一百六十元。

"欧阳,你做对了。"米小旭指着屏幕对我说,"蟾蜍股价跌了。"

"跌了就再买它。"我说,"两千元都买它。"

米小旭惊讶地看我:"欧阳,我发现你很厉害呀!"

"名师出高徒嘛。"我说。

当蟾蜍股份跌到和昨天我买它时差不多的价位时,我将我的两千元全买了它。

下午,蟾蜍股价一路上扬,看着大屏幕上它不断上涨的数字,我心花怒放。

晚上,我把一百六十元钱全部交给曲斌,我感觉我是一个有用的人。

"如果再投入一千元,是不是咱们挣得更多?"曲斌拿着我递给他的钱问我。

我说:"那当然。"

曲斌想了想,他咬咬牙,说:"要不明天上午我把那一千元存款也取出来买股票?"

我没想到保守的他竟然会动这样的念头。

"万一赔了呢?"我说。

"咱们见好就收,就投入一天,顶多两天。"曲斌说,"刚才我听电视里的股评家说,股市有相对稳定期。照他这么说,这几天股市应该不会突然下跌。"

"这倒是。"我说,"这两天,我看到炒股的人在证券公司的大厅里都是满面春风喜气洋洋。"

"明天银行一开门我就去取钱,你拿到钱再去证券公司。"曲斌决定了。

第二天上午,曲斌先给工厂打电话请了一个小时假,他和我一起到银行取出了我们最后的一千元存款。我拿上钱骑自行车直奔证券公司。

我走进证券公司时,看见米小旭坐在长凳上和几个股友聊天。我先到一个窗口将我带来的一千元存入我的账户,我一边办手续一边注意大屏幕上的蟾蜍股份的行情。蟾蜍股份比昨天略高。

我走到一台电脑前,将我的账户上刚增加的一千元全部买了蟾蜍股份。我很有成就感,毕竟这是我第一次独立操作买卖股票。

我走到米小旭身后坐下,我拍拍她的肩膀。

米小旭回头看见我,说:"我还以为你不来了呢。新鲜劲儿过了?"

我的嘴对着她的耳朵说:"我又投了一千元。"

米小旭问我:"你把家里的钱全拿出来了?还是借的?"

"全拿出来了。"我说,"是我先生提议的,他是很谨慎的人。我们决定这一千元只投一两天。应该没什么风险吧?"

"看样子不会。"米小旭说,"你看我前些天跟你说的没错吧,咱们中国人有赌博基因。"

"这可真是赌博。"我一边注意大屏幕一边说。

米小旭对我说:"虽然是我动员你炒股的,但我不赞成你把家里所有钱都拿出来炒股。"

我说:"我们实在是太穷了,看到挣钱的机会,就想多挣点儿。"

"越穷越不能全拿出来。"米小旭说。

我觉得米小旭说得对,我说:"明天我就卖了。"

米小旭看着大屏幕说:"欧阳你看,蟾蜍股价开始跌了。"

我忙看屏幕,果然,蟾蜍股份下跌了。

我的心头一紧。

"别紧张,这属于正常范围的波动。"米小旭安慰我。

"但愿。"我揪着心说。

"好像不大对头呀!"米小旭脸色变了。

"怎么了?"我紧张地问她。

"大盘在急速下跌！"米小旭慌了。

昨天米小旭告诉我，大盘是指整个股市的综合指数。

"大盘急速下跌，是不是说明大多数股票下跌？"我焦急地问米小旭。我怕牛市突然变成熊市。

米小旭说："对。不过，大盘再跌，也有涨的个股。大盘再涨，也有跌的个股。"

我看到蟾蜍股份变成了每股五元六角！我呆若木鸡。

"我得打听看到底出了什么事！"米小旭站起来四处张望。

我也站起来，我看见大厅里一片混乱，每台电脑前都站满了股民，看样子是在排队抛售股票。

"你找谁？"我问米小旭。

"找消息灵通人士。"米小旭说，"我看见他了，你在这儿等我，我打听完马上回来。"

米小旭跑到一个中年男子身边，那人四周已经有几个人在同他说话。我看见米小旭挤过去和那男人说着什么，那男人递给米小旭一张报纸，米小旭看了几眼报纸，她把报纸塞回到男人手里，跑回我身边。

没等米小旭张口，我迫不及待地问她："怎么了？"

米小旭说："你猜是谁让大盘下跌的？"

"我怎么知道？"我说。

"你认识这人！"米小旭说。

"我认识能左右股市的人？炒股的，除了你，我一个也不认识。"我说。

"胡敬！胡敬说了一句话，今天上午登在证券报上，导致股市下跌！害惨了咱们！"米小旭气愤。

"胡敬一句话能使股市下跌？"我半信半疑，"他说了什么话？"

"胡敬预测最近央行会提高利率！"米小旭说，"一般的规律是，银行降低利率，刺激股市上扬。银行提高利率，导致股市下跌。"

"他胡敬说提高利率银行就提高利率？他又不是银行行长！股民就这么听他的？"我说。

"他不是一般的经济学家，是重量级的。懂什么叫一言九鼎吗？胡敬就是！"米小旭说。

"我的蟾蜍股份已经赔了，你的呢？"我问米小旭。

"基本上都赔了，胡敬真该死！"米小旭跺脚。

"咱们快卖吧？别人都在卖。"我说。

米小旭说："如果是短暂下跌，现在卖就亏了。这种情况常有，炒股要沉住气。"

"很快会反弹？"我问。

"你知道不少词呀？"米小旭看我。

"电视上学来的。"我说。

"很可能下午就反弹，这要看有没有人出来说央行不会提高利率，还得是重量级的人说，至少是央行副行长。"米小旭说。

我看到蟾蜍股份已经变成每股五元三角了！我感觉我的心脏和脾脏更换了位置。我终于意识到，股市是一个能使你没动地方就大赚特赚的地方，也是一个能使你没挪窝就大亏特亏的地方。

我扭头看身边的米小旭，她的脸上已经没有了血色。

我对米小旭说："你在这儿盯着，我出去买张证券报。"

米小旭麻木地点头。

我到证券公司门口的报摊旁买报纸，一路上我看到的股民都是神色慌张，电脑前排起了抛售股票的长队。

我对卖报的老太太说："我要一张今天的证券报。"

老太太说："就最后这一张了。今天是怎么了？往常证券报要卖到晚上，今天就跟不要钱似的。"

我打开报纸找胡敬，胡敬在第一版上笑着看我。那篇专访配发了胡敬的照片。

我站在大太阳底下看那文章。

记者问胡敬对中国大陆未来经济走向的预测，胡敬说最近有通货膨胀的苗头，比如电信涨价，比如汽油涨价，比如天然气涨价，比如水电涨价。他说，他预计央行将提高利率。

就是胡敬这么一句话，竟然引发股市大跌。我难以置信。我清楚，如果我赔了，对我们家意味着什么。绝对的灾难。

我拿着报纸回到米小旭身边。

"欧阳，你完了，蟾蜍跌停了。"米小旭冲我耸肩膀。

我一屁股跌坐在凳子上，手中的报纸掉在地上。

"沉住气，你这算什么？我已经赔了两万元了！"米小旭说，"说不定下午就反弹了。"

我有气无力地说："三千元对我家来说，比两万元对你家还多得多。"

米小旭没话说了。

"小旭，不会不反弹吧？"我的口气里有绝望的成分。

"当然不会。"米小旭特肯定地说，"迟早会反弹，只是时间问题。"

"最长会有多长时间？"我心惊胆战地问。

米小旭叹了口气，说："这就不好说了。短则一两天，长则一两年，甚至七八年被套牢的都有。"

"七八年！"我眼前一白，脑子空无一物般冷寂。

曲航今年上大学，如果蟾蜍股份到九月依然不能反弹，我家就完了。

大盘继续下跌，没有丝毫迷途知返的迹象。

"太恐怖了。"米小旭冒出这样扰乱军心的话。

我看着大屏幕上死水一潭的蟾蜍股份,迅速计算着我的亏损额,我意识到我不能再赔下去了。我赔的不是股票也不是钱,而是儿子的大学学业。

"小旭,我得抛。"我站起来。

"你看看电脑前排的队!"米小旭对我说。

"我用电话抛。"我说。米小旭曾经告诉我,打电话也能买卖股票。

米小旭掏出她的手机递给我:"抛吧。"

我接过手机,问她:"怎么操作?"

米小旭教我使用电话买卖股票的方法。

我按她说的开始拨号。我再输入我的股票代码。

"欧阳,蟾蜍股份有起死回生的迹象!"米小旭对我说。

我看屏幕,蟾蜍果然比刚才升了点儿。

"还卖吗?"米小旭问我。

我清楚如果我现在出售蟾蜍,一会儿蟾蜍涨了,我就亏大发了。

"算了。"我把手机还给米小旭。

一直到上午收市时,蟾蜍股份像冬眠的青蛙一样,不死不活。

中午,我和米小旭在街头摊贩处买煎饼吃。我看见好运餐厅里几乎没人吃饭。大盘下跌,不至于所有股民都赔得一干二净,为什么没人花钱下馆子了呢?由此可见心里踏实是敢于花钱的关键,尽管股市里的财富说穿了是数字游戏,可它确是实实在在的定心丸。

米小旭的情绪明显低落,她的话少了。

我反过来安慰她:"你又没有什么急需用钱的地方,别急,过几天就反弹了,没准儿明天的证券报上就有人出来说话了。不是说股市是一个国家经济的晴雨表吗？国家会眼看着股市下跌而袖手旁观？"

"我昨天应该卖。"米小旭后悔。

"真要是被套牢，我比你惨多了。"我吃了一口煎饼，嘴里什么味儿都没有。

"欧阳，我跟你说实话，我虽然投入的钱多，但其中有一万元是我帮我姑姑运作的。"米小旭说。

我理解米小旭为什么情绪低落了，帮别人炒股，赚了人家认为是天经地义，赔了人家肯定不高兴。这就好比我失业后为了节省开支学着给家人做衣服，我发现家人穿买的衣服有些许不合适并不在意，而对于我做的衣服，有一点儿不合身就横挑鼻子竖挑眼。

整个下午，证券公司的大厅变成了殡仪馆，除了没有哭声、花圈和哀乐，其他都差不多。所有人的目光都悲哀地注视着大屏幕，像是在瞻仰死者遗容。

蟾蜍股份又跌停了，我后悔上午没毅然卖掉它。

"你现在卖吧。"米小旭有气无力地对我说。

"万一明天涨了呢？"我反而沉住气了。

下午到收市时，大盘比上午开盘时下跌了很多，惨不忍睹。

米小旭和我分手时说："明天见，但愿明天有好的消息面，最好胡敬能出面把话再说回去。"

我叹了口气，骑上我的自行车。我看到米小旭是坐公共汽车走的。

我觉得证券公司和我家之间的距离变远了，自行车的脚镫子也沉重了许多，像拽着地球。我的脑子很乱，一会儿出现儿子的高考场面，一会儿又是窃贼进入我家盗走了我们的全部积蓄。

进家门后，我倒在床上，没心思做饭。

曲斌一回到家里就发现不对劲，他站在床边问我："不舒服？"

我坐起来,说:"我对不起你们。"

曲斌诧异:"出什么事了?"

"赔了,股票赔了。"我说。

曲斌脸色变了。

"赔了多少?"他问。

"三千元已经变成了两千六百元。"我用微弱的声音说。

"怎么会?"曲斌发呆。

"胡敬在证券报上说了一句央行可能提高利率的话,股市就大跌了。"我说。

"胡敬的一句话能导致股市下跌?"曲斌不信。

"确实。"我说。

"你怎么不卖?"曲斌问我。

"我正要卖,蟾蜍又涨了点儿,我就想等涨回去再说,没想到它又跌回去了。幸亏有跌停的规定,要不然,咱们可能赔光了。"我不敢看曲斌的眼睛。

"你不卖也可能是对的。股市不可能光跌不涨。"曲斌宽慰我。

"谢谢你。"我这时最需要他的理解。如果现在他埋怨我,我就完了。

"别告诉曲航,他现在不能分心。"曲斌要求我。

我点头。

"我去做饭。"曲斌说。

"你做饭容易让儿子起疑,还是我做吧。"我说完朝厨房走去。

面条和包子是我家的主打伙食。吃面条可以无须菜肴,拌点儿黄酱就行。上不了台面的菜,藏在包子皮里就可以堂而皇之滥竽充数地端上饭桌。我和面擀面条。我切面条时,面条在我眼中变成了证券公司大屏幕上的一行行股票数字。

曲航一进家门就跑到厨房问我:"妈,今天挣了多少?"

我骗他:"今天没昨天多,只挣了二十元。"

儿子说:"正好今天老师让明天交二十元。"

"又交什么钱?"我一听学校让交钱就急。

"说是买一本和高考有关的书。"曲航说。

我不吭声了。面条在锅里痛苦地挣扎着,备受滚烫的开水煎熬。

人这一辈子,干的最基本的事就是把数十万吨食物变成数十万吨粪便。我在厨房不知怎么搞的冒出这样的荒唐念头。

吃饭时,我尽量回避股市的话题。

曲航一边吃一边说:"我们班出大事了。"

"什么事?"我心不在焉地问。

曲航说:"杨违你们记得吗?我过去和你们说过他。"

我和曲斌都摇头表示对这个人没印象。

曲航绘声绘色地说:"杨违差点儿杀了人。他昨天晚上和外校的几个同学去打保龄球。"

曲斌打断儿子的话:"高考前夕,他怎么还有心打球?"

"杨违是那种特会考试的学生,考试前该玩照玩,可他几乎每次考试分数都不低。"曲航说。

"这样的人八成是天才。"我说。

"杨违和班长是对头。"曲航一边大口吃面条一边说,"他给班长起了个外号,叫工业酒精。"

"工业酒精?"我心不在焉地和儿子搭话。

"甲醇。"曲航说,"假纯的意思。"

"甲醇的意思?"曲斌听不明白。

"杨违的意思是我们班长是假纯,假装纯洁。"曲航说。

"什么乱七八糟的。"曲斌说,"聪明没用在正地方。"

"今天上午上第二节课时,校长来我们班把杨违叫出去了,我们班同学看到楼道里站着几名警察,他们问了杨违几句话后,把他铐走了。"

"铐走了?"我惊讶。

"上第三节课时老师告诉我们,"曲航说,"杨违昨天晚上和几个朋友去一家保龄球馆打保龄球,他们打完五局,结账时,球馆收他们六局的钱。杨违问人家为什么打了五局要收六局的钱。对方说球馆有规定,客人必须在一个小时内打完五局,如果打不完,一律按六局收费。"

"为什么?"我问。

曲航说:"据说是怕顾客打得慢占着地方。杨违和球馆的工作人员较起了真,他说一局最多要扔二十次球,扔一次球最少需要一分钟时间,五局是掷一百次球,最少需要一百分钟时间,一百分钟是一个小时外加四十分钟。就算每次掷球都是全中,每局都是三百分满分,打满五局也会超过一个小时,何况连世界冠军也没有这样连打五局都是满分的球技。球馆的工作人员坚持让他们交六局的钱,杨违们坚持只交五局,双方发生了争执,工作人员叫来了保安。一名保安推搡杨违,双方动了手,杨违拿起一个保龄球砸向一名保安,把那保安的一只脚砸成了粉碎性骨折。"

"他还能参加高考吗?"我问。

"老师说估计不行了,这算故意伤害。"曲航说,"我们班长好像挺高兴。"

"外出一定要小心,特别是高考前。"曲斌告诫儿子。

我说:"那保龄球馆有问题,既然一个小时打不完五局,就不能这么规定。"

"老师说，打保龄球的人里公款消费的比较多，球馆这么规定是为了多挣国家的钱。花国家的钱打保龄球，多交几局的钱没人心疼。"儿子说。

我说："国家的钱说穿了是纳税人的钱。如果纳税人知道他们交的税款被用于打保龄球了，心里可能不好受。"

儿子说："我们老师今天对我们说：同学们，你们想在打保龄球时，人家要多少钱就给人家多少钱，不和人家冲突、不戴手铐吗？那你们就一定要考上大学！没有大学文凭当不成官，不是官员，怎么可能用公款打保龄球？"

"老师这么说不对吧？"我看曲斌。

曲斌说："依我说，只要能让学生考上大学，老师怎么说都行。"

我不说话了。

"我们班同学说，还有用公款炒股的呢！赚了是自己的，赔了是公家的。"曲航说。

"这样的人早晚会被铐上。"我说。我瞪曲斌，我用目光催促他教育儿子。

"这倒是。还是花自己的钱踏实。"曲斌对儿子说。

"我吃完了。"曲航说，"我复习去了。"

曲航走后，我和曲斌干坐了十分钟，相对无言。我们互相听到了对方心中的呐喊：儿子考上大学后，我们没钱给他交学费怎么办？

我站起来想收拾饭桌，腿一软，我又坐下了。

曲斌探头往儿子的房间看了看，他小声叮嘱我："千万别让儿子知道赔钱的事，刚才你表现还行。"

我苦笑。

这天夜里，我和曲斌彻夜失眠，我们像潜入别人家的贼那样低声商讨对策,生怕儿子听见。我们家的面积属于那种一只蚊子飞进来就像来了一架轰炸机的房子。

"我不该取那一千元。"丈夫在黑暗中自责。

"要说不该,最不该的是我。"我说,"我不该听米小旭的话,像咱们这样经不起赔钱的家庭,怎么能炒股呢?"

"明天一开盘,你把蟾蜍就全卖了吧!"曲斌说。

"我卖。真可惜。"我痛心疾首。

"无论如何咱们要供曲航上完大学。"曲斌说。

"还要供他读研究生。"我说。

曲斌攥紧我的手。

这些年,我和曲斌活着的全部意义就是将儿子培养进大学。亲身经历告诉我们,没有大学以上的文凭,几乎不可能在社会上立住脚,不可能过好日子,不可能受人尊敬。

曲航比较争气,他的考试成绩在班上是前十名。老师多次对我和曲斌说,如果不出大的意外,曲航考上大学是百分之百的事。

说穿了,我和丈夫是因为没钱才穷则思变非让儿子上大学的,如果因为没钱致使儿子上不了大学,我们将死不瞑目。

在关键时刻,我将家里仅有的三千元积蓄拿去炒股被套住了。我和丈夫的焦虑程度可想而知。

早晨,一夜未睡的我起来给丈夫和儿子热面条。

"妈,你的眼睛挺红,没睡好?"曲航问我。

"睡好了。我是不是有点儿沙眼?"我蒙他。

"别忘了给我二十元钱。"曲航说。

我看曲斌。曲斌从抽屉里拿出钱,小心翼翼递给儿子。

曲航笑了,说:"爸怎么跟给我二百元似的?"

"是吗?"曲斌掩饰,"可能我觉得二十元对咱家不是小数。"

曲航临出门前对我说:"妈,今天你肯定赚得更多,我有预感。"

"是吗?但愿。"我尽量显出轻松的样子。

儿子走后,曲斌叮嘱我:"一开盘,你要毫不犹豫地把蟾蜍全卖了。"

我使劲儿点头,说:"你放心吧,我一定卖,而且不再炒股了。"

曲斌和我一起下楼,他走在我的前边,我发现他的背部有明显的佝偻曲线,而在昨天早晨下楼时,我也是走在他的后边,那时他的背部还是笔挺的。

临近五十岁是经不住事的年龄。我这样想。

我到证券公司门口时,看见米小旭站在台阶上冲我招手。我锁好自行车,走到她身边。

"我要把股票全卖掉。"我向米小旭宣布我的决定。

"你先看完这个再卖。"米小旭递给我一张证券报,"今天的报。"

我接过报纸,米小旭指着头版上的一则信息给我当向导。

央行一个副行长出来说话了,他信誓旦旦地说,央行最近不会提高利率。他还分析了央行为什么不会提高利率,他说通货紧缩的形势并未过去,如果想保持百分之八的经济增长率,就不能提高利率。

米小旭问我:"还卖吗?以我的经验,今天大盘肯定反弹!百分之百!"

米小旭和昨天判若两人,昨天她的精神状态像跌停的股票,今天她像涨停的股票。

"肯定能反弹?"我问。

"你看看四周就知道了。"米小旭说。

我抬头环顾四周,股民几乎全在研读证券报上央行副行长的讲话,喜庆之情甚嚣尘上。

"胡敬肯定挨批了。"米小旭以国家决策人的口气说,"还有几个月就到国庆节了,股市下跌成什么样子?国家还有没有面子?欧阳,你就等着收钱吧!"

"谢天谢地!"我长松了一口气,"幸亏是国庆节前夕。"

"彻夜不眠?"米小旭笑我。

"你看出来了?"我打了个哈欠。

"我也是一晚上没睡着。"她说。

米小旭掏出一包口香糖,递给我一片,说:"嚼着就不困了。"

我悄悄将口香糖装进衣兜。我舍不得吃,留给曲航。

米小旭和我一边往大厅里走一边说:"昨天卖了的一会儿就都傻眼了。我告诉你,炒股最关键是要沉得住气。"

果然像米小旭预料的那样,开盘后大盘呈现出火箭发射的势头,一路上扬。

米小旭乐得心花怒放,她不停地用手拍自己的大腿,嘴里还连连说:"爽!酷!"

然而我却高兴不起来。

第七章　向胡敬求救

蟾蜍股份反其道行之，大盘越涨，它越跌。

在证券大厅里，我的表情同大多数股民的表情形成了强烈反差。

我身边的米小旭在兴高采烈之余发现了我的沮丧。

"欧阳，你怎么了？"她惊讶我的表情。

"蟾蜍还在跌。"我有气无力地说。

"怎么会？"米小旭光顾得看她麾下的股票，没注意我加盟的股票。

蟾蜍股份再次出现在大屏幕上时，跌停了，像一只被钉死在耻辱柱上的癞蛤蟆。

"今天你的运气不好。"米小旭说，"不涨的股票没有几只，让你赶上了。"

"我现在卖了它？"我清楚我没有退路了。

"一般来说，如果大盘连续上扬，像蟾蜍这样的股票没理由不跟着涨。"米小旭说。

我也怕卖了它又涨，当然我更怕不卖它再跌。

米小旭见我拿不定主意，她对我说："欧阳，这样吧，不管蟾蜍使你赔了多少，都算我的。"

"绝对不行。"我说，"那样，我的后半辈子就睡不了安生觉了。"

"你太认真，上小学时就这样。"米小旭说。

"我不卖了！"我说。不知怎么搞的，我想起了"舍不得孩子套不住狼"这句老话，我要搏一回。

"好样的！你能挣大钱！"米小旭绝对从我脸上看到了超级赌徒的表情，她激励我。

直到下午收盘时，蟾蜍都被钉死在大屏幕上，一动不动。

经过计算，我家的三千元还剩两千三百元。我不知怎么向曲斌交代。我坐在离家不远的一座街心公园的石凳上，看着匆匆回家的人群，不知所措。

一个衣衫褴褛的乞丐看见了我，他将我确定为他的猎物，向我靠拢。

"大姐，行行好，您能活一百岁，求您给点儿钱，我已经一天没吃饭了。"他对我说。

我苦笑着说："你看我像有钱的人吗？"

"包子有肉不在褶上。"他说，"如今越是穿金戴银的人越没钱。"

"照这么说，你就是百万富翁了。我该向你要钱。"我说。

大概很少有人和他搭话，他见我和他说话，颇有些兴奋。他缠上我了："大姐，您不能见死不救，您不是那种铁石心肠的人，我一看就知道您是菩萨心肠观音再世……"

我站起来，对他说："咱们比一下，谁身上钱多，就把钱都给钱少的一方，行吗？"

乞丐显然没见过这阵势，他的三寸不烂之舌烂在嘴里，一时说不出话来。

"行吗？"我催问他。

"大姐你真逗……"他退却了。

我告诉他："包子有肉不在褶上的前提得是包子，我是馒头，

079

连白菜都没有。实话跟你说，我身上只有两元钱。"

乞丐做出令我吃惊的事情，他从兜里掏出一元钱，递给我，说："大姐，我赞助您，我得谢谢您跟我说话。我行了三年乞，您是头一个搭理我的人。"

我没理他，推上我的自行车走了。连乞丐都比我富有。我心里的滋味可想而知。

上楼梯时，我看见了傍着楼梯栏杆栖息的曲斌的自行车，他已经到家了。我掏出家门钥匙，往钥匙孔里插了不下十次都没成功，就像老花眼纫针。

曲斌听到声音，他给我开了门。

"怎么了？"他看到我手里拿着钥匙，却开不了门。

"曲斌，咱们真的完了。"我欲哭无泪。

"没卖？"曲斌脸色变了，"还是卖之前又跌了？"

我向丈夫交代。

当曲斌听到我们的三千元只剩两千三百元时，他站在原地发愣。

我不知说什么好，我想起我刚进工厂当学徒工时，有一次我车坏了一个零件，曲斌训我，我就是这么手足无措地站在他对面。

"曲斌，对不起……"我低声说。

"是我没本事……"曲斌转身往厨房走，厨房传出煳味儿。

曲斌回家后见我不在，他做饭。

我抢在曲斌前边走进厨房，我关上煤气灶，收拾残局。

钥匙开门的声音，曲航放学回来了。曲斌赶紧用眼神告诉我，炒股赔钱的事一定要瞒着儿子。

我点点头。

"妈，我听毕莉莉说，昨天股市大跌，咱们的蟾蜍没跌？"曲航在厨房门口问我。

"蟾蜍股份没跌。"我撒谎。

"真的？"曲航说，"咱们运气真不错。听毕莉莉说，她爸跳楼的心都有。"

"她爸赔了很多？"我心不在焉地问。

"跳楼是她开玩笑。"曲航说，"吃饭吗？我饿了。下午有节体育课。"

"马上吃。"我把锅里烧煳的饭倒进一个碗里，留着我吃。我给他们做面条。

吃晚饭时，我和曲斌话很少，曲航大概看出饭桌上除了面条还有沉重。

"咱们家有事吧？"曲航问我们。

"能有什么事？"曲斌说，"吃完快去复习。"

曲航一边吃炸酱面一边看我。

"今天班上有什么新闻？"我问儿子。

不想说话都不行，在家里也得做违心的事，何况出去了。

"老师说，从明天起，每天上第一节课之前全班同学轮流讲一个名人上大学的故事。一天一个，我排在第二十七个。"曲航说。

"老师这个主意不错。"曲斌说，"你准备讲什么？"

"还没想好。"曲航吃完了第三碗面条，"得准备好几个，万一准备好的被别的同学先讲了，就白准备了。妈，你看书多，你给我准备几个吧。"

"行。"我答应。

曲航吃完饭，进他的房间关上门复习去了。我和曲斌松了口气。

我将桌子上的碗筷拿到厨房的水池里。曲斌跟进来。

081

"明天一定要卖蟾蜍，不管涨不涨。"曲斌在我身后压低声音对我说。

我用能砸碎花岗岩的力度点头。

曲斌还不走，我回头看他。

"我想申请退休，去挣钱。"曲斌说。

"那天你不是说，下批裁员可能有你吗？"我说，"怎么挣钱？一般的公司不会需要车工。"

"咱们等不及了，离曲航上大学没多少时间了。"曲斌说，"我想好了，我去蹬三轮车。听车间里的小王说，蹬三轮车一天能挣三十元，一个月就是九百元。"

"你的腰不好，蹬三轮车受不了。"我说，"你看看街上蹬三轮车的，大都是年轻人。"

"没别的办法。"曲斌叹了口气，"我能行。没准儿蹬蹬三轮车，腰就不疼了。如果我不能在经济上保证儿子上大学，我还是父亲吗？"

我心疼地看着丈夫，我能感受到他肩头的压力，我觉得生为男人确实不易，女人挣不到钱是天经地义，男人就不一样了，挣钱是男人的天职。

我清楚是我炒股赔了钱导致曲斌要去蹬三轮车的，我后悔莫及。

我站在水池前刷碗，我不知道曲斌什么时候走的。其实，我们家的碗筷刷之前和刷之后差不多干净，首先是没有油水，其次是我们不会放过碗筷上的任何残渣余孽。

在刷碗的过程中，我发现除了从水龙头里往外流水，还有从其他地方流出来的水滴到我手上，我在奇怪之余找寻水的源头，我才发现那水是从我的眼眶里流出来的。不知道自己哭，大概是最伤心的哭法了。

我将碗筷从水池里拿出来，放进碗橱。我不能让家人看到我的泪眼，我一头钻进厕所，佯装大便。

我穿着裤子坐在马桶上，让眼泪流完。我抬头看邻居家的马桶的下水管道，我看见了我的母亲。每当我心情不好时，我都能从这根管道上看到我妈妈。

我的情绪稳定了，我看见我的手指甲该剪了。我从水箱盖上拿起指甲刀。我早就发现，我的左手大拇指的指甲比别的手指头的指甲长得快，别的指甲剪一次，左手大拇指的指甲要剪两次甚至更多。我估计是由于我的左手只有四根手指头的缘故，那根缺了的手指头的指甲潜伏融合到大拇指的指甲里了。

我先剪右手的指甲。剪完右手再剪左手。当我准备剪左手大拇指的指甲时，我的脑子里不知怎么冒出这样的念头：它长得快，索性不剪它，看它能长多长。

确实如法国作家大仲马所言，人每天至少能碰到六次以上能改变自己命运的机会，但绝大多数人视而不见错过了这些机会。后来我才知道，当我产生了暂缓剪我的左手大拇指指甲的奇怪念头时，这个念头对于我来说竟然是一次改变命运的机会，当时我并没有意识到，但我照着这个念头做了。后来我分析我为什么会这样做时，我得出的结论是那时的我由于炒股赔了儿子上大学的钱而心情处于绝望状态，我想通过任何不合情理的举动减少我的绝望程度。

第二天早晨，曲斌对我说："我和你一起去证券公司。"

"为什么？"我惊讶，"你不上班了？"

"反正也要办退休了。"他说，"我担心你还是不卖。"

"也好。"我说。

我和曲斌一起骑自行车前往证券公司。我在工厂上班时，每天都是和曲斌一起骑自行车去，自从我失业后，很久没和他一起骑自行车了。

我注意到，每逢街上有人力三轮车经过时，曲斌都要注意看。

"这人比我年纪还大。"曲斌指着马路对面的一个三轮车夫对我说。

我没说话。

米小旭看到我和一位男士一起出现在她面前，她睁大眼睛看我："欧阳，这是你新发展的股民？"

"小旭，他是我先生，叫曲斌。"我介绍双方，"这是米小旭，我的小学同学。"

曲斌和米小旭握手。

米小旭有些不好意思地对曲斌说："对不起，我让你们赔了钱。"

"不能这么说，你是好意。"曲斌说。

"曲斌不放心我，他要来亲自卖蟾蜍。"我冲米小旭尴尬地笑。

米小旭的表情有点儿不自然，她眼睛看着我，却对曲斌说："我跟欧阳说过了，你们赔了算我的。"

曲斌说："欧阳对我说了。那可不行，没有这种道理。"

米小旭看看手表，说："开盘了，去卖蟾蜍股份吧。"

我和米小旭并排往大厅里走，曲斌跟在我们后边。我不时回头看曲斌，他头一次进这种有赌场性质的地方，眼睛不够用。

我们在一台电脑前停住，我对曲斌说："我卖了？"

"卖！"曲斌点头。

我操作。在按确定键之前，我习惯性地看了一眼大屏幕，蟾蜍股份涨了。

米小旭从我的眼神中看到了信息，她回头看屏幕。

"蟾蜍在反弹！"她比我们还高兴。

"反弹也要卖！"我准备按键。

"等等！"曲斌制止我，"蟾蜍在涨？"

"是的。"米小旭替我回答曲斌。

"涨也要卖。"我说。

"为什么？"曲斌问我，"等等再卖，咱们不是可以少赔吗？"

我提醒曲斌："你忘了你为什么来这儿了？"

曲斌说："我没忘。但我也不能眼看着涨，还要你卖吧？"

"股市反复无常，你现在看着涨，转眼就可能跌停。"我告诫丈夫。

曲斌想了想，说："咱们死盯着蟾蜍，它一有跌的苗头，咱们就卖。"

米小旭对我说："欧阳，听你先生的吧。"

我把手从电脑上拿开，我问曲斌："咱们坐着监视蟾蜍？"

曲斌点点头。

米小旭指指一张空着的椅子，我们走过去。我挨着米小旭坐，曲斌挨着我。

曲斌小声问我："赚回来多少了？"

"怎么会赚？"我纠正他，"是少赔。"

"少赔了多少？"他知错就改。

我匡算后告诉他："少赔了三十元。"

"还在涨？"他问。

"是的。"我说。

我看到曲斌脸上出现了赌徒特有的表情：贪婪和恐惧联姻的表情。

米小旭的大多数股票在涨，她不断地悄悄拍自己的腿。我看得出，她是顾及我们，否则她会表现得更高兴更张扬。

米小旭趴在我耳朵上说:"中午我请你们吃饭。"

我没反对。我想让曲斌饱餐一顿。

中午收市时,蟾蜍依然处于涨得张牙舞爪的状态。

我告诉曲斌,米小旭请我们吃午饭。

曲斌对米小旭说:"谢谢你。我得去上班了。"

我看出曲斌的男人尊严不允许他吃这顿准软饭。

曲斌走之前对我千叮咛万嘱咐:"蟾蜍一跌就卖,不能犹豫。一定看牢它。"

"你放心吧。"我说。

午餐米小旭请我吃宫保肉丁。我吃了不少,但不香。由此我才知道,最好的烹调作料是心情。

下午一开盘我就蒙了:蟾蜍跌停,跌得令我措手不及。

大屏幕在我眼中变成了魔鬼的血盆大口,它想吞噬我们全家以及我们的梦想。

我家的三千元已经变成了一千九百元。

我喃喃地说:"股市是合法抢劫的场所。"

米小旭提醒我:"欧阳,卖吧!"

"反正已经跌停了,不卖也不会再跌了。"我说。

"蟾蜍不能留。"米小旭说。

她这么说,我心里反而和蟾蜍较上劲了。

"它还能怎么跌?它跌到两元钱时,大家该抢着买了吧?"我说。

米小旭没认真听我的话,她在想什么。

"欧阳,我有个主意,咱们去找胡敬,请他帮你的忙。"米小旭对我说。

"找胡敬?"我看米小旭,"他能帮我?"

米小旭说:"咱们让胡敬说句话,你的蟾蜍肯定上去。"

"说什么?"我觉得好笑,"降利率?"

米小旭说:"让他说生物科技大有前途。报纸一登,蟾蜍股份能不涨?"

"胡敬能听咱们的?"我不信。

"我看胡敬对你印象很深。那天同学聚会,女生里他就叫出了你一个人的名字。"米小旭说,"再说了,我觉得成功的人特爱在昔日的同学面前显摆,有快感。你设身处地想想,如果你和胡敬调个位置,是不是这么回事?"

我不信胡敬会为我的利益发表对生物领域的看法,我甚至觉得他真要是这么做了,有卑鄙的嫌疑。但不知为什么我想见胡敬,我觉得这是一个见他的机会。那次同学聚会后,我清楚,想再见到他,不容易。

"你同意了?"米小旭问我,"咱们现在就去。我包里有他的电话号码。"

"胡敬会见咱们?"我依然不信。

"咱俩打赌吧,如果胡敬同意见咱俩,你就接受我赔偿你的炒股损失。如果他拒绝见咱们,你就不接受我的赔款。"

"有这么打赌的吗?我不打。"我说,"你给胡敬打电话吧。"

米小旭从包里拿出一个小本,在上面找胡敬的电话。

"在这儿。"米小旭说,"他的手机号。"

米小旭一手拿电话本,一手拿手机拨号。完成拨号后,她把手机贴在耳朵上。没有任何有形的线路相连,两个身处异地的人却可以随时随地通话,我由此觉得人类挺恐怖。

"是胡敬吗?你好,我是米小旭。米小旭!怎么,刚一起吃过饭你就忘了?小学同学米小旭。"米小旭和胡敬通话。

她冲我点点头，意思可能是成功了一半。

米小旭开门见山："我和欧阳宁秀有事求你，什么事？见面再说行吗？欧阳的事。我们想现在就见你，挺急的事。如果你有时间，我们现在就去找你，你不会是名人了就和小学同学摆架子吧？你别忘了当初你当班主席时，每次我和欧阳都投了你的票，你说什么？你不记得那时就有民主选举？不管怎么说，我们现在就去了，你说地址吧！多长时间？有二十分钟就行。一会儿见。"

米小旭用力按下手机上的按钮，手机还在空中划了一道弧线。

"妥了。"她说，"咱们打出租车去。走。"

真要去见胡敬，我倒迟疑了。

"你怎么了？"米小旭见我没跟着她往外走，问我。

"这种理由去找他，太荒唐了吧？"我说。

"你别以为名人不干荒唐事，世界上的大部分荒唐事是名人干的。"米小旭拉我走。

我跟着米小旭走出证券公司的大厅，米小旭娴熟地招呼出租车。

一个瘦小的男人驾驭着一辆同样瘦小的出租车停在我们面前，米小旭拉开车门。

"上呀！"米小旭对略显迟疑的我说。

我和米小旭钻进出租车。米小旭告诉司机我们的目的地。

出租车汇入车流。车载收音机里有个男人在给听众出题，他怂恿听众给他打电话说答案。

这是我平生第三次乘坐出租车。坐出租车对我来说，相当于富人花几千万美元乘坐航天飞机去太空旅行。

我一边看车窗外边一边说："小旭，我还是觉得咱们找胡敬的理由有点儿那个，不近情理。"

米小旭说:"欧阳,到了胡敬那儿,你不用开口,我替你说。事实上,也是我出的主意。"

我的心情比较复杂,我得承认,我想见胡敬,但我又不想以这样的理由见他,我怕他在心里笑话我。

出租车在一座墙上挂满了肿瘤似的空调机的楼前停下了,米小旭掏钱给司机。

"到了,下车。"米小旭对我说。

我打不开车门。

米小旭伸长胳膊开我这一侧的车门,我下车。

米小旭下车后指着楼说:"胡敬领导的经济研究所在这座楼的二层。"

我跟在米小旭身后上楼,楼道很静,对面走过来一个年轻女子,她手里拿着文件夹。

"请问,胡敬在哪个房间?"米小旭问她。

女子指指她身后的一个门。

米小旭敲门,我在米小旭身后悄悄整了一下我的头发。

"请进。"胡敬的声音。

米小旭推开门,我看见胡敬坐在一张宽大的写字台后边。房间的四面都是书柜,书柜里的书争先恐后向来人展示主人的博学和与众不同。

"请坐。"胡敬对我们说。他的口气就像我们经常来这个房间似的。

我和米小旭坐在胡敬办公桌对面的两张椅子上。

米小旭大大咧咧地说:"胡敬,我们有事求你。虽然是欧阳宁秀的事,但是我想出的主意。"

胡敬微笑着说:"我记得你从小主意就多。"

米小旭说:"你害惨了欧阳宁秀。"

"我?"胡敬惊讶地看我,"我害惨了欧阳宁秀?"

我忙说:"你别听小旭瞎说。"

米小旭打断我的话,说:"胡敬你听我说,咱们那次聚会时,我见欧阳家庭经济状况不好,儿子今年又要上大学,我就动员她炒股。"

胡敬责怪米小旭:"你怎么能动员家庭经济状况不好的人炒股?首先不能拿生活费投资证券。其次,目前咱们的股市还不规范,庄家恶意做空、疯狂砸盘和反复洗筹的暗箱操作和违规行为并不少见。"

米小旭打断胡敬的话:"你是著名经济学家,我在你面前说股市肯定是班门弄斧。但我的炒股实践说明,投资证券市场是可以盈利的。我想帮欧阳。"

胡敬说:"你这是帮倒忙。"

米小旭说:"本来欧阳一帆风顺,一期投资两千元,当天就盈利了。后来证券报上刊登了你的关于银行可能调高利率的讲话,股市大跌。"

胡敬恍然大悟:"你的意思我明白了,我的话导致股市大跌,股市大跌导致欧阳宁秀赔了钱。央行副行长出来说话后,股市不是已经反弹了吗?"

"可以说唯独欧阳宁秀的股票依然下跌。"米小旭说。

"你买的什么股?"胡敬问我。

"蟾蜍股份。"我说。

胡敬摇头,表示不了解这只股票。

米小旭说:"蟾蜍股份是生物科技股。欧阳损失不小,当然是对她来说。她儿子上大学的费用本来就不够,这下雪上加霜了。"

胡敬问:"你们找我帮忙,我能做什么?"

米小旭说:"欧阳是要强的人,我说她的损失由我出,她不干。

现在只有你能帮欧阳了。"

胡敬看我。

我尴尬地说："我觉得不合适……"

米小旭说："胡敬，你对媒体说句话是很容易的事，你只要说一句'生物科技大有作为'，见报后，蟾蜍股份保准涨停，你信不信？"

胡敬笑了，他说："小旭，你这可是害我。知道刑法第一百八十二条的内容吗？操纵股票价格是违法行为，处五年以下有期徒刑或拘役。"

米小旭说："这可不算操纵股票价格，你又没有投入资金，只不过说一句话。"

我说："这么做确实不合适。小旭，算了。胡敬身为经济学家，怎么能为小学同学炒股损失了几百元就说不负责任的话呢？"

胡敬说："我看这样吧，欧阳宁秀，我借给你一千元钱，等你有了钱再还我。"

米小旭说："胡敬，你明知道欧阳不会接受你的借款……"

"小旭！"我不让米小旭再说，"胡敬是好意。我很感激，尽管我确实不会借钱。"

胡敬迟疑了一下，他说："欧阳宁秀，我决定为你犯一次错误。小旭，你得保证不向其他股民泄露我的话。"

米小旭兴奋："我保证。向毛主席保证。"

胡敬对我说："明天你把蟾蜍股份卖了，用剩下的所有钱买进泥沙实业。"

"泥沙实业不是绩优股。"米小旭提醒胡敬。

"听我的没错。一周后再卖掉，欧阳应该能把损失赚回来。"胡敬说。

"谢谢你，胡敬。"我感激地说。我清楚，炒股获利最重要的莫过于获得正确的信息了。

胡敬再次提醒米小旭："小旭,我担心你的嘴。"

米小旭说："放心吧,我是该说的说,不该说的绝对守口如瓶。"

我看表："我们该走了。"

我知道胡敬的时间比我们的时间含金量多多了,都是生命,却有天壤之别。

"再坐会儿,再坐会儿,我还要请你们帮我一个忙。"胡敬说。

我和米小旭互相看。

胡敬说："我在做一个课题,我正准备下去了解社会各界对开征遗产税的意见,你们可以代表一个阶层。"

米小旭说："美国已经废除遗产税了,可以预见,其他发达国家也会步美国后尘相继废除遗产税,此时咱们开征遗产税,不是和国际脱轨了吗?"

胡敬问我："欧阳,你的意见呢?"

我觉得遗产税是离我很遥远的事,我说："我真的从来没想过遗产税的事。"

胡敬启发我："比如你的孩子上不起大学,开征遗产税后,就可以从富人那里拿钱设立奖学金,使你的孩子上得起大学。富人子弟也因此不能再过不劳而获的日子。"

我说："把富人的钱通过遗产税给穷人,不是等于让穷人过不劳而获的日子吗?"

胡敬一边点头一边记下我和米小旭说的话。

胡敬又问了我们几个问题,我和米小旭一一回答。我感到荣幸,说不定,日后胡敬写的文章里会有我的观点。

通过和胡敬交谈,我明显意识到他属于那种洞察一切的人,和他打交道,不能有丝毫隐瞒,不能撒谎,哪怕是很微不足道的小事,他都会准确地发现疑点，当你还在自鸣得意蒙了他时，他其实早已察觉，而且还装傻。

敲门声。

"请进。"胡敬说。

刚才我们在楼道里碰到的那个女子推门进来，她对胡敬说×××现在要见胡敬，我和米小旭吓了一跳，×××是天天上电视的超级大人物。

我和米小旭赶紧告辞，生怕耽搁了胡敬去见×××。

胡敬和我们握手，当他的手和我的手接触时，我得承认我确实有"一股暖流涌心头"的感受。胡敬确实有魅力，学识、气质和言谈举止都是一流。

米小旭和我在路边等出租车。

"我送你回家。"米小旭说，"股市已经收盘了。"

"我的自行车在证券公司，你送我去证券公司。"我说。

在出租车上，米小旭对我说："明天一开盘，你就按胡敬说的，卖掉蟾蜍，买泥沙实业。"

我冲前排的司机努努嘴，向米小旭示意别当着外人说这事。米小旭点点头。

"你不买？"我问她。

"当然买！"米小旭说，"我沾你的光了。"

"你说反了，是我沾你的光。"我纠正她。

"听说外国首脑都有智囊团，我估计胡敬是咱们国家智囊团的成员。"米小旭说。

"差不多。"我同意。

"小时候都是一个老师教出来的，长大后差别太大了。"米小旭感慨。

"各有各的活法。"我说,"别忘了还有一句话:枪打出头鸟。"

"这倒是。"米小旭点头。

我妈自杀前的几天,她反复跟我说的就是这句"枪打出头鸟"。

我到家时,曲斌已经在家了。

"怎么样?"他劈头就问。

"还没卖。"我说。

"在涨?"他问。

"跌停了。"

"你?"曲斌瞪我。

"上午一直在涨,下午一开盘就跌停了。"

"跌停也要卖!"曲斌脸色煞白。

我把米小旭和我去见胡敬的经过告诉曲斌。

曲斌脸上有了点儿血色。

"胡敬的话很准?"曲斌像是问我,又像是自言自语。

"应该是。他肯定有内部信息。"我说,"他知道咱们家的经济状况,如果没有百分之百的把握,他不会说。"

曲斌的脸上恢复了血色。

"明天一开盘你就卖出蟾蜍股份,然后买入泥沙实业?"曲斌问我。

"对。"我说,"米小旭也要买入泥沙实业。"

"小学同学也是财富。"曲斌说。

"认识的人都是财富。"我说,"也可能是祸水。"

电话铃响了。

"你接吧,我去做饭。"我对曲斌说。

"今天我做饭。"曲斌往厨房走。

我拿起电话听筒。

"是曲航家吗？"一个中年男人的声音。

"是。"我说。

"你是曲航的什么人？"对方问我。

我心头一紧，电视剧中的一些镜头出现在我脑海里：医院或警察局给家属打电话。

"你是谁？我是曲航的母亲。"我的声音变了调。

"我是曲航的同学毕莉莉的父亲。我叫毕庶乾。"对方说。

"您好。您找我有事？"我问。我想起曲航通过毕莉莉向其父咨询蟾蜍股份的事。

"我从我女儿的书包里发现了你儿子写给她的一封信，我认为我有必要把这封信交给你。"毕庶乾说。

"……"我说不出话来。我往厨房看，我看见曲斌正往我这边看。

"你在听？"毕庶乾问我。

"……在听……"我说。

"如果你不反对，请告诉我你家的地址，我现在就把信送给你，我不进你家，我到了后给你打电话，你出来拿。"他的口气里含有明显的命令成分。

我想起一本小说里说的，和富家女恋爱，最难过的一关是其父。

我只能告诉他我家的地址。

放下电话后，我发现曲斌已经站在我身边。

"米小旭的电话？"曲斌问我，"坏消息？"

我拿不准这事该不该让曲斌知道，曲斌对儿子管教很严，但他不讲方法。

我觉得瞒不住，一会儿毕庶乾到了楼下，曲斌怎么可能不知道？

"曲斌，我说了，你不能冲动。"我先给他打预防针。

"曲航的事？"曲斌盯着我问。

我刚要说，曲航回来了。

我冲厨房使使眼色，示意曲斌跟我去厨房说。

曲航问我："妈，咱们赔了吧？"

"赔了什么？"我没听明白。

"蟾蜍呀！"曲航说，"我听毕莉莉说，蟾蜍股份跌得很厉害。"

我点点头。他一提毕莉莉，我心里就发麻。

"赔了多少？"曲航问。

"没多少。"我说。

"家里出事了？"曲航看出我的异常。

"没事。"我说完去厨房和曲斌接头。

曲斌站在水池边，他的左眼盯着我，右眼监控着厨房外的儿子。结婚这么多年，我头一次发现丈夫的两只眼睛可以分开看不同的目标。

我回头看儿子进了他的房间。

"你先答应我要沉住气。"我说。

"你说吧。"曲斌不理我发出的要约。

"刚才是曲航的同学毕莉莉的爸爸来的电话。"我压低声音说。

曲斌脸上的血色过量了，他满脸通红。看来他已经意识到我要说什么了。毕竟这是曲航同学的家长头一次给我们打电话，而且是女同学的家长。

我几乎使用耳语对曲斌说："毕莉莉的爸爸说，他在毕莉莉的书包里发现了一封曲航写给毕莉莉的信。他一会儿把信送来。"

曲斌脸上的血管继续膨胀，脸已变成紫色。

"他不好好准备高考，给女生写信？"曲斌头一次用鼻子说话。

我说:"你先别去问他,现在是高考前的关键时期,咱们不能鲁莽行事。等毕莉莉的爸爸来了,咱们看了信的内容再决定怎么办。"

"毕莉莉的爸爸来咱们家?"曲斌皱眉头。

"他说他在楼下给咱们打电话。我下去拿信。"我说,"其实,也没什么大不了的,不就是写了封信吗嘛,何况还不知道信里写的什么。"

"你怎么能这么说?"曲斌瞪我。

曲斌还没说完,电话铃响了。

当我走到电话机跟前时,曲航已经先于我把手放在话筒上了。

"这个电话还是我接吧。"我对儿子说。

"为什么?"曲航的手按在电话机上问我。

曲斌站在厨房门口用命令的口气对曲航说:"让你妈接!"

曲航诧异地看我们。

第八章　泥沙俱下

曲航离开电话机，他站在一边看。我意味深长地看了儿子一眼，我估计他是在等毕莉莉的电话，如果他知道这是毕莉莉父亲的电话，他肯定不会抢着接。

我拿起话筒。

"我是毕莉莉的父亲，我到你家楼下了，你来拿信。"毕庶乾说完就挂了电话。

他连是谁接的电话都不问。

我放下话筒。

曲航问我："妈，是谁？不说话？"

我对儿子说："去你的房间复习功课吧。"

曲航看我，再看厨房门口的曲斌。他乖乖地回他的房间去了。

我到窗户前往楼下看，一辆样子比较耀武扬威的汽车停在楼下，一个戴墨镜的中年男人正从驾驶员的位置下车。

曲斌在我身边也往楼下看。

"估计是他，我去了？"我说。

曲斌绷着脸点点头。

我下楼走到那辆汽车旁边，像一个犯了错误的学生，战战兢兢地到老师身边接受训斥。

"您是毕莉莉的爸爸毕先生？"我诚惶诚恐地问他。

毕庶乾矜持地点头，他的做派无一不向他人显示他是富人。我站在他对面感到压抑和窒息。好像他是一台空气吸收机，把方圆几公里内的空气掠夺一空。

毕庶乾从口袋里掏出一个信封，递给我。

我接过信封，信封上果然是曲航的笔迹。信封上写着：毕莉莉收。

我感觉我全身的血液都涌到脸上了，我的失去血液支持的双手艰难地将信纸从信封里抽出来。我突然意识到什么，我抬头看毕庶乾，他果然在看我的左手。我拿着信封的左手缺一个手指头不说，大拇指的指甲由于我故意不剪显得挺长。

我看见毕庶乾皱眉头。我拿信封的左手下垂，躲避毕庶乾的目光。

我的右手拿着信纸，我看曲航写了些什么。信的大意是，曲航向毕莉莉表示感谢，感谢她提供了蟾蜍股份的信息。然后，曲航表述了他对毕莉莉的好感，没有什么出格的话。在信的结尾，曲航问毕莉莉的高考志愿是什么。

看完信，我抬头看毕庶乾。

毕庶乾一字一句地对我说："你的儿子可以给班上任何女生写信，但绝对不可以给毕莉莉写信。且不说现在她还不到谈这种事的年龄，就是到了年龄，我们也绝对不会同意你的儿子。我相信你明白我的意思。再有，作为家长，你们怎么能让孩子打着咨询股票的旗号勾引女同学？"

我为自己辩解："您误会了，我确实在炒股……"

毕庶乾冷笑："炒股？现在是个人就炒股，连是什么股票都不知道就买。我再重申一遍：管住你的儿子。如果他再骚扰我女儿，我就不客气了。"

没等我说话，他拉开车门，钻进汽车，然后使劲儿关车门。汽车发动后，他狠踩油门，汽车发出刺激心脏那种尖叫声，分明是在骂我。

看着毕庶乾的汽车绝尘而去，我起码在原地呆站了十分钟，才悻悻地回家。

我刚进家门，守候在门后的曲斌一把拿过我手里的信，他怒气冲冲地走进我们的房间，关上门看信。

我往曲航的房间看，儿子在看书。

我推开我们房间的门，曲斌站着看信。

"我觉得毕莉莉的爸爸有点儿草木皆兵，曲航也没写什么呀。"我压低声音说。

"还没写什么！你不要护犊子。"曲斌瞪我，"高考前夕，他竟然还有精力给女生写信！要是我的女儿，我也不干！"

"他们家不就是有点儿钱嘛，你没看毕莉莉她爸那神气劲儿……"我力图降低丈夫对儿子的怒火。

"你的儿子不给人家的女儿写信，人家会来你家耍威风？"曲斌质问我。

"你准备怎么办？"我问他。

"还能怎么办？"曲斌反问我，"奖励他？给他包饺子？"

正在这时，曲航推门问我们："还不吃饭？"

曲斌说："我已经吃饱了。"

"吃饱了？"曲航吃惊。

"你让我吃饱了。"曲斌扬扬手里的信。

曲航不明白。

"你自己看吧！"曲斌把信扔在地上。

曲航捡起信，他一看就慌了："哪儿来的……"

我说:"毕莉莉的爸爸从她书包里发现的,可能毕莉莉不知道。"

"毕莉莉知道又怎么样?说不定就是人家主动交给父母的!"曲斌说,"曲航,我们拼死拼活为你上大学攒钱,你怎么能在这种时候给女生写情书?你对得起我和你妈吗?"

曲航低头不说话。

曲斌说:"你如果不上大学,咱家能有出头之日?就这么一直穷下去?"

曲航不敢抬头看我们。

曲斌怒气冲冲地对儿子说:"你抬头看着我们!你有时间给女生写信,怎么不多写两篇作文?"

我觉得曲斌火候掌握得还可以,我如果再不说话,很可能会导致曲斌的火气升级,我了解他。

我对曲航说:"毕莉莉的爸爸刚才对我说话时,比较神气,那样的场面,我相信你不愿意再让你妈经历。曲航,有志气让你妈扬眉吐气一回吗?办法只有一个,考上名牌大学。如今的人都很实际,你没有实力,在各方面都会寸步难行。你出生在这样的家庭,上大学是你的唯一出路。"

曲航小声说:"我知道了。我不会再给她写信了。"

我看曲斌。

曲斌对曲航说:"你的老师说过,如果没有意外,你考上大学是没有问题的。什么是意外?给女生写信就是意外!"

"我知道了。"曲航说。

"我去做饭。"我说。

曲航说:"妈,咱们的股票又赔了?"

曲斌说:"你不要再操心股票的事,我就是卖肾,也要供你上大学。你只管给我考上!"

曲航反省："我确实不该给毕莉莉写信。"

我拍拍儿子的肩头，说："主要是时机不对。"

吃晚饭时，曲航基本上不说话，他只是埋头吃饭。我和曲斌也保持沉默。

临离开饭桌时，曲航问我："妈，你的大拇指指甲怎么不剪？"

我说："这个指甲长得比别的指甲快，我想看它能长多长。"

曲斌看了一眼我的左手大拇指指甲。

晚上关灯后，我和曲斌躺在床上睡不着，我们没有说话，但我们互相清晰地听见了对方大脑的思维声音，我们的大脑在对话。

"你找了个没本事的男人，你后悔了吧？"曲斌想。

"不后悔，是万幸。我妈老跟我说，枪打出头鸟。这样过，我挺满意。我妈说过，如果我姥爷在村里不是最富，不会被定为地主，也就死不了了。"我想。

"你是安慰我。"

"我真的是这么想。"

"咱家想翻身，唯一的希望是曲航。"

"没错。我和你不可能有什么质变了。"

"我不该把那一千元也拿出来让你炒股。"

"是我不该动炒股的念头。"

"你也是想挣点儿钱供儿子上大学。"

"但愿胡敬能让咱们挣到钱。"

"不赔就行了。"

"那是。"

"看到邻居一家一家买了汽车，我越来越觉得自己不行。"

"骑自行车挺好，真的。"

我们就这么用脑子聊了半宿。

次日我和米小旭一进证券公司，我们二话不说就占住一台交易电脑。

"你先买卖。"米小旭对我说。

我没客气，悉数卖出蟾蜍股份，用我仅有的一千余元全部买入泥沙实业。

米小旭气魄比较大，她将她持有的一半股票换成了泥沙实业。

米小旭对我说："咱们赚了钱，由我出钱请胡敬吃饭。"

"我估计他不会吃。"我边说边习惯性地扫了一眼大屏幕上的蟾蜍股份。

蟾蜍股份在疯涨。

我再看泥沙实业，泥沙实业在跌。

"小旭，不对劲吧？胡敬会不会搞错了？"我说。

米小旭也看见了，她说："不会，暂时的涨跌不说明问题。像胡敬这样级别的经济学家，信息应该很准。"

事实证明，米小旭对胡敬的绝对信赖是错误的。

在此后的三天里，泥沙实业连续三天跌停，而蟾蜍股份连续三天涨停。如果我没卖蟾蜍，现在我不但挣回了我亏的钱，我还赚了一百元。而泥沙实业在这三天里将我的一千多元贬成了九百元。

开始两天米小旭还沉得住气，到第三天时，她慌了。

"咱们得给胡敬打个电话。"米小旭说，"我已经赔了一万了。"

"我最惨。"我欲哭无泪。

米小旭和我到证券公司门外使用手机给胡敬打电话，米小旭不停地说着，到后来，她不说话了。

挂断电话后，米小旭告诉我，胡敬说，这是一个意外，胡敬还说，在经济领域，没有百分之百正确的预言家。

我蒙了。

103

"你问他咱们现在应该怎么办了吗?"我问米小旭。

"他让咱们赶紧卖掉泥沙实业。"米小旭神色黯然地说。

"卖掉?"我控制住自己没有大喊,"我只剩四百元了!"

"胡敬说,他赔偿你的损失。"米小旭说。

"我不要。"

"我对他说了你不会要。"米小旭说。

"我彻底完蛋了。"我绝望地说,"股市不是个好地方。"

"欧阳,我对不起你。"米小旭尴尬地说。

"你的损失更大。"我知道她买泥沙实业赔了不少。

"欧阳,把股票都卖了吧,现在起码还剩了点儿。"米小旭哽咽着对我说。

这回,我不再犹豫了,我把泥沙实业都卖了。

我还剩三百七十六元。

第二天上午,曲斌去工厂办理了提前退休。我到储蓄所取出三百七十元,曲斌用它买了一辆二手三轮车。当天下午,曲斌骑着三轮车上街拉客。当我看到已经五十岁的丈夫吃力地拉着一对二十岁的情侣漫游都市时,我的眼泪找不到夺眶而出的渠道。

吃晚饭时,我看到曲斌的筷子像以往那样从不问津菜里寥若晨星的肉时,我再也忍不住了,我竟然在饭桌上号啕大哭。

曲斌和曲航都没问为什么,曲航说:"我如果考不上大学,我就不是你们的儿子!"

曲斌说:"有你这句话,老爸的三轮车没白蹬!"

没钱的日子不好过。

第九章　意外发现

　　把家里的钱几乎赔光了后,我又恢复了在家的日子。每天早晨,我给丈夫和儿子做早饭。曲斌蹬三轮车后,饭量明显增大。他每天能挣二十元左右。

　　这天上午,我刷完碗,百无聊赖地坐在窗前,最近我找不到书看。我拿起窗台上的一张纸片,用笔在上边随意地写着,当我写完了一看,竟然是蟾蜍股份和它的代码,我苦笑着摇摇头。

　　我左手拿着纸片,目光透过窗户看楼下某位邻居正和清洗抽油烟机的人讨价还价。

　　当我收回目光时,看见拿着纸片的左手大拇指的长出手指头的指甲盖上有曲线,我低头仔细看我的左手大拇指指甲盖,在长出手指头大约有一厘米左右的指甲盖上,确实出现了一条曲线。很像股票曲线示意图。

　　我放下纸片,将左手大拇指伸到眼前看,曲线不见了。我以为自己刚才眼花了。

　　不知怎么搞的,我的左手又像刚才那样拿起纸片,我再看和纸片重叠的大拇指指甲盖,曲线又出现了。

　　我移开手指,大拇指下边是我写的蟾蜍股份和它的代码。我尝试将我的左手大拇指的指甲盖放在纸片上空白的地方,指甲盖上没有出现曲线。

时间充裕的我索性靠这件事打发时间，我在纸片的空白处又写了长城猪业和它的代码。我再将大拇指的指甲盖放在这几个字上。曲线又出现了，而且和刚才的不一样。

我把指甲盖从长城猪业上拿开，指甲盖上的曲线消失了。我将指甲盖再放到长城猪业上，曲线又出现了。我把指甲盖放在蟾蜍股份上，指甲盖上显示出与长城猪业不同的曲线。

对此，我的第一个判断是炒股赔钱刺激了我的神经，我的视线出现了错觉。

我没有惊慌，我清楚这对我没什么危害，以往我有过这样的经历，眼睛看一个目标时间长了，当目光离开那个目标时，眼前依然有那个目标的影像。

我看着左手大拇指长出的指甲盖，它像一个微型屏幕，我饶有兴致地看指甲盖上的曲线图。我发现，曲线图上好像还有日期，由于字迹太小，我看不清。我想起曲航有个放大镜。我到儿子的房间找到放大镜，将放大镜放在指甲盖上，果然是日期，整整一个月，第一天是七号，最后一天也是七号。

我猛然想起什么，我抬头看墙上的挂历，今天是六号！巧合？

我又在纸片上写了泥沙实业和它的代码，我将大拇指的指甲盖放在泥沙实业上，指甲盖上出现了与刚才完全不同的曲线。闲得没事的我将大拇指依次放在蟾蜍股份、长城猪业和泥沙实业上，我把三个曲线图都照葫芦画瓢地记在纸上。

打发了上午的时间，我看看表，该给曲斌做午饭了。曲斌蹬三轮车后，每天中午回家吃饭，为了省钱。

我给曲斌做包子。我先将早晨在早市买菜时小贩送给我的烂白菜叶子洗净，用刀剁碎，再放上盐，拌成馅。然后揉面，将面擀成包子皮，再将馅包在面皮里。

我刚把包子放在灶台上，正要开煤气时，家门开了。

我从厨房探出头看，是曲斌。

"这么早就回来了？饿了？"我问他。

"欧阳，出事了！"曲斌的语气里全是绝望。

"怎么了？"我的腿发软。

当我走出厨房时，我看见曲斌坐在地上。

"曲斌，你不舒服？"我摸他的额头，"腰不行了？"

近来媒体上经常有四十多岁的公众人物英年早逝的报道，连物质营养和精神营养双赢同步丰富的名人都越活越短，何况我们这种双输的普通人了。

曲斌说："我闯了祸……"

"撞人了？"我第一个念头。

"我为了躲避一个老太太，翻了车。"曲斌说。

"撞到她了？"我的心紧缩。

我们工厂前些年有个司机开车撞伤了一个七十岁的老头，结果伤者的亲属声称该老者是全家经济来源的顶梁柱，连远在新疆的亲属都赶来照顾住院的老者。老者的治疗费和营养费不说，光是亲属的路费、住宿费、误工费等，我们工厂就支付了八万元。

"没有。"曲斌说。

我松了口气。

"你受伤了？"我打量丈夫的身上。我看见他胳膊上有血迹。

"我没事。乘客受伤了。"他说。

"乘客？"我一时没反应过来。

"三轮车上的乘客。"他说，"胳膊骨折。"

"人呢？"我问他。

"在医院。"曲斌还坐在地上不起来。

107

"你送去的？"

曲斌点点头，他说完下面的话，我也一屁股坐在地上。

曲斌说："医院让我回家拿三千元住院押金。"

我和曲斌面对面坐在地上，我们说不出任何话，就这么坐了起码半个小时。我当时的感觉只能用叫天天不应叫地地不灵来形容。

"医院还等着。不送钱，不给接骨头。"曲斌说。

"去哪儿找钱？"我说。

曲斌从衣兜里拿出一张小广告，说："这是我从电线杆子上撕下来的，只有这条路了。"

我看那小广告，是收购人肾的广告，上面有联系电话，还说价格面议。

"绝对不行！"我把小广告撕得粉碎。

"咱们去哪儿找三千元？"曲斌问我。

我想办法。

米小旭是我想到的唯一可以借钱给我的人。

"我是无照经营，如果顾客投诉，我会被工商局罚款。"曲斌说，"这是一个路过的三轮车夫提醒我的。"

"受伤的乘客在哪家医院？"我问曲斌，"我找米小旭借钱。"

曲斌告诉我医院的名称，我给米小旭打电话。

"小旭吗？我是欧阳宁秀。"我说。

"欧阳！你不理我了，我知道你恨我。胡敬把我也坑苦了，泥沙实业到现在也翻不回去，把我套死了。我给胡敬打电话，人家根本不接了。"米小旭说。

"小旭，现在只有你能帮我了，我遇到难处了。"

"快给我一个向你赔不是道歉的机会吧，快说，需要多少钱？"米小旭说。

"三千元。"我说,"借给我三千元。我丈夫蹬三轮车摔伤了乘客,骨折,医院要三千元押金。"

"三千元够吗?"

"够了,麻烦你直接送到医院去,我在医院门口等你。"我告诉米小旭医院的名称。

挂上电话后,我给米小旭写了借据。

我和曲斌赶到医院门口时,米小旭已经等在那里了。

我对她说:"不好意思,我实在没有别人可以借钱了。"

米小旭将一叠钱递给我,说:"别这么说。谁都有遇到难处的时候。"

我掏出借据给她,她打开一看,撕了。

"欧阳,你这是干什么?快去给医院交钱吧,我还要去证券公司。需要我就给我打电话。"米小旭说。

我说:"小旭,谢谢你。我向你借钱不是因为你动员我炒股导致我赔了,真的,我会尽快还你钱。"

米小旭临上出租车前对我说:"我可没这么想。欧阳,我觉得你考虑事太仔细,瞻前顾后的。"

我和曲斌到急救室找到伤者,是一个三十多岁的女性,她躺在床上。床边一个男人在照料她。

"两个人当时都在三轮车上?"我问曲斌。

曲斌说:"只有女的在车上,男的是她丈夫,我打电话叫来的。"

男的见我们来了,不满地说:"这么慢,她疼死了。"

"对不起,我们去借的钱。"我赶紧向他道歉。

"你跟我去办住院手续?"曲斌问那男的。

他们去交款办住院手续。

我趁这机会和那女的套瓷,我清楚,她现在拥有了向我家要钱的权力，要多要少，全看她了。如果她对我有了好感，可能会少要些。

"真对不起，我丈夫刚蹬三轮车没几天，我下岗在家……"我还没说完，她就打断了我的话。

"你们没有执照吧？没执照怎么能蹬三轮营业呢？"她说，"疼死我了……"

"办个执照需要几百元，我们没钱。"我说，"这三千元是我刚借的。"

"咱们是公了还是私了？"她问我。

"公了？私了？"我明白碰上难缠的人了。

"公了就是通过工商局、交通管理局和法院，私了就是咱们商定一个数，你们赔了就妥了。真疼呀……"

"私了要多少钱？"我战战兢兢地问。

她伸出没受伤的那只手，露出两根手指头。

"这是……"我不敢说。

"两万。"她说。

"杀了我们，我们也拿不出两万元呀！"我彻底蒙了。

"那就公了吧。我跟你说，公了可就不止这个数了。"她对我说。

我呆呆地看着病床边的一个氧气瓶，说不出任何话。

曲斌和那男的回来了，我们送伤者去外科病房。我推着轮椅，她坐在上面一路呻吟。

病房里有四张床，其他三张都有人。我从床头牌上知道她叫葛英。

医生来给葛英做检查，医生看了片子后说："现在去接骨，打石膏。"

葛英跟着护士走了。

葛英的丈夫给妻子收拾东西，我悄悄将曲斌叫到走廊里，我告诉他葛英对我说的两万元赔偿金的事。

"两万！"曲斌大声喊。

走廊里的人都往我们这边看。

葛英的丈夫听到了曲斌的喊声，他从病房出来了。

"我觉得两万不算多。"他对我们说，"我是律师，我懂。"

曲斌无照蹬三轮车摔伤了律师的老婆！我们家这回可真是上天无路入地无门了。

"这是我的名片。"他掏出名片递给曲斌。

曲斌不接，我赶紧双手接过来。名片上的名字是牛威，大南律师事务所的律师。

我说："牛先生，我们家很困难，我已经下岗了，他办了提前退休，蹬三轮车想挣出儿子今年上大学的费用。我们没钱办执照。我们想和你们私了。但两万元我们实在拿不出。"

牛威说："两万元是底线了，可以分期付款。她起码三个月上不了班，我的工作也受影响，我们还有上幼儿园的孩子。"

我说："我在医院照顾她，您尽可以放心去上班，孩子也可以交给我接送。"

"如果你在医院照顾她，可以减少一千元。"牛威说。

我看看曲斌，他面无表情。

"我可以给你们家当保姆，用工钱向你们还债。"我说。

"我们不需要保姆。"牛威对我说，"你们再想想吧。咱们暂定赔偿一万九千元，包括住院的费用。在她住院期间，由你照顾她。"

我点点头，我将曲斌拉到一边，我说："你先回家吧，别急。车到山前必有路。我留在这儿照顾她。晚上你给曲航做饭。"

曲斌茫然地看着我，他喃喃地说："欧阳，我真笨。"

"别这么说，你没受伤，比什么都强。"我说。

"还不如我受伤呢！"他说。

曲斌走后没多久，葛英就打着石膏回病房了，我鞍前马后伺候她。我希望我的服务能减少我们对她的赔偿。

葛英的同事赶集般来看她，他们对她的伤情大惊小怪，七嘴八舌地说可不能便宜了肇事的人，还说两万元索赔金额太仁义了，对于这种无照经营的人，就是要罚他个倾家荡产。

我在走廊里听着这些话，心脏像被很多人轮流用大头针戳。

晚上七点时，我问葛英我是留在这儿过夜还是明天早晨再来，她要我留在医院，她说怕晚上她有事。

我一天没吃东西，身上一分钱都没有。我问葛英床头柜上的剩饭她还吃不吃了，她说不吃了你拿去倒掉吧。我端着残羹剩饭，佯装去厕所倒掉，泔水桶在厕所。我躲进一个没人使用的马桶间，锁上门，三口两口吃完葛英的剩饭。

晚上八点时，曲斌来给我送了几个包子。我说我吃过了，你拿回去给曲航吃吧。

我在葛英的病床边坐了一个通宵。她一会儿要喝水，一会儿要小便，我没闲着。

第二天上午，医生查房时，我们这些陪床的人都到走廊里站着。我看到葛英隔壁的病床上有一张证券报，我向那患者借了到走廊看。

我在股市行情版习惯性地找到了蟾蜍股份昨天的行情，我觉得这个数据有点儿眼熟，我想起了昨天上午我的左手大拇指指甲盖上显示的曲线，我伸手摸我的兜，昨天那张纸片还在我的兜里。

我掏出纸片，昨天我记录的蟾蜍股份曲线和今天报纸上显示的蟾蜍股份一模一样！我再看泥沙实业和长城猪业，也是如出一辙！这怎么可能？我将我的左手大拇指指甲盖压在报纸上的不同股票名称上，指甲盖上出现了不同的曲线图。

第十章　难以置信

我拿着那张证券报站在走廊里发呆，我的左手大拇指指甲盖上显示的股市个股未来月线图很准？这是巧合？怎么会三只股票都巧合？

医生查完房，从我身边走过，我竟然没有察觉。

"欧阳宁秀！"葛英在病房里叫我。

我回过神来，一边答应一边赶紧进病房。

"我喝水。"葛英说完看我手里的证券报。

我将证券报还给邻床患者，拿起暖壶给葛英倒水。

"你炒股？"葛英问我。

我清楚她的意思：有钱炒股，没钱赔偿？

我双手将茶杯递给她，说："炒过，赔了，现在不炒了。"

葛英接茶杯时看见了我左手大拇指长长的指甲盖，她皱眉头，说："我还没见过大拇指留长指甲的，指甲盖里能藏很多病菌，你给我倒水洗碗喂饭，指甲要剪短。"

"我有指甲刀。"邻床一位患者从床头柜里拿出指甲刀递给我。

我看了看葛英，我觉得我没有任何不接指甲刀的理由。

我接过指甲刀，感谢了那患者。

"别在这儿剪，去卫生间剪，然后拿肥皂好好洗洗手。"葛英给我下圣旨。

我拿着指甲刀离开病房，在女厕所里，我看着自己左手大拇指长出一截的指甲犹豫，我不知道该不该剪掉它。不剪，肯定激怒葛英，她很可能提出马上要钱，而我们目前绝对拿不出这么多钱。剪了，以我这两天对我的左手大拇指指甲的观察，它好像与众不同，虽说我依然不相信它能准确预报股票未来一个月之内的走势，但毕竟它已经显示出令我怦然心动的迹象。我清楚，它如果真能正确预报股票未来一个月的走向，对我和我的家庭意味着什么。我对神秘事物有一定的兴趣，我知道像爱因斯坦这样的超级科学家都对超自然现象充满幻想。爱因斯坦在二十世纪二十年代曾为《精神射电》一书作序，这是一本研究通灵术的书，是美国著名作家、通灵术研究者普顿·辛克莱写的。爱因斯坦对通灵术感兴趣，这使得当时的主流科学家十分难堪，比爱因斯坦从来不穿袜子还令他们窘迫。假如我的这个大拇指指甲盖在证券领域有某种特殊功能，而我把它剪了，实在可惜。

我决定不剪，我需要一天的时间对它进行验证。我想，假如爱因斯坦发现自己的某个指甲盖能显示曲线，他是绝对不会剪掉它的。

我估计当我回到病房时，葛英还不至于像小学卫生值日生检查同学的指甲那样检查我的手指头，只要我刻意掩饰自己的左手，她不会发现我没剪指甲。

拿定主意后，我进病房时有意大声对借我指甲刀的那位患者说："谢谢你，我用完了。"

葛英戴着耳机在听音乐，她没有看我的指甲。

午餐时，护士推着餐车挨门给患者送饭，我拿着葛英的碗给她打饭。

我喂葛英吃饭时，将左手的大拇指藏在碗后边。

我希望葛英多剩点儿饭菜，我很饿。

"医院的饭太难吃。"葛英边吃边说。

患者们加入声讨吐槽医院食堂的行列。

尽管难吃，葛英还是几乎吃完了，我失望地看着碗里所剩无几的饭菜。

我去女厕所用午餐，葛英的残羹剩饭只让我吃了二成饱。我看到泔水桶里有两个刚扔进去的囫囵个馒头，我从泔水桶里拿出它们，放在水龙头下冲洗一番。我躲进马桶间，坐在马桶上，插上门，吃它们。隔壁的马桶间有人在声味俱厉地大便，给我伴宴。

当我从厕所出来时，在走廊里正好碰见曲斌。

"我来给你送饭。"他说。

"葛英给我买了点儿，我吃过了。你以后不用来送饭了。"我说。

"你晚上能睡觉吗？"他问我。

"睡得挺好。"我撒谎，"你没睡好，眼睛里有血丝。"

"我要能替你就好了。"他说，"你陪床一两天行，时间长了，会受不了。"

"曲航怎么样？"我问。

"我告诉他了。他要来看你，我不让。我说又不是你妈受伤住院，你去看什么？"曲斌说，"你吃点儿馅饼吧？"

"我真的吃饱了。拿回去你和曲航晚上吃。"我说。

"又说钱的事了吗？"曲斌小声问我。

"她说最好出院前给。"我说。

"她大概住多少天？"

"像骨折这种病，完全可以回家养，她偏要住院，她说她心脏不好，住在医院心里踏实。她想住到拆石膏。大约两个月吧。"

曲斌叹了口气，说："理在人家手里，她想怎么着就怎么着。"

"住院时间短，咱们在她出院前拿不出赔偿金。住院时间长，医疗费用就上去了。"

"她男人不是说一万九包括治疗费用吗?"

"他说的是包括三千元,超过三千元另算。葛英今天上午对我说的。"

"咱们太倒霉了。"曲斌沮丧地说。

"就看明天了。"我脱口而出。

"什么就看明天?"曲斌瞪大眼睛问我。

我自知失言,赶紧说:"葛英说她丈夫明天来,我想再和他说说好话。"

我清楚我现在如果和丈夫说指甲盖上有曲线的事,他准以为我是受刺激精神错乱了。

"我估计没用。"曲斌说,"我怎么会撞了律师的老婆呢?"

"前几天我从报上看到一句话,说在法制不健全的地方,律师是专门利用法律从事违法活动的群体。"我说。

曲斌不再说话了,我发现只几天工夫,他苍老了很多。

"你去看看她?"我问曲斌,"你多探视几次,也许他们会少要点儿钱。"

"空着手?"曲斌犹豫。

走廊里经常有来医院探视病人的,人家手里都有诸如果篮鲜花等礼物。

我看曲斌手里的饭盒。

"馅饼是什么馅的?"我问他。

"白萝卜,五分钱一斤。"曲斌说。

"刚才葛英说医院的饭难吃,你就说给她送点儿家常饭。"我说。

"也行。"曲斌点头。

117

曲斌跟在我身后走进病房，我对躺在床上的葛英说："我爱人来看你。"

葛英一动不动地看看曲斌。

曲斌将饭盒从塑料袋里拿出来，放在床头柜上，他拘谨地对葛英说："我从家里给你拿来点儿吃的，听欧阳说，医院的饭不好吃。"

葛英点点头，不说话。

曲斌看我。

我对他说："到午睡时间了，你走吧。"

"我对不起你。好好养病，早日康复。"曲斌临走前对葛英说，像背台词。

葛英用几乎看不见的幅度点点头。

我送曲斌到医院门口，我看他是骑自行车来的，心里踏实了一些，我怕他今天又蹬三轮车挣钱。在情绪不好时，容易出事。

"你回去吧，让你受累了。我看出她是难伺候的人。"曲斌负疚地说，"你再坚持几天。"

我从他的话里听出了疑点。

"再坚持几天？"我重复他的话。

刚才我已经告诉过他，葛英起码要住两个月。

曲斌遮掩："我的意思是再过几天，她就可以自理了。"

"曲斌，你有事瞒着我！"我厉声喝道。

"没有⋯⋯真的没有⋯⋯"曲斌推着自行车要走。

"站住。"我拉住他的自行车把手，"不管你干什么，都要告诉我。"

曲斌的眼睛看着自行车的脚镫子。

我突然将右手伸进曲斌的左侧裤兜。

"你干什么？"曲斌躲闪。

他的裤兜里有一张纸，被我拿了出来。曲斌抢那纸，我已经看清了纸上的文字：高价收购人肾。

没等我说话，曲斌说："欧阳，咱们没有任何办法了，本来儿子上大学钱就不够，咱们还把仅有的积蓄赔光了。我蹬三轮车又伤了人，人家张口就是索赔两万。欧阳，咱们是走投无路呀！既然你看见了，我也不瞒你了，我上午已经和收购肾的人联系上了，价钱也谈好了，五万元。下星期的今天取肾，取肾之前他们付款。有了这五万元，问题就都解决了。"

曲斌很少一次说这么多话。

我不同意："绝对不行。就算卖肾，也是我卖。肾对女人没有对男人重要。"

曲斌说："是我摔伤的人，应该由我卖肾。"

我说："是我炒股赔的钱，由我卖。"

我们就这么争。

我突然想起了我大拇指指甲盖上的曲线，曲斌是七天后卖肾，而我最多只需要两天就可以证实大拇指指甲盖上预示的股票曲线正确与否。

我问曲斌："确实是一周后取肾？"

"确实是。"他点头。

"如果在这之前，我找到了别的办法挣钱，你就不卖肾了？"我说。

"当然。你有什么办法？"曲斌问。

"……我在想……"我支吾。

"你也有事瞒着我？"轮到他质疑我了。

"没有。"我改用坚定的口气，"我要你答应我一件事。"

曲斌看我。

"如果提前取肾，一定要告诉我。"我说。

"怎么能不告诉你？你不去，谁收钱？我被麻醉了，怎么拿那么多钱？"曲斌说。

"这就好。"我说。我就怕他背着我提前去卖肾。

"我走了？"曲斌说。

我点点头。看着曲斌的背影，我的眼泪使得气象台不得不将天气预报修改为"晴，局部地区有阵雨"。

进病房前，我先到厕所洗脸，我不想让她们看我的泪眼。洗完脸，我经过泔水桶时，无意间瞥见泔水桶里有曲斌拿来的馅饼，我认识我家的馅饼。葛英在我和曲斌离开病房后，把它们扔了。我本来以为我的身体里已经没有眼泪了，我错了。这次流出的眼泪比刚才流出的还多。

我一边流泪一边将我家的馅饼从泔水桶里拿出来，我没有用自来水而是用泪水冲洗它们。我家做馅饼用油很少，馅饼拿在手里像馒头，不会油了手。

我拿着馅饼走进病房，葛英没看见我手里的馅饼，她对我说："我吃了你家的馅饼，味道不错。"

我说是吗？我从病床下拉出凳子，坐在葛英身边当着她吃曲斌做的馅饼，我的眼睛很争气，没有流泪。

我的余光看见葛英的表情很尴尬，尴尬里当然还有吃惊，她无论如何不能想象如今还会有城里人吃从泔水桶里捞出来的食物。

其他患者都在午睡，病房里很安静。

葛英显然睡不着，她一直看着我吃馅饼。

我吃完后，她装作若无其事地问我："你先生也给你带馅饼了？"

尽管我愤怒，但我明白我现在不能得罪她，不能让她感觉下不来台。我点点头。

我看出葛英舒了口气。

葛英睡着后，我悄悄从邻床那位患者的床头柜上拿过证券报，我离开病房，到护士值班台前向护士要了一张纸，借了一支笔，我坐在室外的一片草地上，将我的左手大拇指挨个放在报纸刊登的个股上，每当指甲盖上显示出这只股票的未来月线图时，我就将该股票的名称和曲线记在纸上。

我一口气记了二十只股票。我认为这是一个可以百分之百论证我的大拇指的数字。

我将纸叠好，小心翼翼放进衣兜。明天上午，当我看到新的一期证券报时，我就能知道我的大拇指上的曲线到底是怎么回事了。如果它真能准确预报股票走向，曲斌就不用卖肾了。但我觉得这种可能性很小。我想好了，一旦验证我的大拇指上的曲线没有任何价值，我就抢在曲斌前边卖肾。

我将笔还给护士，我蹑手蹑脚地回到病房，把证券报放回到邻床患者的床头柜上。

"你家不会没钱，你们还在炒股。"闭着眼睛佯装睡觉的葛英对我说。

吓了我一跳，我没想到她是装睡。她看见我对证券报这么感兴趣，由此判断我家绝对在炒股。

我不想再说什么。

"我想吃冰激凌，麻烦你去给我买点儿。"葛英说。

"我身上没钱。"我说。

"钱都在股市里？"她挖苦我。

我和她对视，她的目光不移开，我也不移开，我们的目光分明是在进行一场拳击赛。我从曲斌口中知道卖一只肾可以得到五万元后，我的心里就有了底，大不了我卖一只肾，所有问题就都迎刃而解了。

还是我的目光先告降了，毕竟是曲斌摔伤的人家。

下午，牛威来医院看妻子，我到走廊里站着。葛英显然向她丈夫说了我的坏话。牛威走时对我说，他们向我们索赔多少，还要看我在医院照顾葛英的情况再定。

我喂葛英吃完晚饭后，她突然问我："我让你去买冰激凌，你说你没钱，那你拿什么买晚饭吃？"

"我不吃晚饭。"我说。

"晚饭不吃，午饭呢？早饭呢？都不吃？你是机器人？"她冷笑。

"算了算了，我去给你买冰激凌。"一个陪床的人对葛英说。

"我不是没钱，我就是生气。摔伤了人家，人家想吃冰激凌都不给买，谁信她连几块钱都没有？没炒股老看证券报干什么？"葛英说。

"你也是。"一位患者说我，"去年我先生开车撞了人，我们去医院看人家，人家想吃什么我们给买什么。一个冰激凌能有多少钱？可别因小失大。"

大家七嘴八舌。

我站起来，没说话，走出病房。刚才我送曲斌时，注意到医院门口左侧有个冷饮摊。我来到医院门口，冷饮摊主约莫四十岁，男性。

我对他说："对不起，能和您商量个事吗？"

"换零钱？"他说。

"我在医院陪床，病人想吃冰激凌，可我身上没钱。您能赊给我吗？我有了钱一定还给您。我给您打欠条。"我说。

"就赊一盒？"他问我。

我点头。

他看了我一会儿，从冰柜里拿出一盒冰激凌。

"谢谢您，多少钱？我给您写欠条。"我接过冰激凌。

"两元。欠条就不用写了。您要是蒙我，我拿着欠条去哪儿找您？您要是老实人，没有欠条您也会给我送钱来。"他说。

"我会给您送来的。"我说。

回到病房，我把冰激凌递到葛英手上。

"我一只手怎么吃？"她问我。

"我喂你。"我说。

"你摸完钱，洗手了吗？"葛英问我。

"我去洗。"我走出病房时，听到身后葛英对病友说："怎么样？她有钱吧！"

有个患者说她看得出来我确实没什么钱，葛英说那是如果特有钱这人绝不会亲自陪床。

好不容易熬到晚上熄灯了，我坐在两张病床之间的凳子上。很奇怪，昨天坐了一个通宵已经感觉到腰酸背痛的我，今晚反而没觉得特别疲劳。我幻想倘若我的大拇指上的曲线真的能准确预示股票未来一个月的走向，我家的经济状况就能发生翻天覆地的改变，谁都知道，就算再著名的证券专家或者经济学家，也不可能百分之百准确预测具体股票的未来走势。我想象我有钱后，给曲航买的第一件生日礼物是他梦寐以求的那双价格上千元的运动鞋，当曲航打开包装纸后，他的那种惊喜，足以滋润我这个母亲享受终生。葛英放了一个屁，很响，把我从遐想拉回到现实中。

我在黑暗中苦笑，我清楚这种假设基本上不可能，尽管我对神秘事物有兴趣，但我不相信我能碰上。

我把头放在葛英脚下的床上，我想睡一会儿。迷迷糊糊的我感觉进了一间卫生状况欠佳的厕所，气味刺鼻。我睁开眼睛，看见葛英的一只裸脚不知何时从被子里伸出来，紧挨着我的鼻子。

我抬起头，看了看手表，是凌晨三点。我感到病房里空气混浊，想到室外透透气。我轻轻站起来，小心翼翼拉开病房的门，我经过护士值班台时，那年轻的护士问我是不是连续两天没睡觉了。

"不困。"我说。

"其实胳膊骨折完全可以回家疗养。"她为我打抱不平。护士了解每个病人的情况。她显然清楚我和葛英的关系。

"谢谢你。"我说。

我到室外，天空漆黑一片，我做深呼吸。我想起小时候看星星的经历，如今星星和城里人已经久违了，看不到星星的人只能看眼前的东西。

我在夜色中靠着墙站了一个小时，我感觉不到地球的行进速度，书上说，它的行进速度快得惊人，可人为什么感觉不出呢？难道越慢的速度越能感受到，越快反而感觉不到了？钱少的人感觉得到钱的存在，钱多的人反而感觉不到钱的存在？

我回到病房时，葛英质问我："你去哪儿了？我都快憋死了。"

我赶紧从床底下拿出小便盆，插到她的臀部下边。

其实她完全可以下地自己去厕所。

六点，护士开始给患者量体温。走廊里的脚步声增多，厕所进入紧张的高峰状态。

我拿着脸盆到厕所给葛英打洗脸水，从厕所的窗户看见楼下的报摊已经开始卖报，我顾不上打洗脸水了，把脸盆放在厕所的地上，三步并作两步跑到楼下的报摊前，报摊上有今天的证券报！

"买什么报？"摊主问我。

"随便看看。"我没钱。

我拿起一张证券报，翻到股市行情版，我从衣兜里掏出昨天记录个股的纸，摊主以为我是掏钱。

我迫不及待地对照。被我先找到的五只股票的新行情和我记录的完全一致！

"你不买报，在干什么？"摊主问我。

我顾不上理他，一口气将剩下的十五只股票全核对了一遍，误差是零。

"金拇指！"我情不自禁地脱口而出。

我拿着报纸就跑。

"回来！你没给钱！"摊主大喊。

我将报纸还给他，连说："对不起，对不起，谢谢你！谢谢你！……"

"精神病呀？"摊主说。

我给他一个灿烂的笑容。

我没有回病房，我必须整理我的思维。我靠在一棵岁数已届不惑之年的树干上，我需要它帮我思考，俗话说，三个臭皮匠顶一个诸葛亮。

我首先想到的是我不用再为曲航的学费和葛英的赔偿金发愁了，我家将由此彻底摆脱贫困的境地，傻子也知道，能百分之百预测所有股票未来一个月走势的金拇指意味着什么，说穿了，等于所有投资股票的人都对我大敞着他们的钱包，我想拿多少就拿多少，而且完全合法。

我伸出我的只有四根手指头的左手，跷起大拇指，对着初升的太阳尚柔和的光观察我的大拇指指甲盖，我清楚它现在的价值，用价值连城形容它，不过分。

我就这么对着阳光翻来覆去看我的大拇指，突然，我迅速将左手藏进裤兜，我没有白看书，也没有白给我姥爷当外孙女，没有白给我妈当女儿，我知道福和祸是双胞胎，我还知道人人都喜欢的东西最危险。我清楚，我的金拇指能给我带来财富，同时也能要我的命，最轻也是被人剁掉它。

我浑身发抖，我发誓不能告诉任何人，包括曲斌和曲航。你可能会说，怎么连自己的丈夫和儿子都不相信？人世间的事就是这样，亲情最不共戴天的敌人是财富和权力。打个比方，我没有金拇指时，曲斌是我丈夫曲航是我儿子，我有了金拇指而且他们知道了，很可能我将失去丈夫和儿子。不是我不相信他们的品质，曲斌有表兄堂妹，曲航将来会娶老婆，谁能保证这些人的品质？就算他们都是雷锋，一传十，十传百，知道的人多了，我还能活？我不告诉曲斌和曲航真相，是对他们最大的爱。

在我发过不向任何人泄露金拇指的誓后，我的心和身体恢复了镇静，我炒股突然能赚钱了，那是我运气好，和别的事没关系，不是有不少白手起家炒股成为亿万富翁的人吗！

我的近期计划如下：马上回家拿钱买一份证券报，由此获得中国大陆所有上市公司股票的名称和代码，用金拇指逐个预测它们未来一个月的走向，选出近期走势最强劲的一只股票，然后向米小旭借五万元，争取在两天之内赚一万元，还米小旭五万元后，我再用赚取的一万元投资，在一个月内把它变成十万元。其中两万元用来赔偿葛英，五万元用作曲航上大学的钱，剩下的钱改善家庭生活。

第十一章　惊心动魄

踌躇满志的我回到病房，等不到洗脸水的葛英一脸的怒气，她见我空着手回来了，冲我发火。

"送饭车都过去了，你怎么连洗脸水还没打来？脸盆呢？"她质问我。

我忘了她的脸盆还在厕所的地上。

我去厕所给她接最后一次洗脸水。我将洗脸盆放在凳子上时，她看见了我的金拇指。

"你没有剪指甲？"葛英大怒，"你留这么长的指甲，里边都是病菌，还给我喂饭刷碗，真恶心。我让你剪，你怎么不剪？还骗我！"

我看着她，不说话。我心说，世界上会有人剪这个指甲？

"现在剪！"葛英命令我。

邻床患者拿出指甲刀，她递给我，还小声劝我："大姐，剪了吧。谁让咱摔了人家呢。"

我没有接指甲刀。

"你不剪？"葛英问我。

我点头。

"我不用你陪床了，你去给我另雇一个，就要小许这样的。"

小许是同病房一个患者从医院雇的专业陪床，一天劳务费三十元。

"可以。"我说。

葛英瞠目结舌。她万万没想到我会这么说。

"小许，你出来一下，我跟你商量个事。"我对外来妹小许说。

小许跟我到走廊。

"小许，我看你很能干。你能帮我照顾葛英吗？"我对她说。

"可以。我最多同时照顾过一个病房的三个病人。"她说，"一天多少钱？"

"四十元，行吗？"我开高价。

"太行了。"小许答应。

"后付钱，行吗？"我问她。

"我们的规矩是一天结一次。"她说。

"咱们相处两天了，你应该能看出我是实在人。"我对她说，"我现在拿不出钱，但过几天我就有钱了，你能帮我吗？"

小许犹豫。我相信，如果她知道我的未来，她肯定毫不踌躇地帮我，名人传记里最令人怦然心动的情节莫过于在成功人士穷困潦倒时给过他们一个馒头或铜板的人日后心旷神怡地接受成功人士的报答。

"可以，但你说话要算数。"小许运气还行，她没有拒绝我，她没有拒绝一个日后不得了的人物在黎明前的黑暗时期向她的求援。

我回到病房，我对葛英说："我请小许帮我照顾你。"

葛英瞪大了眼睛，半天才对小许说："她一天付给你多少钱？"

"四十元。"小许说。

"已经付了？"葛英再问。

"后付。"小许说。

"你怎么这么傻？到时候她不付你钱，你怎么办？你找我要，我可不给。"葛英提醒小许。

"我看欧阳大姐不是那种人。"小许说。

"现在这人,好坏可没写在脸上。"葛英说。

小许说:"我们谈好了,我相信欧阳大姐不会骗我。"

"谢谢你,小许。"我说。

葛英问我:"你家什么时候付我赔偿金?"

我说:"在你出院前。"

葛英说:"你走了,我们去哪儿找你们?"

我掏出我的身份证,递给她,说:"我把我的身份证押给你,我付你赔偿金时,你还给我。我把我家电话号码也留给你。"

葛英拿过我的身份证和电话号码,没话说了。

我对葛英说:"我丈夫摔伤了你,我再次向你深表歉意,我们应该赔偿你,我们会赔偿你的。我走了。"

我向病房里的其他人告别后,几乎是跑出医院,我要回家拿钱买证券报。

虽然离开家才两天,但我走进家门时有种重归故里的亲切感,哪儿都不如自己家好,这是我回到家后的强烈感受。

曲航去上学了,曲斌不在家,我估计曲斌又去和人肾贩子讨价还价去了。我得抓紧时间,一定要抢在曲斌卖肾之前从股市挣到钱。

我找出几块钱,到楼下的报刊亭买了一份证券报,回到家里,我将我的左手大拇指的指甲盖逐一放在每只股票上,我记录和比较它们的未来走势。

经过近一个小时的遴选,一只名为"北方马奋"的股票脱颖而出,我的金拇指告诉我,北方马奋从明天起,将连续两天涨停。我计划向米小旭借五万元买入北方马奋,时间为两天。如果我的金拇指不失误的话,在两天中,我将净赚一万元。

我拿起电话听筒,给米小旭打电话。当我拨到她的手机的最后一个号码时，我按下了电话叉簧。

"万一北方马奋下跌呢？如果金拇指并非我想象的那样百分之百准确，以我家目前的处境，再背上五万元的债务……"我毛骨悚然。

我从衣兜里掏出我在医院记录的那张纸，再次对应证券报上的股票进行检验，没有任何误差。

"万一赔了，大不了我和曲斌各卖一只肾！"我决定赌。

电话铃响了，吓了我一跳。

我拿起话筒。

"欧阳？你给我打电话了？"米小旭的声音。

"你怎么知道？"我惊讶。

"我的手机上显示出你家的电话号码了。"她说。

"小旭，我有事求你。"

"怎么还求？你尽管说！"

"我想向你借五万元。"

"……"

虽然是在电话里，我还是感觉到米小旭一愣，毕竟她还不是亿万富翁。

"就借两天，两天后还给你。"我说。

"能问问干什么用吗？上次被胡敬坑了后，我的资金挺紧张。"

我知道如果我据实说借钱是用于炒股，米小旭肯定不敢借给我，我只能说谎。可说什么谎能让她相信我在两天后就能还给她呢，借五万元，只用两天，说得通吗？

"小旭，请你原谅，我不能说。但请你相信我，我不是没有信用的人。"我说。

"我借给你。要现金？"米小旭说。

"转到我的账户上就行。我到银行等你。"我说了一家银行的名称。

"一会儿见。"米小旭的声音满腹狐疑。

我挂上电话,匆忙洗了把脸,我已经两天没洗脸了。

当我骑自行车赶到那家银行时,米小旭已经在银行门口等我了。

"谢谢你,小旭。"这是我见到她说的第一句话。

"没什么,是我害了你。"米小旭自责,"现在股市不景气,我让你在不景气的时候炒股,不是害你是什么?"

"就算是熊市,也会有涨停的个股。"我说。

米小旭不明白我这话的含义,她说:"谁能知道哪只股票涨停?"

"咱们去办转账手续?"我说。

"欧阳。"米小旭略显犹豫,"实话跟你说,我家就剩六万元了,其他的钱都在股市被套牢了。我还是想知道你借这五万元干什么用,你不会是去炒股吧?"

"不会。"我说谎,"小旭,请你放心,这五万元我两天后准还你。"

我想好了,一旦失败,我后天就去卖肾,还米小旭钱。

"咱们去办。我相信你,欧阳。"米小旭一咬牙。

我和米小旭进银行填各自的单子办转账,米小旭的五万元不显山不露水地移到了我的账户上。

我将在家写好的借条交给米小旭。这次米小旭没撕,她小心翼翼地将借条收好。

"你还在证券公司?"我居心叵测地问她。

如果米小旭在那儿,我就不能去那儿买北方马奋。她看见我拿借她的钱买股票,会拼死阻止我。

"我能去哪儿？"米小旭回答我。

"我得走了，后天见。"我只能通过电话买北方马奋。

米小旭是坐公共汽车走的。

我通过路边的公用电话将米小旭的五万元全部买入北方马奋。

看不见北方马奋的行情变化，我心里不踏实。可我又不能去我开户的那家证券公司，米小旭在那儿。我灵机一动，肯定所有的证券公司的大屏幕上显示的同一种股票的行情是一样的，我可以去其他证券公司的大厅看北方马奋。我回忆起我曾经路过的一家证券公司。

我骑自行车赶到那家证券公司。我坐在长凳上看大屏幕，绿色的北方马奋出现了，我感到两眼发黑，它比我买它时跌了！

我突然什么都听不见了，四周的世界死一般寂静，只有我的大脑在奔腾呼啸：老天爷为什么要这么捉弄我？我的右手下意识护住我的右肾，我清楚，如果北方马奋继续跌下去，我将和爹妈恩赐给我的一只肾诀别。

当北方马奋再次出现在大屏幕上时，它跌得更厉害了。我彻底绝望了，我大喊一声，从凳子上昏倒在地上。

当我睁开眼睛时，我看见我躺在医院急救室的病床上。

"她醒了。"一个女护士告诉医生。

医生过来对我说："你是昏厥，没什么大事。是证券公司的人送你来的。你告诉护士你的亲属的电话号码，让亲属来接你并付费。"

"我没有亲属。"我一听说付费，只能赖账。

"你身上有钱吗？"护士问我。

"没有。"我说。

"没多少钱，我们只给你打了一针，二十元。"护士说，"这样吧，我先给你垫上，你回家拿了钱再还我。"

我不信如今世上有这样的护士。

我坐起来，对她说："我一定会还你。告诉我你的名字。"

她说："我叫孟芳。"

我离开医院，想起我的自行车还在那家证券公司门口，我没钱坐公共汽车，我拖着疲惫的身体步行到那家证券公司。现在已经是下午了，我没有勇气再进去看北方马奋，我清楚我只要进去看大屏幕，结局必然是我再次被送进医院。

我骑上我的自行车，回家。

当我打开家门时，我看见了焦急不安的曲斌和米小旭。

"小旭？你怎么会在这儿？"我吃惊。

"你去哪儿了？借这么多钱干什么？"曲斌问我。

米小旭告诉我经过：

曲斌去医院给我送饭，葛英告诉曲斌我已经走了。

"她走了？谁照顾你？"曲斌问葛英。

"你太太雇了小许，一天四十元工资。"葛英指着小许对曲斌说。

"这不可能！"曲斌说。

"大哥，是真的。"小许证实。

"你太太脾气很大。"葛英说，"她的大拇指指甲留那么长干什么？我说这不卫生，我让她剪掉，她不干，掉头就走了。"

"不会！"曲斌不信。

"这些人当时都在场，都可以做证。"葛英指着病房里的人说。

曲斌环顾众人，众人都点头。

"她去哪儿了？"曲斌问。

"她没说。她把身份证留我这儿了，是她主动给我的，说你们付了我赔偿金再还给她。"葛英说。

曲斌急忙回家，他看出我回过家又出去了。曲斌突然意识到我可能是要抢在他之前卖肾，他急了，但他不知去哪儿找我。他急中生智，按下了我家电话机上的重拨键，他认定我走之前会用电话和肾贩子联系。

米小旭的手机响了。她看见手机屏幕上显示的来电号码是欧阳宁秀家的。她接电话。

"欧阳吗？"米小旭说。

"我是欧阳的丈夫曲斌，请问您是谁？知道欧阳在哪儿吗？"曲斌没听出对方是米小旭。

"我是米小旭。刚才我见过欧阳。我不知道她去哪儿了。"米小旭说。

"欧阳应该在医院陪床的，她见你干什么？"

"她向我借钱。怎么，你不知道？"

"她又向你借钱？借了多少？"

"五万。"

"五万？！你借给她了？"

"说实话，我现在资金也挺紧张。但我总觉得欠你们，是我把你们家仅有的三千元给赔了……"

"不能这么说，况且你在我们有困难时已经用钱帮助了我们。"

"欧阳不是胡来的人，她向我借这五万元很急切，我问她做什么，她不说。她说两天后一定还给我。我就借给她了。你一点儿不知道她用这笔钱干什么？"

"我绝对不知道。我去医院给她送饭，才知道她已经离开医院了。我回到家里，没有她，也没给我留话，这太不正常了。她能去哪儿？"

"她会把钱都买彩票吗？后天有个彩票开奖，听说特等奖奖金五百万元，好多人去买。"

"我们从来没买过彩票。"

"我从一本书上看到,说是在经济上走投无路的人爱买彩票。"

"欧阳不会吧?"

"我现在去你家,咱们想办法找到欧阳,万一她是拿这么多钱买彩票,咱们一定要制止她!"米小旭为她的钱的安全担心了。

我回家时,米小旭刚到我家,她正和曲斌分析我会去哪个彩票销售点。

我对他们说:"我不会买彩票。"

曲斌问我:"你借五万元干什么?钱在哪儿?"

我无言以对,万念俱灰。

"欧阳,你是怎么了?"曲斌像不认识似的看我。

米小旭战战兢兢地问我:"欧阳,你把钱从银行提出来了?"

我缓慢地摇头。

"你拿它炒股去了?"米小旭想既然没提现金,还能干什么?

我摇头。

米小旭和曲斌对视。

"曲斌,欧阳会不会?"米小旭指指自己的头,"受刺激了,这儿乱了?"

我对米小旭说:"小旭,我后天肯定能还你钱。请你一定放心。"

我已决定明天去卖肾。

"小旭的五万元在哪儿?"曲斌盯着我的眼睛。

我看出,曲斌已经怀疑我的精神出了问题。

我心里一紧:莫不是我的大脑受不了如此大的压力,真的崩溃了?否则我怎么会从指甲盖上看出股票曲线?是炒股失利导致我的视力出现错觉?我怎么会按照指甲盖上可能根本就不存在的曲线向别人借五万元买股票?

五行眼泪挂在我的脸上，每个眼角一行。另一行不知来自何处。

我已经在心里认定我患了精神分裂症。我们车间有个工人得了这种病，我了解这种病。

我对曲斌说："曲斌，后天，你送我去医院吧。"

"你哪儿不舒服？"曲斌问我。

"我得了你们刚才说的那种病。"我说。

"干吗不现在就去医院？"米小旭发现了问题。

"我明天要还你钱。"我说。

"我的钱还在吗？"米小旭问我。

我摇摇头，说："明天我就会有五万元了。"

曲斌突然醒悟，他说："你要卖肾？"

"卖肾？"米小旭一愣。

曲斌只得告诉米小旭："我们家已经到了这一步，没什么不能说的了。我已经联系好了，下星期卖一个肾，五万元。我听欧阳一口一个明天能还你五万元，她去哪儿弄五万元？我估计她也要卖肾。"

"绝对不行！"米小旭急了，"你们俩谁也不能卖肾！没有过不去的路。我可以找人借钱。欧阳，我的那五万元不要了，如果你是拿卖肾的钱还我，我这辈子还睡得着觉吗？"

我坚定地对米小旭说："小旭，我拖累了你。我对不起你。我向你借钱的时候说了，两天后一定还你，如果我没做到，我后半辈子能睡着觉？不错，我是要卖肾。反正咱们两个有一个要睡不着觉，你就成全了我吧。我的精神肯定出了毛病，没出毛病我不会向你借五万元。后天，你们就把我送到精神病医院去吧。"

米小旭自言自语："说自己是精神病的，一般都不是。真的精神病，根本不承认自己是精神病。"

曲斌站不住了，他扶着桌子坐下。我看他已濒临崩溃。

"欧阳，你到底拿小旭的五万元干什么了？"曲斌突然大声咳嗽，其状惨烈。

我担心他吐血。

"我告诉你们。"我说。

曲斌和米小旭的目光锁定在我嘴上。

第十二章　出人意料

我先向米小旭赔罪："小旭，我对不起你。我对你撒了谎。"

米小旭呆呆地看着我。

我再对曲斌说："曲斌，我对不起你。但请你原谅我，我的脑子肯定出了毛病，否则我不会做这么荒唐的事。"

曲斌傻傻地看着我。

我吸了一口气，眼睛看着地面，说："这两天，我在医院陪床，不知怎么搞的，一个念头出现在我脑子里，我被这个念头俘虏了。我真的不知道自己怎么会这样走火入魔，我的精神肯定出问题了。"

我没有说大拇指指甲盖的事，我觉得那太荒唐了。

曲斌和米小旭都不说话，他们等待我说出实情。

我长出了口气，说："我想通过炒股扭转我家的经济局面，我向小旭借了五万元，全买了股票，结果赔了……"

米小旭没能控制住自己，她失态了："你！你怎么能在这种时候买股票？整个大盘都在跌！而且是借钱！上午我就担心你借钱是炒股，可你说不会！你？！欧阳，让我说你什么好……"

曲斌大怒，他站起来骂我："你浑！"

"你们骂我吧，骂得越凶，我心里还能好受点儿。"我泪流满面。

米小旭在屋里来回走："今天几乎就没有涨的股票，大屏幕上全是绿色。"

"五万元全赔光了？"曲斌问。

"那不会。"曲斌的话提醒了米小旭，"今天已经收市了，明天一开盘，赶紧抛出，能拿回三万多。"

曲斌松了口气，像是白捡了三万元。

米小旭意识到她的失态，她对我说："对不起，欧阳，我刚才不该冲你发火。只不过你这事做得也太……算了，不说了。"

曲斌对我说："看来，咱俩得各卖一个肾了。"

我点头。

这次米小旭没说阻止我们卖肾的话。

"欧阳，你买了什么股票？"米小旭想缓和屋里的气氛。

"就买了一种。"我说。

"五万元全买了一种？这是炒股的大忌。"米小旭叹气，"买的是什么？"

我不敢说。

"告诉小旭，你买的是什么？"曲斌逼问我。

我用蚊子声说："北方马奋。"

米小旭大喊："欧阳，你说什么？你买了北方马奋？是北方马奋吗？"

我不敢说话了。曲斌使劲儿瞪我，他从米小旭的语气里判断，北方马奋跌得最惨。

米小旭喊道："欧阳，你真的全买了北方马奋？"

我哭着点头："小旭，你骂我吧！"

"北方马奋是今天唯一涨停的股票！！欧阳，你怎么会买它？谁告诉你买它的？"米小旭拥抱我。

"涨停？你是说。北方马奋今天下午涨停了？"我难以置信，

"我明明看见它在下跌呀!"

"收盘前最终涨停了!"米小旭喊道。

"能赚多少钱?"曲斌迫不及待地问米小旭。

"五千元。"米小旭说。

曲斌欣喜若狂。

最感到不可思议的显然是米小旭,她无论如何不能相信我这个刚刚炒股的新手会如此准确如此有魄力地在大盘下跌时买入唯一一只涨停的股票。

"欧阳,告诉我,你是怎么决定买北方马奋的?"米小旭问我。

我已经清楚我的左手大拇指是货真价实的金拇指了,我绝对不能对任何人包括亲人暴露它。我想起我今天拿金拇指预测股市时,确实是大多数股票要跌,我当时只注意挑选涨的股票。

"可能是直觉。"我撒谎。

"不可能!"米小旭断然否定。

"那我还能有什么别的方法?"我问她。

"也是,你能有什么办法呢?"米小旭说。

"会不会像电影上说的,人在巨大压力下,有时会爆发特异功能?"曲斌说。

"也许。"我说。

"太不可思议了。"米小旭看我。

曲斌说:"明天一开盘,赶紧去卖北方马奋。"

我脱口而出:"不行,明天北方马奋还要涨停。"

"你怎么知道?"米小旭和曲斌异口同声问我。

"我……"我不知道怎么说,"凭直觉。"

米小旭换了一种眼光看我:"欧阳,你有事瞒着我!你认识北方马奋的庄家?"

庄家是股民对操纵股票的人的称呼。

"不认识，我怎么会认识庄家？"我否认。

米小旭摇头："欧阳，你如果没有信息，不可能冒着卖肾的危险把借我的五万元全买了从来没有涨停历史的垃圾股北方马奋，你说对吗？"

我说不出任何话。垃圾股是股民对绩劣股的蔑称。

米小旭说："欧阳，我觉得你是知恩图报那种人。不管怎么说，是我动员你炒股的，你有了困难，我是全力相助。我觉得，在炒股上，你如果有了什么捷径，应该告诉我。曲斌，你说是不是这么回事？"

曲斌对我说："欧阳，小旭对咱们确实是以诚相待。你如果真的认识了庄家，应该和小旭分享。"

我哭笑不得："庄家应该都是腰缠亿贯的大款吧，我怎么可能认识？曲斌，你清楚，咱们家的人际关系里，最有钱的是谁？就是小旭呀。"

米小旭还是想不通，她问我："欧阳，你说明天北方马奋还是涨停？"

我不敢点头，如果我点头，她肯定追问我是怎么知道的。我也不能摇头，摇头同样会被追问信息来源。

"到底是不是涨停？"曲斌急了，"如果不是，咱们明天开盘时一定要卖！"

我尴尬地站在那里，不像在家，像是在法庭，我是被告，米小旭是原告，曲斌是法官。

我总算弄清楚了一件事，在我拥有了能预测股票未来走势的金拇指后，如果我不想暴露金拇指，我必须找出一个能让他人包括亲人信服的理由，否则我将众叛亲离。如果说出金拇指，不出半年，我肯定死无葬身之地。我必须找出一个理由，而且是现在，他们在等着。米小旭突然问我："欧阳，你是不是单独见胡敬了？他给你的信息？"

"没有。"我赶紧说。

米小旭的脸色难看了，她说："胡敬要是告诉你信息，你不告诉我，欧阳，你可就太不够意思了。"

"小旭，这两天我一直在医院，我到哪儿去见胡敬？"我有口难辩。

米小旭看了曲斌一眼，她对我说："欧阳，恕我直言，从那次同学聚会，我就看出胡敬对你印象深刻，那么些女生，胡敬只叫出了你的名字。那天在证券公司我提出给胡敬打电话，我看出你的眼神有点儿那个……"

"小旭！我不容许你胡说！"不知为什么我面红耳赤，想止都止不住，我看曲斌。

曲斌看着满脸通红的我，问："上午你离开医院，去哪儿了？"

"找小旭借钱呀！"我说。

"小旭，欧阳是几点见你的？"

我真的成了被告，甚至成了犯罪嫌疑人，他们在一分钟一分钟地分析我有没有作案时间。

我知道金拇指不是好东西了，我依靠它的指点，尚未挣到落袋为安的一分钱，我在这个世界上最亲近的亲人和好朋友已经和我产生了裂痕。一旦我靠它挣了大钱，我肯定将处于四面楚歌的境地。

只要还了欠米小旭的钱、支付了葛英的赔偿金和挣出曲航上大学的费用，我就剪掉金拇指的指甲。我下了决心。

"你到底见没见胡敬？"曲斌虎着脸问我，他的脸变成了酿醋厂。

我和曲斌结婚这么多年，曲斌从没为我吃过醋。我身上没有任何值得男人吃醋的地方。

"我给胡敬打电话！"米小旭说。

"你给他打电话干什么？小旭！你这是干什么？"我生气了。

"我说给胡敬打电话，你急什么？"米小旭歪着头问我。

我哭笑不得，我看曲斌，我希望他能制止米小旭继续这种无聊的猜测和盘问。

曲斌看着我说："是啊，你急什么？"

我痛斥曲斌："曲斌！小旭不了解我，你还不了解我？！你怎么能这么说？退一万步，就算我对胡敬情有独钟，以胡敬现在的名声和地位，他能看上我？你有脑子没有？"

米小旭阴阳怪气地说："前天我从电视剧上看到，功成名就的中年男人特爱找儿时暗恋的女同学，他们喜欢那种沧海桑田的感觉。"

"米小旭！你如果再这么说，我要请你出去了！"我脸红脖子粗地说。

米小旭以牙还牙："欧阳宁秀！你现在还我钱，我马上就走，我真的不愿意和你这样的人打交道。"

我说不出话，我现在拿不出钱。

"欧阳，你怎么能这样和小旭说话？"曲斌谴责我。

我处于众叛亲离的境地，而我没有扭转局面的办法。这都是金拇指造成的，我甚至这样想：没有它，我现在老老实实在医院伺候葛英，曲斌给我送充满亲情的饭，米小旭时不时打来满是友谊的关切电话。尽管我穷，尽管我举步维艰，可我拥有亲情和友情。而现在，我是有口难辩，众叛亲离。

米小旭缓和了口气，她说："欧阳，你不能怪我往你身上泼脏水，换谁也会生气。你想想，哪个股民能准确预测具体股票的未来走势？只有庄家。即便是庄家，也有失手的时候。而你却对北方马奋预测得如此准确，你肯定有信息来源！以我的经验，来源只能是庄家。要么你认识北方马奋的庄家，要么你认识北方马奋庄家的朋友，除此之外，不会有其他可能。欧阳，我对你怎么样，我够不够朋友，你和曲斌都看见了。当你认识庄家或者间接得到北方马奋的信息后，你不是马上告诉我，让我也赚上一笔，你只是自己偷偷地买。就算你不够朋友不告诉我，你别向我借钱买呀！是我引领你炒股的，我还借给你开户资金，当你得到赚钱的信息后，你不但不告诉我，还向我借钱单独发财。我能不生气吗？如果我是你，你骂我什么我都没话说。我也觉得你不会认识庄家，我想来想去，你认识的和股市沾边的人只有胡敬，胡敬又确实向咱们提供过信息，虽然那次他失误了，但说明他认识庄家。我只能做出这样的判断：他这次告诉你的信息应验了。你不能怪我说你和胡敬，我还能说什么？"

  我不说话了，我的大脑在飞快运转，我必须立刻想出一个能让米小旭和曲斌信服的理由，否则我今天过不了关。

  我猛然想起去年我用酱油瓶向一个收废品的换了一本名为《天体经济学》的书，那书说星相能预示经济趋势。我对米小旭和曲斌说我发现我拥有通过看星相预测股市的能力了？我刚要开口，我又想起我们居住的城市的夜空没有星星已经是很久的事了。这个理由只能放弃。

  曲斌和米小旭都不说话了，他们在等我和盘托出。这仿佛是他们给我的最后机会。

  我心急如焚，我的目光四处搜寻，寻找能启发我的物件。

  厨房灶台上的火柴棍引起了我的注意。我翻过《易经》，用火柴棍摆过八卦。八卦应该是一个能够自圆其说的理由。

  我决定用八卦给我的金拇指当挡箭牌。

"好吧，我告诉你们真相。"我说，"咱们都坐下吧，干吗站着？"

曲斌和米小旭坐下了，我也坐下。

我说："小旭，你的心情我理解。换了我，我也会生气。我不是你说的那种人。我拿我们全家人发誓我不认识什么庄家，也没和胡敬联系。这几天，我在医院晚上只能坐着，睡不了觉，我就靠拿火柴棍摆八卦打发时间。我看过《易经》，这曲斌可以证明。昨天晚上，我忽发奇想，既然八卦可以预测许多事，是不是也能预测股票呢？我就尝试用火柴棍给股票摆八卦……"

米小旭打断我："你怎么知道有只叫北方马奋的股票？用八卦算出来的？"

我愣了片刻，说："碰巧病房里有一张证券报。我从证券报上知道北方马奋的。"

米小旭叹了口气，说："欧阳宁秀，你别编了，我心里已经明白了。过去我先生说我这人太实在，早晚吃亏，我不信他的话，现在我信了。我也想通了，我不能要求别人都和我一样对朋友赤胆忠心。这样吧，欧阳宁秀，你就告诉我后天北方马奋是否还涨停，当然，如果你能告诉我它大后天的走势，我更感谢你。如果不行，你只告诉我后天的就行。咱们还是朋友。"

我别无选择。虽然我清楚我说了后天北方马奋的行情只会导致米小旭对我更加不满。端起碗吃肉放下筷子骂娘那种不满。

"北方马奋后天不涨不跌。"我说。

如此精确的信息，令米小旭和曲斌目瞪口呆。

"我用八卦推算的，仅供参考。"我此地无银三百两。

米小旭说："我明天开盘时卖掉我的所有股票，用我所有的资金买入北方马奋。北方马奋明天涨停，对吧？"

我点头。

米小旭说："后天我卖掉，就赚了，对吧？"

"应该是。"我说。

"你什么时候卖？"米小旭问我。

"明天涨停后卖。卖了就还你钱，包括葛英住院的三千元。我还付给你利息。"我说。

米小旭说："你还剩六千多元，你用这笔钱把葛英的赔偿金和曲航上大学的学费挣出来？"

米小旭预测我的炒股走势。

我不置可否。

"我告辞了。"米小旭站起来，"如果北方马奋让我赚了，我请你们吃饭。谁让我是知恩图报的人呢。"

"小旭，你这么说，是在骂我。"我用无奈的口气说。

米小旭在门口说："我姥姥老说一句话：别人骂不了你，只有你自己能骂自己。欧阳宁秀，再见。"

我叹了口气，说："再见，明天下午我还你钱，我给你打电话。"

米小旭走了。我清楚，明天一开盘，她会倾其所有狂买北方马奋。

我关上门，转身吓了一跳，曲斌站在离我很近的地方。

"你没对米小旭说实话。"曲斌看着我的眼睛说，"这我能理解。到底是怎么回事？你是怎么准确预见股票行情的？"

"真的是靠八卦推算的。"我说。

表情在曲斌脸上凝固了。

"不可能。"他说，"首先我根本不信什么八卦，就算八卦真的灵验，以你的水平，也推算不出来。我知道《易经》是深奥的东西，我从没看你用火柴棍推算过什么。你怎么会突然就能用八卦推算股票了？"

我只能说服他相信我："曲斌，米小旭不相信我，还情有可原。如果你也不相信我，我就真的没活路了。我再说一遍，我确实是在医院陪床时，夜里没地方睡觉，我就拿火柴棍摆八卦打发时间，意外发现股票可以推算的。你了解我的所有人际关系，我怎么可能认识庄家？"

曲斌不说话了，他皱着眉头，我看出他不信我的话。

"你说我是怎么知道股票未来行情的？"我问他。

曲斌沉默，然后他从牙缝里挤出两个字："胡敬。"

"我对天发誓不是胡敬告诉我的！"我气急败坏。

"只能是他。"曲斌说。

"胡敬为什么要告诉我？"我问他。

"道理米小旭都说了。"

"沧海桑田？简直是胡说八道！"我大声说。

曲航放学回来了，他一进门就看出不对劲儿。

"你们吵架了？"曲航问。

我看曲斌，我估计曲斌不会用这事干扰儿子考大学。

曲斌竟然对儿子说："让你妈跟你说。"

曲航问我："妈，出什么事了？被摔伤的那家人难为你了？你这几天没睡好吧？眼圈是黑的。"

我不知怎么说，我看曲斌。

"咱家可能要解体。"曲斌对曲航说。

"曲斌，你昏了头？"我制止丈夫，"你怎么能在儿子高考前乱讲！"

"解体？"曲航瞪大了眼睛，"怎么解体？你们要离婚？我一直认为你们是世界上最后一对离婚的夫妻。爸，到底是怎么回事？"

"你妈有婚外恋。"曲斌咬牙切齿。

"曲斌！你是浑蛋！"我头一次骂丈夫。

生气归生气，我由此也知道了我在曲斌心中的位置：比儿子上大学重要。一旦他意识到将失去我，他会不顾一切留住我，包括以儿子考不上大学为代价。

　　曲航哈哈大笑："爸，别逗了，你说妈有婚外恋？这绝对不可能！太不可能了！你肯定搞错了。"

　　我怀着复杂的心情看儿子，我既感激他为我说话，又明确从他的话里感受到对我作为女人的贬低。

　　"饭做好了吗？我饿了。"曲航问。他显然没拿我们的事当事。

　　"事情没弄清楚，谁也别吃饭。"曲斌气呼呼地说。

　　曲航这才意识到父母之间的关系真的出了问题，他问我："妈，怎么了？你把爸爸气成这样？"

　　儿子又成了法官，今天我总是难以摆脱被告的角色。

第十三章 所向披靡

　　我实在不愿意对儿子说谎,但我没有别的办法。我把我在医院发现我能用八卦推算股票未来走向并得到证实的谎言向儿子重复了一遍。

　　曲航兴奋:"妈,那个叫北方什么奋的股票真的像你推算的那样涨停了?"

　　我点头。

　　"怎么可能?"曲航难以置信,他看曲斌。

　　曲斌也点头。

　　曲航的手臂在空中一挥:"妈,你太棒了!咱们赚了多少?五千?"

　　我点头。

　　"你高兴什么?你快没妈了。"曲斌瞪儿子。

　　"为什么?妈有了推算股票的本事,会抛弃我和爸爸?不至于吧,妈?"曲航笑眯眯地看我。

　　"当然不会!"我说。

　　"你信你妈是用八卦推算的股票?"曲斌用嘲笑儿子智力的口气对儿子说。

　　"妈会骗我?"曲航看我。

　　"不会。"我的话比较疲软。

"是胡敬告诉你妈股票信息的。"曲斌说。

我看出曲斌是要拉儿子当他的同盟军，力挽狂澜也要留住我。

"胡敬够意思！有这样的同学真是财富！"曲航说。

"傻瓜，胡敬为什么告诉你妈值钱的信息？"曲斌狠狠瞪儿子。

曲航笑："难道胡敬想娶我妈？那可真是太阳从西边出来了。老爸，你多心了！"

我控制住自己没先亲儿子一下然后再打他一个嘴巴。

"不这么想，这事解释不通。"曲斌对儿子说，"你信你妈能用八卦推算股票？"

曲航说："这好办，咱们现在随意选几只股票让妈用八卦推算，咱们把推算结果记下来，如果明天应验了，就说明妈没撒谎。如果没应验，老爸你再找胡敬算账不迟。当然，就算胡敬对我妈有意思，也不犯法吧？"

曲斌瞪儿子。

"爸，你同意我的建议吗？"曲航显得挺兴奋。

曲斌不表态。

我说："我觉得可以。曲斌，你本来应该高兴，咱们终于能够摆脱经济危机了。就因为米小旭的胡说八道，你才生无中生有的胡敬的气。曲航，有些事我们瞒着你，怕影响你高考，现在我索性都告诉你。我炒股赔了钱，你爸才去蹬三轮车的。又摔伤了人，人家跟咱们要两万元赔偿金。"

"要得太多了吧？不就是摔断了胳膊吗？"曲航说。

"咱们现在不管他们要得多不多，咱们已经拥有了赔偿他们的能力。"我说，"你爸应该高兴才对，可他却怀疑我和胡敬有事。我同意你的办法，你们随意选出几只股票，我用八卦推算它们明天的走势，你们记下来。如果明天收盘时应验了，曲斌，我就可以被洗清了吧？现在胡敬并不在场呀！"

曲斌还是不说话。

曲航对曲斌说："爸，你没理由不同意。如果妈现在真的用八卦推算出股票走势，就肯定和胡敬没关系了。"

"倘若胡敬已将大盘走势都告诉你妈了呢？"曲斌说胡话。

"绝对不可能。"曲航说，"咱们是从一千多只股票里随意抽出几只，就算胡敬全告诉妈了，妈能记得住？咱们是闭卷考试，妈不能看任何文字性的东西。妈，是吧？"

我说："我只用火柴棍。一个字不看。"

我和儿子看曲斌。曲斌点点头。

"咱家有证券报吗？"曲航问。他知道证券报上有所有股票的名称。

"今天我买了一份。"我说。

"我去拿火柴。"曲航去厨房。

我拿来证券报。

曲航把火柴盒放在桌子上，他打开证券报，对曲斌说："爸，你挑。"

曲斌的目光在密密麻麻的股票名称中搜寻。

"这个。"曲斌指着报纸上的某处说。

"曲航，你拿张纸，把股票名称和代码写在纸上。"我对儿子说。

曲航从他的书包里拿出一张纸，记股票名称。

"你也挑一个。"曲斌对曲航说。

曲航笑容满面地挑了一个，写在纸上。

"应该公证一下。"我开玩笑。

曲航说："我公证。如果妈用八卦真的推算准了，爸就再不能

151

提胡敬追妈的事了。再提，我就站在妈一边了。"

我打开火柴盒，拿出几根火柴，欺骗亲人。我是为了家庭和睦不得已这样做的。我在心里原谅我。

曲斌和曲航看着我在桌子上摆弄火柴棍，我不断变换它们的位置。

我用左手拿起曲航记录股票名称和代码的纸，我的大拇指指甲盖正好盖在一个股票的名称上，我看见了曲线。

"你的大拇指留这么长指甲干什么？"曲斌对我说，"葛英让你剪，你还不剪！"

我心里一紧，我没理他，我对曲航说："这只叫公交海洋的股票明天跌，跌幅是百分之二点三。你记下来。"

"这么精确？"曲航吃惊地看我。

我再看另一只股票，然后摆弄火柴棍迷惑亲人以确保我不失去他们。

"这个黄山蚂蚁明天涨百分之五。"我说。

"后天呢？"曲航问我。

"怎么又增加了后天？"我没察觉出儿子的居心叵测。

事后我才知道，曲航的这一问，改变了他的人生道路。

"以此说明妈推算的精确性。"曲航撒谎。

我左手拿起那张纸，右手声东击西地摆弄火柴棍，我瞥了一眼金拇指，黄山蚂蚁后天的行情尽收眼底。

"黄山蚂蚁后天跌幅百分之二。"我说。

曲航又从书包里拿出一张纸，他将第一张纸上的记录重抄了一遍。

曲航将其中一张递给曲斌："爸，咱俩人手一张，以增加准确性。"

曲斌脸上显然是不屑一顾的表情。

"如果你妈真有这本事，咱家就翻身了。"曲斌挖苦我。

"何止翻身？"曲航说，"妈要是真能用八卦推算股票未来行情，我估计咱家当全国首富为期不远吧？"

曲航的话让我感到不寒而栗，我突然意识到我能用八卦推算股票和我拥有金拇指给我带来的危险本质上是一样的，可我现在只能用八卦向曲斌证实我和胡敬没有关系，否则今天我的家庭就危在旦夕。我必须下这样的决心：一旦曲斌相信我并且还完米小旭的债和赔偿葛英以及挣出曲航上大学的学费后，我就故意用八卦推算错误几次。只要赔几次，曲斌就不敢再信我买股票了。

"我去做饭。"我说。

"你今晚不去医院陪床了？"曲斌问我。

"葛英是很难伺候的人。"我说。

"是我摔了人家，咱们怎么还能要求人家对咱们好？"曲斌说。

"葛英把你送去的馅饼扔进泔水桶了。"我说。

曲航心疼地说："说实话，我都没吃饱，是给妈妈省的。她怎么能扔？"

我看出我的话起了作用，曲斌显然生葛英的气了。

"你对我说，这两天都是葛英给你饭吃？"曲斌问我。

我不能自圆其说了。

"妈，你两天没吃饭？"儿子急了。

"吃了。"我说。

"葛英给的？"曲斌追问。

我摇头。

"有人给你送饭？"曲斌又怀疑到胡敬头上了。

我只能用泔水桶洗清我。

我说："医院的泔水桶里有不少食物……"

153

曲航大喊："妈，你从泔水桶里拿东西吃？"

我点点头。

曲航哭了。我记得儿子上次哭是他十三岁时的事。

曲斌呆呆地看着我。

我给儿子擦眼泪，我对他说："曲航，妈明天赚了钱，第一件事就是给你买你想要的运动鞋。"

曲航哭着说："妈，我不要。妈吃泔水桶里的东西，我穿名牌运动鞋，我还是人吗？"

我惊讶我的泪腺还库存有眼泪，它们以批发态势出库。

我心说如果儿子知道我们准备卖肾，他还不定怎么着呢。

曲斌没有加入我们，我看出他对我吃泔水桶里的食物的真实性持保留态度。

"你雇了人照顾葛英？"曲斌问我。

我觉出曲斌和我之间已经有了裂痕，我希望明天我对股票的预言应验后，曲斌能恢复对我的信任。

"雇了，那女孩儿能照顾好葛英。"我说。

"你拿什么钱付给人家？"曲斌问。

"炒股挣的钱呀。"曲航替我回答，"我觉得妈真的能用八卦推算股票。我看出来了。"

"应该先省出曲航上大学的学费。"曲斌说。

"爸，如果明天证明了妈真的能推算股票，妈确实不用再去医院伺候那个扔咱们家馅饼的人了。"曲航说。

"你还不复习去？"曲斌气还没顺过来。

曲航不服："爸，妈今天不用去医院了。如果明天股票没像妈推算的那样，再去医院不迟。如果明天股票走势证实了妈的推算能力，爸，你想想，咱们以后还会为没钱发愁吗？恐怕该为钱多得没地方放发愁了吧!"

我心里直打哆嗦。

"那你也得上大学!"曲斌瞪儿子。

"我没说不上大学呀?"曲航说,"我更得上了,我要当投资人,没有金融知识怎么行?"

我默默地去厨房做饭,我为我们家担心。比担心没钱那种担心担心多了。

我终于又躺在家中自己的床上睡觉了,两个晚上没睡觉的我,竟然毫无困意。我觉出曲斌也是通宵未睡,但我们没说一句话。

早晨,我起床做早饭。

"你只给曲航做早饭就行了。"曲斌在床上说。

曲航吃完早饭去上学,他开家门前小声对我说:"妈,不管结果如何,我都站在你这一边。"

我一边关门一边苦笑。金拇指还没让我拿到一分钱,我的三口之家已经变成两个阵营了。

曲斌在床上躺着不起来。我拿着证券报钻进厕所大便。

我为我今天的行程做安排。我必须随时关注北方马奋,只要它涨停了,我就卖掉它,还给米小旭五万三千元,另给她五百元利息。在今后,我以扣税后剩下的约六千元作为本金,不停地买入涨停的不同股票,将六千元翻成六万元。

我现在的任务是在证券报上刊登的众多股票中找出明天涨停的股票,在卖掉北方马奋后,立即买入它。

我一边大便一边用金拇指测股票,绝大多数股票都像我的大便一样在下跌。我好不容易找到一个名叫西部钟表的股票,金拇指预测它今天跌停,明天涨停,后天又是跌停。我在西部钟表今天跌停时以最低价买入,明天涨停时以最高价卖出。

155

我走出厕所时,曲斌站在厕所门口看我手里拿的证券报。

"没拿火柴棍?"曲斌阴阳怪气地问我。

过去他从没用这种口气和我说过话,由此可见信任是夫妻关系的基础。

我说:"曲斌,你要相信我,不要听米小旭瞎说。我再说一遍,我从来没有单独见过胡敬,包括上小学的时候。"

曲斌没说话,他进厕所。

我将西部钟表的名称和代码写在一张纸上,装进裤兜。我要去证券公司监视北方马奋。我清楚米小旭今天肯定会在证券公司。我卖出北方马奋后,立刻还她钱。

曲斌从厕所出来,我对他说:"我去证券公司。"

"我跟你去。"他说,"我要看公交海洋和黄山蚂蚁。"

"走吧。"我同意。

我和曲斌骑自行车去证券公司,我感觉我们形同陌路,一路没话。

一进证券公司的大厅,我就看见了米小旭。她正站在交易电脑前忙碌着,我估计她是在全力买入北方马奋。

我和曲斌走到米小旭身边。

"小旭,买北方马奋了?"我问她。

米小旭回头说:"如果你的信息不准,我就彻底完了。"

我没说话。

米小旭完成交易后,她冲曲斌点点头。

"咱们坐下看吧。"我说。

我先坐下,米小旭挨着我坐下,曲斌竟然和我拉开距离坐下。我瞪了他一眼。

"果然涨了!"米小旭兴奋。

在满目皆绿的大屏幕上，红色的北方马奋显得格外显眼。邻座的一个股民发现了米小旭的情绪。

"米姐，你这可不对呀！有了信息独吞，不够意思。上次我可给你透露过，米姐忘了？"那股民半开玩笑半当真地对米小旭说。

米小旭有点儿神气，她对那股民说："我怎么会忘？不就赚了两百多元嘛。我会报答你的，别显得太小家子气呀！"

我看见大屏幕上又出现了一个红色的股票，它的名字是黄山蚂蚁。

我侧目看曲斌，他发呆。

大厅里的人大都垂头丧气，几乎只有我和米小旭高兴。米小旭是喜形于色的高兴，脸上所有器官都在狂欢那种。我是不露声色的高兴，荡气回肠在肚子里欢呼雀跃那种。

十点二十分时，北方马奋涨停了。

我站起来。

"欧阳，你去干什么？"米小旭问我。

"还你钱。"我说。

"抛北方马奋？"米小旭问我。

我点点头。

米小旭有点儿不放心，她压低声音问我："我只能明天抛，没事吧？"

按照股市的规定，当天买入的股票不能当天抛出。米小旭害怕明天一开盘北方马奋就跌停。她的钱可都押在北方马奋上了。

"没事。"我说。

米小旭看我的眼光比较复杂，既有感激，又有不满。

我走到电脑前，从容地将我手中的北方马奋全部卖掉，五万元变成了六万元。这两天，我没费吹灰之力，就挣了一万元。然后我用属于我的六千元买入今天已经跌停的西部钟表。我注视着我的金拇指，很是感慨。它的价值，的确无法估量。从前我最反感的一句话是："这件事，怎么估量都不过分。"现在我只能用这句话形容我的金拇指。我的人生最高愿望是获得自由。过去我从一本书上看到，金钱能使人自由。我希望金拇指能给我自由。但我不乐观。本来我可以单独来证券公司，有了金拇指后，导致曲斌跟着我来了。

我回到曲斌身边，我弯腰对着他耳朵说："我还米小旭钱了？"

"还多少？"他问我。

"全还。"我说。

我看出曲斌如释重负，我还嗅出他的喜悦里有醋味儿。

我走到米小旭身边，对她说："小旭，你跟我来。"

"干什么？"米小旭问我。

"出来说。"我拉拉她的胳膊。

米小旭跟我走到大厅里一个人少的地方。

"小旭，咱们去窗口办理转账，我还你钱。谢谢你在我家危难的时刻帮助我们。"我说。

"不客气。"米小旭的态度和从前大不一样。

我先填单子，米小旭看到我在金额一栏里写了"伍万叁仟伍佰元"。

"五百元是什么？"她问我。

"利息。"我说。

我觉得我和米小旭的关系变成了商业交往。

她没说话。

米小旭填写完单子后，我们把单子交给窗口里的小姐。五万三千五百元转到了米小旭的账户上。

还了债，我松了口气。

"欧阳，你刚才买了什么股票？"米小旭突然问我。

我一愣。

米小旭看出我不想告诉她，她说："欧阳，我不能让这五万多元闲着。你应该告诉我买什么。如果你没借走它们……"

我听出她的意思是：如果你欧阳宁秀没借走这五万元，它们可能已经是六万元了。

我想说如果我没借走你还可能赔了呢，我没说。

"不告诉我？"米小旭摇头，"我给胡敬打电话！"

"你给他打电话干什么？"我急了。

我觉得胡敬接到米小旭的电话能笑掉大牙，我丢不起这人。

"那你告诉我。"米小旭用威胁的口气说。

"西部钟表。"我咬牙切齿地说。

"西部钟表刚才跌停了呀？"她吃惊，"持有几天？"

"现在买。明天涨停时卖。"我说。

米小旭叹气："欧阳宁秀，你怎么会有这么准确的信息？我要是不问你，你就不告诉我了？除了胡敬，你还认识什么和金融沾边的人？你不能怨我说你和胡敬有猫腻。放谁也得这么想。你说呢？"

我无话可说。我清楚，一旦米小旭将我向她提供的信息传给她的股友，我早晚会有麻烦。

米小旭去电脑前买西部钟表。我到曲斌身边，我对他说："钱已经还了，咱们回家吧。"

我认为我有必要躲开米小旭。我担心她会没完没了地向我索要股票信息。我下决心今后不再来证券公司买卖股票，我已经不需要看行情了，我的金拇指能预先告诉我任何股票的行情，百分之百正确。我在家使用电话交易股票，我不用再心疼电话费。在家使用电话交易股票，很隐蔽。

曲斌没站起来，他说："我还要看公交海洋和黄山蚂蚁。"

我建议："咱们可以到别的证券公司去看。"

"为什么？"曲斌不解。

"……我想……避开小旭……"我不知怎么说。

"避开？"曲斌疑惑，"怕她跟我说什么？"

"你怎么这么说？"

"你为什么要避开米小旭？"曲斌问我。

"欧阳要躲我？"我身后传来米小旭的声音。

米小旭不知什么时候站在我们身后。

我尴尬。

"不是借钱的时候了？"米小旭人工制造叹气，"欧阳宁秀长本事了，真是人一阔脸就变。我是不是有点儿像《农夫和蛇》里的农夫？"

我无言以对。

米小旭冲刚才那位股友招招手，那人过来。

米小旭对他说："你刚才不是说我不够朋友吗，我给你一个信息，去买西部钟表，西部钟表明天涨停。"

"真的？"那股友不太相信。

"欧阳大姐给我的信息，她认识著名经济学家，最次也认识西部钟表的庄家。"米小旭指我。

那股友惊奇地看我，说："大姐，可靠吗？我已经赔不起了。"

我的眼泪出来了。

"大姐这是怎么了？"那股友见我哭了，他纳闷地问米小旭。

我一边擦眼泪一边对曲斌说："你在这儿待着吧，我走了。"

没等曲斌说话，我站起来就走，在大厅门口，我回头看见米小旭和那股友说着什么，她还指我。

我觉得米小旭已经被我气疯了，她怎么也没想到我会不告诉她信息来源，尤其是这信息绝对正确。

我离开证券公司大厅后，找到我的自行车。不知是谁把我的自行车和曲斌的自行车犬牙交错般缠在一起，他的脚镫子插进我的车辐辘里，我好不容易才把两辆我中有你你中有我的自行车分开。我羡慕曲斌的自行车和我的自行车的关系，我和曲斌之间的距离突然变远了。

我傻站在自行车旁边等曲斌，如果他不出来，我不知道该怎么办。刚才我必须走，我再不走，米小旭会把大厅里所有股民叫到我身边来。

事后我获悉了我离开大厅后曲斌的经历。

我走后，米小旭让那股友放心去买西部钟表，那股友真的去买了。

曲斌对米小旭说："小旭，我们对不起你。"

米小旭说："欧阳宁秀确实不够朋友。她小时候不这样。"

"她会不会真的是用八卦推算出来的？"曲斌问。

"一点儿可能都没有！"米小旭断然否决，"股票诞生多少年了，没听说过有人能用八卦推算股票。再说了，我觉得八卦属于迷信和装神弄鬼一类，你想想，就凭几根木棍，怎么可能算出股票的走势？"

"这倒是。"曲斌没提我昨天预测黄山蚂蚁和公交海洋的事。

"那她是从哪儿得来的信息？"曲斌问，"真的会是胡敬？小旭，我说句自贬的话，我觉得，胡敬就是看上你，也不会看上欧阳宁秀。"

"这种事可就难说了。"米小旭说，"咱们都是过来人，男女交往，凭什么？要我说，全凭感觉！王八看绿豆，对眼了。你说是不是？"

"我不信欧阳能用八卦推算股票，但我也不信胡敬能看上欧阳宁秀。如果胡敬没看上欧阳，他肯定不会向欧阳透露股市信息吧？"

"应该是。"米小旭意味深长地说,"我要是你,我会提高警惕。虽然你老说欧阳宁秀不行的话,但我觉得,欧阳宁秀身上有一种别的女人包括我都没有的东西,我说不出来是什么,你应该有感觉,是不是贵族气?"

曲斌苦笑:"欧阳宁秀身上有贵族气?你可真会开玩笑。"

"我觉得欧阳宁秀不是普通人,你看好她吧。"米小旭给曲斌敲警钟。

这时,那位买了西部钟表的股友领着七八个股友过来。他们围住米小旭和曲斌。

"米姐。"那股友说,"弟兄们见我买西部钟表,都问我是怎么回事,你给他们说说?"

米小旭说:"我也是听朋友说的,这不,这位先生就是我朋友的丈夫。"

大家围住曲斌,七嘴八舌。

"大哥,能买西部钟表?"

"老兄,从哪儿来的信息?你们认识庄家?"

"连西部钟表明天涨停都知道了!这么精确?不会是真的吧?"

曲斌招架不住了,他忙往大厅外边跑。

股民们跟着他追问。

我看见这个场面后,知道不妙,骑上自行车先走了。曲斌摆脱股民后,骑车追上我。

"怎么弄成这样?"曲斌心有余悸地说。

"我让你走,你不走!"我没好气,"你没看出米小旭不对头了?"

"是谁不对头?"他说,"是米小旭还是你?"

"曲斌,你有完没完?"我觉得我不能老让他往我身上泼脏水,"下午收盘前,咱们去另一家证券公司看公交海洋和黄山蚂蚁的行情，如果我推算对了，你要遵守诺言，不能再胡说八道了。"

曲斌没说话，他使劲儿骑车，我几乎跟不上他。我看出曲斌的自行车变成了机动车，燃料是醋。

回到家里，已经是中午了，我到厨房煮面条，我和曲斌各一碗。吃饭时，我们没说一句话。我们都知道，在公交海洋和黄山蚂蚁揭晓前，说什么都没用。

下午两点，我带曲斌去另一家证券公司，就是我昏迷的那家。我们坐在长凳上看大屏幕。

不管怎么说，我心里还是挺紧张。我清楚，如果黄山蚂蚁和公交海洋没按我预测的行情走，就会加深曲斌对我和胡敬无中生有的关系的怀疑。

在收市时，黄山蚂蚁涨百分之五，公交海洋跌百分之二点三，和金拇指预测的分毫不差。我心里踏实了。

我扭头看曲斌，只见他拿着曲航昨天写的那张记有两只股票今天走势的纸，发呆。

"曲斌，你应该高兴吧？"我提示他。

"你真的能用八卦推算股票？"曲斌难以置信。

我点头。

"这怎么可能？"他嘀咕。

"是你亲眼所见，怎么不可能？"我说，"这两只股票是你和曲航随意从一千多只股票里挑出来的，胡敬不在场，他绝对不可能告诉我这两只股票的行情。对吧？再说了，甭管胡敬是多著名的经济学家，他也不可能预知所有个股的走势。依我说，他要真能预测，他早不当什么经济学家了，专职炒股当亿万富翁多好？"

曲斌不说话，我看出，他的脑子不够用了。

证券公司的工作人员清场了。我和曲斌离开大厅。

"我想坐一会儿。"曲斌说。没等我同意，他就一屁股坐在证券公司的台阶上。

我挨着他坐下。

"曲斌，你怀疑我和胡敬有什么关系，你不好好想想，这可能吗？"我用推心置腹的口气说，"我可以问心无愧地说，在这个世界上，除了你，我没和任何男人好过。"

"原来我相信。"他说。

"现在你也得信。"我说，"你如果老这么说我，没事也会出事。"

"你真的是用八卦推算的股票？"他问我。

"真的。"我尽量不露出撒谎的任何蛛丝马迹。

"昨天是我挑选的股票让你推算，我也不相信胡敬会事先告诉你所有股票的行情。"曲斌的态度开始转变，"我想不通的是，你原来除了看过《易经》，我从来没见过你用八卦推算过什么。"

"我也想不通。"我说，"这可能属于开窍。要不然就是老天爷看咱们家走投无路了，帮咱们。曲斌，咱们能走出经济困境了，你怎么一点儿都不高兴？曲航有钱上大学了呀！"

"那也得看钱是怎么来的。"

"反正我没做亏心事。我觉得这叫天无绝人之路。"

"你确实没做对不起我的事？"

我看出曲斌是要做最后的认定。

"确实没有。"我斩钉截铁。

我看出他对我进行无罪释放了。

"刚才他们干吗追你？"我问。

曲斌告诉我过程。

"你能用八卦准确推算股票，如果传出去，股民知道了，我看不妙。"曲斌说。

"这正是我刚才急于离开米小旭的原因。"我说,"我能推算股票的事绝对不能说出去。传出去,咱们家就不得安宁了。"

曲斌点头。

我和曲斌进家门不到十分钟,曲航就放学回家了。

"公交海洋和黄山蚂蚁怎么样?"曲航一进门就急着问我们。

我看曲斌,等他说。

曲斌点点头。

"应验了?真的?"曲航全身上下都是难以名状的兴奋,"妈,你神了!咱家真的要翻身了!"

曲航憋足了劲儿大声唱:"有一个美丽的传说……"

"你报考音乐学院呀?"曲斌瞪儿子。

"妈,你教我用八卦推算股票吧!"曲航对我说。

我心里一沉,我没想到亲人会提出向我拜师学艺。金拇指没法学,八卦反而可以学。

我只能对曲航说:"你考上大学再说。"

"有了这本事,上不上大学,其实就无所谓了。"曲航说。

"混账话。"曲斌痛斥儿子,"上大学是学真本事,八卦算什么?有文凭吗?"

曲航不吭声了。

这天晚上,我家的气氛很是喜庆,我看出,曲斌已经相信我和胡敬没有关系,虽然他对我用八卦推算股票仍然持怀疑态度,但他似乎只能接受这个现实。

我出去买了五块钱的肉馅,还给曲斌买了瓶啤酒。我们一家三口一起包饺子。

曲航一边包饺子一边对曲斌说:"爸,既然妈已通过咱们的考试,你可不能再怀疑妈了。"

曲斌说:"这事你也管?吃完饭赶紧去复习。别让你包一次饺子你就得意忘形了。"

从曲航上高一开始,我们就不让他干任何家务活,保证他全力以赴准备高考。今天我们破例批准他参加包饺子,他十分高兴。

"妈,你借米阿姨的钱都还了?"曲航问我。

我点头。

"咱们挣了多少?"他问。

"六千。"我说,"过几天给你买鞋。"

"挣出学费再买鞋。神了。咱们又买了什么?"儿子问。

"西部钟表。"

"西部钟表,明天涨停?"

我点头。我丝毫没有察觉曲航问这话的用意。

我以为我和家人会吃一顿愉快的晚饭,我错了。我们的晚饭被米小旭的电话搅了。

第十四章　向米小旭提条件

几天没正经吃饭的我，面对香喷喷的饺子，刚举起筷子，电话铃就响了。

曲斌离开饭桌接电话。

他对我说："米小旭找你。"

我犹豫。

曲斌捂住话筒对我说："她的电话，你得接吧？"

我放下筷子，从曲斌手中拿过电话听筒。

"欧阳宁秀，"米小旭说，"我明天卖了西部钟表后，买什么？"

"小旭，我测不出来了。"我说。

"欧阳宁秀，这我知道，你从来就测不出来。我要的是胡敬给你的信息。"

"胡敬从来没给过我股票信息，你如果再这么说，咱们只能……"

"断交？"米小旭冷笑。

"我不是这个意思……"

"欧阳宁秀，咱俩如果调换位置，我有了股市信息，会不告诉你吗？"

"……"我不知道该说什么，我发现她称呼我的全名了。

"你不说话，就说明你心虚。你在心里承认，如果咱俩调个，我肯定会毫无保留地告诉你。"米小旭口气强硬。

"小旭，我真的不知道明天该买什么，真的。"我为自己说了实话感到安心，我庆幸自己还没用金拇指看西部钟表后的股票行情。

"你给胡敬打个电话问问，然后你告诉我，我等你的电话。"米小旭说。

"小旭，我再说一遍，胡敬从来没向我透露过股票信息。"我说。

"你这句话是谎言。胡敬怎么没向你透露过？他当着我的面向你透露过泥沙实业，你忘了？"米小旭胡搅蛮缠。

"那不正说明胡敬的信息是不准确的吗？"我说。

"他再牛，也不可能百分之百准确。"

"……"

"你跟他联系吧，我等你的电话。"米小旭用命令的口气说，"起码胡敬应该把我买泥沙实业的损失补回来，我这是正当要求，不过分。"

她挂断了电话。

我拿着话筒发呆。家人都看我。

"妈，怎么了？"曲航问我。

"没什么。"我赶紧挂上电话。

坐回到饭桌旁，我已经没有了食欲。本来狼吞虎咽的曲航，见我不吃，他也减缓了进食的速度。

曲斌拿着装有啤酒的杯子，叹了口气。

曲航放下筷子，问我："妈，米阿姨怎么了？"

我说："她向我要卖了西部钟表后买什么股票的信息。我不想给了。"

儿子说："如果没有米阿姨，咱们不会炒股。咱们应该报答她吧？"

我说："曲斌，你把今天你在证券公司被股民追赶的经历告诉儿子。"

曲斌不说。我告诉曲航。

曲航对我说："米阿姨怎么就不信你能用八卦推算股票呢？要不让她就像我和爸考你那样，由她随意挑选一只股票，妈当着她的面用八卦推算。她就信了。"

"信了的结果是什么？"我问儿子，"她会不停地向我要信息。"

"只要她不外传，其实也无所谓。"曲航说。

"还不外传？你忘了我刚才跟你说的你爸被股民追逐的场面？米小旭当时就差拿高音喇叭广播了。"我说。

曲航说："我觉得，妈如果现在就不给米阿姨股票信息了，差点儿事。妈可以叮嘱她不要外传。如果她做不到，就不再给她信息了。如果能做到，可以先给着，然后越给越少，直至不给。毕竟她帮助过咱家。爸摔伤了人，米阿姨二话不说就借钱给咱们。"

我和曲斌对视，我看出曲斌也觉得儿子的话有道理。

"米小旭在等你的电话？"曲斌问我。

我说："她还认定是胡敬给我的信息，她让我向胡敬要信息。"

曲斌喝了一口酒，像是借酒浇愁。他说："就按曲航说的，你再给她推算一次，叮嘱她不要外传。"

我只能点头。

曲航兴奋，他问我："妈，证券报在哪儿？"

我已经把那张证券报收在抽屉里了，今后我炒股，只凭这张报纸上的股票名称，就能所向披靡。

"在我床头的抽屉里。"我告诉儿子。

曲航拿来证券报。

"一个一个推算？"我问他们。

"吃完饭再弄吧，你该吃顿正经饭了。"曲斌对我说。

169

听到曲斌说出关心我的话，我感到欣慰，他终于走出了怀疑我和胡敬有染的误区。

我吃了几个饺子。

曲航兴致勃勃地将桌上的碗筷收走，他把证券报摊开在桌子上。

曲斌对曲航说："我协助你妈推算，你去复习。"

曲航说："爸，你忘了？两个月前你就答应我，到足球世界杯预选赛中国队最关键的一场比赛时，你批准我看电视。今晚就是。"

曲斌变卦了，他说："不用看了，看也白看，中国队没戏。我早就说过，中国足球打进世界杯决赛圈只有一个途径：中国举办足球世界杯，身为东道主的中国队不用参加预选，免检。"

"说话不算数呀？"曲航说，"再说了，我觉得中国队这次特有戏。"

"让他看吧。"我对曲斌说。

曲航说："爸，咱俩都做点儿让步，我不看足球了，你就批准我看妈用八卦推算股票吧，我也不多看，就看半个小时。"

我没想到儿子提出看足球的用意是想看我推算股票，我觉得他和曲斌一起看，容易看出我的破绽。

我用心不良地对曲航说："你爸说得对，你还是去复习吧。"

曲航惊讶地看我："妈，你转变得也太快了。我觉得看你用八卦推算股票比复习对我有益。"

轮到曲斌唱红脸了，他说："看二十分钟吧。"

我没辙了。

曲航拿来一盒火柴放在桌子上，他打开火柴盒。

"妈，我给你念股票名称，你推算。"曲航说。

"我自己看就行了。"我说。我的手指不挨着报纸，我如何获悉股票行情？

曲斌说:"曲航给你念就行了,这样节省时间。"

我无话可说了。

曲航从第一个股票开始念。

"家园酒业。"曲航说。

"家园酒业?哪几个字?"我假装听不明白,用左手拿起报纸写着家园酒业的位置,我瞥大拇指上的曲线。

我放下报纸,假模假式地摆弄火柴棍。

曲航说:"妈,你教教我。"

我说:"等你考上大学再说。"

曲斌说:"我也想学,你给我说说。"

我傻眼了,我说:"咱家有我一人会用八卦推算股票不就行了吗?"

曲航说:"妈,武侠小说里说绝技不外传,还没见过不传家人的。"

"就是。"曲斌说。

我只能一边摆弄火柴棍一边说:"过几天我教。"

"家园酒业怎么样?"曲航问我。

"一个月内都跌。"我说。

曲航念第二只股票的名称。我又假装听不清名字,又拿手掀报纸。

我就这样在家人的目睹下一连测了十几只股票,全是下跌。我不停地摆弄火柴,不停地拿起报纸。

我担心时间长了,曲斌和曲航会发现我干吗总是要用手摸一下报纸。

终于,我碰上了一只从明天起上涨的股票,虽然涨幅不大,但它是递增九天,正合我的要求。我不想每天被米小旭追要信息。这只股票的名称是建叠影视。

我告诉家人:"建叠影视连涨九天。"

曲斌问:"天天涨停?"

我说:"一次涨停没有,但是每天都涨一点儿。这在熊市时已经不容易了。"

曲航说:"妈,你推算得也太精确了!"

我看着儿子,没说话。

曲航问我:"妈,咱家明天卖了西部钟表后,也买建叠影视?"

我想都没想就说:"咱家应该买涨停的。"

曲航兴致勃勃地说:"咱们继续找涨停的股票。"

我知道自己说错话了,找涨停的股票应该是我单独做的事,如此在他们爷俩的监督下表演八卦,我很累,也紧张。

我看着曲斌说:"曲航该复习去了吧?"

曲斌对儿子说:"我帮你妈推算,你去准备考大学。"

我对丈夫说:"这么一个一个找得很长时间,你忙你的事去吧,我自己找就行。"

曲斌问我:"我有什么事忙?"

我没话说了,我催恋恋不舍不愿离开的曲航:"还不快去复习?"

曲航悻悻地回他的房间。

电话铃响了。

"估计是米小旭。"曲斌说。

我接电话。我看见儿子在他的房间竖着耳朵听。

"欧阳宁秀?"果然是米小旭。

"我是。"我说。

"和胡敬联系了吗?"

"没有。"

"为什么不联系?"

"小旭，我已经推算出上涨的股票了。如果你依然这么胡说八道，我就不告诉你了。"

"欧阳宁秀，你威胁我？好好，我怕你，我不说了。你告诉我明天买什么。"

"你必须答应我一个条件，我再告诉你。"

"欧阳宁秀，你跟我借钱时，我提过条件吗？怎么轮到我求你时，你左一个条件右一个条件的？"

"你不先答应，我不会告诉你。"我的口气没有余地。

"……"

"我告诉你的股票信息，你不能再告诉别人。你答应我的这个条件，我就告诉你。"

"……我答应……"

"你说话要算数。"

"欧阳宁秀！你这算什么？"

"明天你可以买建叠影视。"

"建叠影视？垃圾股呀！欧阳宁秀，你确实很绝。我持有几天？"

"九天。"

"第十天卖？"

"对。"

"天天涨停？"

"天天涨，不是涨停。"

"九天以后我再找你。"米小旭挂了电话。

我雕塑般继续站了五分钟，直到曲斌过来从我手里拿过话筒放到电话机上。

"她答应你的条件了？"曲斌问我。

"很勉强。"我说,"米小旭说,九天后,她再找我要股票信息。"

"确实比较麻烦。"曲斌开始为我着想了。

曲航从他的房间探出头来,他说:"妈,你帮米阿姨赚十万元后,就可以心安理得地停止向她提供信息了。"

"曲航说得对。"曲斌赞同。

"就怕树欲静而风不止。"我不乐观。

曲航说:"妈,你不告诉她信息了,她能怎么着?"

"倒也是。"曲斌说。

我忧郁。我觉得米小旭是那种人:生性热情,乐于助人。可是一旦发现她帮助过的人不够意思,马上就疾恶如仇。

我对曲航说:"快复习吧。"

我拿着证券报进厕所假装大便,我的金拇指扫描整版股票名称,我找出了明天涨停的股票。

第十五章　还债

　　我在家使用电话买卖股票，我只买涨停的股票。在五天中，我将六千元变成了两万五千元。

　　我虽然身处陋室，但我已经十分清楚自己的价值，整个股市都在我的运筹帷幄之中。只要我愿意，财富会源源不断滚滚而来。

　　这几天，米小旭没有打扰我，我得以享受了几天金拇指带给我的快乐。我决定挣到三万元时，拿出两万元给葛英，拿出一千二百元给儿子买高档运动鞋。然后用剩下的钱在股市翻倍地挣出曲航上大学的费用。当然，我还要改善家庭生活，我要让丈夫和儿子天天有肉吃。

　　每天曲航放学回家后，他都要问我明天哪只股票涨停，我以为他想证实我的推算能力是不是百分之百。我和曲斌做梦也没想到，曲航从黄山蚂蚁和公交海洋起，每天在学校向毕莉莉披露股票信息。而毕莉莉回家后，再向其父毕庶乾转述。此举改变了曲航的人生道路，也给我们家带来了极大的麻烦。这是后话。

　　这天上午，我自己在家，曲斌出去买菜。我通过电话买入一只明天涨停的股票，我刚放下电话，电话铃就响了。

　　我拿起话筒。

　　"喂。"我用最简短的发声通知对方这边有人接听了。

　　"请问是曲先生家吗？"一个中年男人的声音。

"是的。"我没听过这个声音。

"曲先生在吗？"

"不在。"

"您是曲先生的太太？"

"是的。有什么事？我可以向曲斌转述。"

"是这样，您知道曲先生和我们达成了一笔交易的意向吗？"

"你是说，曲斌和你做生意？搞错了吧？"我感到惊讶。

"曲太太不知道您先生要向我们出售他的一个肾？"对方比我还惊讶。

我几乎忘了曲斌卖肾的事。

"我听说过……"我说。

"我们和曲先生约定的是明天交易。没问题吧？"

"我们不卖了。"

"不卖了？接受移植肾的人已经住院等待手术了！"

"不卖了。你另找别人吧。"我要挂电话。

"嫌钱少？"他急了，"可以再加两千元。"

"你再加两万我们也不卖了。对不起，你找别人吧。"

"曲先生说你们家很缺钱呀！我可以再加一万元！"

"我们肯定不卖了。"我挂断电话。

电话铃又响了。

我拿起话筒。

"大姐，我们确实已经都安排好了，接受大哥肾的人已经在医院等待了。"那人不死心。

"你不要再打电话了。我再说一遍，我们不卖了。"我挂上电话。

曲斌买菜回来了。

"谁的电话?"他问我。

"咱们都忘了卖肾的事。明天是你和人家约定的卖肾的日子。"我说。

曲斌拍头:"忘得一干二净!"

"他说,接受你的肾的人已经住院等着了。"

"那怎么办?"

"什么怎么办,我告诉他不卖了。你没拿人家一分钱呀。"我说。

曲斌脸上全是违约的表情。

"买卖人体器官是违法的。你不用内疚。"我提醒他。

"不管怎么说,是我主动找人家的。"曲斌说。

"你还想卖肾?"我明知故问。

"当然不卖了。"曲斌说。

电话铃又响了。

"我估计还是他们,他们不会没完没了吧?"我担心。

我的话提醒了曲斌,他想了想,说:"我看那个人不善。"

电话铃响个不停。

"我接吧。"我的手伸向电话机。

"还是我接。"曲斌说。

曲斌拿起话筒。

"喂。"曲斌的声音有点儿变调。

"我就是。您是?牛先生,您好!"曲斌捂住话筒,对我说:"是牛威。"

这两个电话前后脚打来,我想起了祸不单行这句话。

曲斌和牛威通话。我在一边听。

"什么,葛英明天出院?这么快?"曲斌看着我说,"医院伙食不好?您问赔偿金什么时候付?"

177

"下午咱们去医院付。"我对曲斌说。

曲斌告诉牛威。

放下电话后，曲斌对我说："他听我说下午付他钱，好像挺吃惊。"

我说："他是律师，我估计他调查过咱们家的经济状况。葛英还亲眼看我吃过从泔水桶里捞出的馅饼。他是得吃惊。"

曲斌说："付葛英一万九后，咱们就只剩六千元了。"

我说："就是只剩六元，我也误不了曲航上大学。"

连我都被自己的口气之大吓了一跳。

"那是那是。"曲斌连连说，表情有点儿像汉奸见了皇军小鬼子。

我忍住笑，看了一眼表，说："午饭后，我卖掉一些股票。咱俩去银行拿到钱后，去医院。"

"我做饭。"曲斌说。

"还是我做吧。"我说。

吃完午饭，我使用电话卖掉一些股票，将两万元转到我的银行账户上。

"曲斌，我觉得不能牛威说要多少钱咱们就给他多少钱。"我对曲斌说。

曲斌一愣，说："是我摔了人家。"

我说："当时几件事凑到一起，咱们有点儿乱了阵脚。你想想，甭管什么事，赔偿都应该有尺度。"

"那是。"曲斌点头。

我说："那次小学同学聚会，我有个叫涂夫的同学在法院工作，我觉得咱们向葛英支付赔偿金之前，有必要向涂夫咨询一下。"

"你打电话吧。"曲斌同意。

我找出涂夫的电话号码，给他打电话。

电话通了。

"请找涂夫。"我说。

"我就是。你是哪一位？"涂夫在话筒里说。

"涂夫你好，我是欧阳宁秀。"我现在不心疼电话费了。

"欧阳宁秀？你好你好，怎么想起给我打电话了？"涂夫很热情。

"我向你咨询一件事。"

"惹上官司了？"

我将曲斌无照蹬三轮车摔伤了人的事告诉涂夫。

"一万九千元太多了！"涂夫特肯定地说，"医疗费和误工费全算上，顶多一万元。"

"我们是无照经营。"我提醒他。

"我就是按无照经营计算的。下岗工人无照蹬三轮车养家糊口，工商能罚多少钱？几百元到头了。对方仗着是律师，在借机宰你。"

"我应该怎么办？"

"只给他一万元，要收据。如果他不干，你就对他说，你可以起诉。"

"那怎么行？"

"你放心，我断定他不会。退一步说，如果他真的起诉，我给你找好律师。如果你没钱，我我的律师会免费为你代理。"

"我可以付费。"我的口气里有财大气粗的成分。

"那就更没问题了。"涂夫说。

"谢谢你。"

"别客气。说实话，和小学同学聚会真是轻松。我平时说话老得绷着劲儿，张嘴就是法律，很累。什么时候咱们再聚。"

"行啊。再见。"我挂上电话。

我对曲斌说:"涂夫说了,顶多给他们一万元。"

曲斌用比较少见的眼光看我,我看出他是惊讶我的变化。有经济基础和没经济基础的人处事绝对不一样。

"他们真的告咱们呢?"曲斌问我。

我轻松地说:"咱们奉陪到底。咱们出钱请全国最好的律师和他们打。"

曲斌看了一眼桌子上的火柴盒。

"还取两万元吗?"曲斌问我。

"不用了,只取一万一千元。剩下的我现在就买明天涨停的股票。"我说。

这是我和曲斌头一次从银行取这么多钱,往常我们出入银行经过头戴钢盔手持电棍的保安时,我们总是由于自己身上仅有千八百元而觉得对不住人家的保驾护航。

我和曲斌揣着一万多元赶到医院,走廊里的护士还认得我,她们和我点头打招呼。虽然才离开医院几天,可当我再次身临其境时,感觉很陌生。

葛英夫妇已经收拾好出院的东西,他们显然是在等我们。我进病房后先和小许打招呼。

我问葛英:"你对小许的服务满意吗?"

葛英点点头。

我再问小许:"我应该付你多少钱?"

小许想了想,说:"二百八十元吧?"

我拿出五百元递给小许:"我付你五百元。谢谢你在我困难的时候帮助了我。"

"这么多?"小许有点儿不知所措。

病房里的人都吃惊,特别是葛英夫妇。吃惊的人还包括曲斌。

我清楚真正令他们吃惊的事还在后边。

我从口袋里拿出一万元钱，我对葛英说："我的丈夫摔伤了你，我和他再次向你道歉。这是我们支付给你的一万元赔偿金。请你清点，给我们打个收条。再把身份证还给我。"

牛威瞪大了眼睛："你搞错了吧？不是说好一万九千元吗？"

我说："我们向法律专家咨询过了，最多这个价。如果你觉得少，可以起诉我们。"

牛威脸上紫一阵蓝一阵黄一阵，我看出涂夫的话是真理。

我说："要这一万元吗？要不由法院裁决赔多少？"

牛威接过钱，给自己找台阶："我先作为证据留下它。"

"您还得给我也留个证据：写张收据。"我提醒他。

我收好收据和身份证，再一次向葛英致歉。我和曲斌离开病房。在医院门口，我付给冷饮摊主二十元。他问我买什么。我说前几天我赊过一盒两元的冰激凌，现在我还钱来了。他给我找钱。我说不用了。他说那不行，还说他爸死前的遗言是别人的钱一分不能要。我说那就把十八元都买了冷饮吧。

我和曲斌头一次恶吃冷饮，很爽。

我和曲斌到另一家医院还给那位叫孟芳的护士二十元钱，她不在班上，我委托别的护士转交给她二百元。

第十六章　不速之客

第二天上午，曲斌出去卖三轮车，他用不着再靠蹬三轮车挣钱供儿子上大学了。

我在家通过电话买卖股票，不由得想起坐在指挥部里指挥位于千里之外战役的将军。我确实很有成就感，特别是当每天晚上儿子问我次日哪只股票涨停时。过去，虽然儿子没有明说过，但我感觉得到他在心里埋怨过自己的父母没本事。曲航的班上有那么多同学，同学之间不可能不比较。比较滋养一部分人的自尊，浇灌另一部分人的自卑。我的金拇指将我儿子的自卑转化为自尊，我没法儿不高兴。

买卖股票后，我去厕所方便。我使用的卫生纸属于正宗的劣质货，基本不吸水，我觉得用它制作雨衣肯定畅销。

有人敲门。我提上裤子。

我打开门，愣了。对方也愣了。

我们异口同声："怎么是你？"

我家门外站着胡敬。

我首先想到的是米小旭去找胡敬质问他为什么偏向我总是向我提供股市信息，导致胡敬来质问我是怎么回事。

我尴尬地问胡敬："米小旭找你了？别听她瞎说。"

胡敬说："米小旭？她没找我呀！"

我问他:"那你来我家干什么?"

轮到胡敬尴尬了,他不知所措地说:"我……"

看到胡敬这么大的名人在我面前这副样子,我浑身的细胞都像逃犯那样狼奔豕突,莫不是真让米小旭说中了,胡敬对我"有意思"?

我的脸变成了电炉子,通红。

胡敬看出我的异常,他说:"欧阳宁秀,我没想到是你家。竟然有这么巧的事。"

我问他:"你以为这是谁家?"

胡敬说:"我能进去说吗?"

我回头环顾一下我的简陋的家,我让开路,胡敬进来了。他显然吃惊我住在这样的房子里。

"很破,连沙发都没有。"我说,"你坐凳子吧。"

胡敬坐下,他显得拘束,和我们聚餐以及我和米小旭到他的办公室见他时判若两人。

我想不出他来我家做什么。

"欧阳宁秀,"胡敬好像说出声带里的话比较困难,"……你丈夫本来准备卖肾?"

"你怎么知道?"我吃惊。

"……是我买……"胡敬眼睛看着别处,说。

我愣了,问:"你的肾坏了?"

"不是我,是我父亲。"胡敬说,"我父亲去年得了尿毒症,只有换肾能保住他的生命。我们等了将近一年,没有肾源。医生说,再拖下去,父亲就不行了。没办法,我只有找肾贩子。在预付了六万元后,肾贩子告诉我们,今天做移植肾的手术。我父亲已经住进医院等待移植肾了。今天肾贩子告诉我们,卖肾的人反悔了。我认为他是在诈骗,他给了我这个地址,让我自己来核实。我想提高价格说服卖肾的人。没想到是你家,算了。"

我问他:"肾贩子一共向你要多少钱?"

胡敬说:"八万元。他给你们多少?"

"五万元。"我说,"胡敬,买卖人体器官可是违法的呀。"

胡敬说:"没办法,通过正常渠道等不来肾。我太想救我爸了。"

说着,胡敬流下了眼泪。

我的鼻子变成了辣椒,我的眼泪也流了出来。我想起了自杀的母亲。我觉得我和胡敬在这方面属于同病相怜。

我一边擦眼泪一边说:"胡敬,我对你爸爸印象很深。小时候,一次我和同学去你家写作业,你爸爸送给我一支圆珠笔。"

"他是好人。"胡敬说,"一辈子没做过损人利己的事。"

我说:"你如今的名气这么大,怎么会弄不来一个肾?"

胡敬说:"你刚才说得对,人体器官是不能买卖的。等到合适的肾源很不容易。我是走投无路才找肾贩子的。"

胡敬这样的名人也有走投无路的时候。我感慨。

我看见我家的一只蚊子准备在胡敬的脖子上着陆,我站起来。

胡敬看我,他不知我要干什么。

"有蚊子。"我绕到胡敬身后,伸出双手击毙了那只蚊子。

我看手掌,手掌上有鲜血,我不知这是胡敬的血还是我的血或者是我们两人的血。一个夏季,我的双手沾满了蚊子的鲜血,说穿了,是我们自己的血。被蚊子叮咬后打死蚊子,双手就沾满了自己的鲜血。我家没钱买蚊香。

胡敬掏出手帕擦眼泪。

上小学时,胡敬是我心中的白马王子。那时我还不懂男女之间的事,有时幻想我和他在一起洗澡,每当这种时候,我就觉得自己是一个坏女孩儿。胡敬出名后,我抬着头往上看他,也偶尔和曲斌同床异梦地幻想胡敬。现在，我平生头一次和胡敬单独待在一起，看到他为年迈的父亲流泪，我感受到他的孝心，我想为他做点儿什么。

"欧阳宁秀，我走了。"胡敬站起来，"我再去想别的办法。"

"你等等。"我说，"胡敬，如果我愿意帮助你呢？"

胡敬眼睛一亮："怎么帮？"

我犹豫。

胡敬意识到了什么，他叹了口气，说："我不会接受你丈夫的肾了。知道了是你的丈夫，我不可能要他的肾。"

我下了决心，说："胡敬，不是我丈夫的肾，是我的肾。我决定捐一个肾给你父亲。"

胡敬呆了。

"这不行吧？"胡敬不知所措。

"本来我也准备卖一个肾的。"我故意轻松地说。

胡敬激动地说："欧阳宁秀，谢谢你！我出二十万买你的肾！"

我说："我一分钱不要。是捐，不是卖。"

胡敬的脸上除了呆就是愣，剩下的地方是瞠目结舌。

胡敬问我："欧阳宁秀，为什么？你家不是很缺钱吗？你儿子今年上大学的学费不是还没有着落吗？"

我说："已经有了。所以我丈夫不卖肾了。"

"投资股票赢利了？"胡敬问。

我不置可否，没有明确回答他。

胡敬沉默了一会儿，说："我必须付你钱。"

我说："如果你付钱，我就不捐肾了。"

"我要知道这是为什么。"胡敬说。

我说："第一，你爸爸使我想起了我妈妈，他们在特殊的时代

185

的遭遇相同,我这么做,也是向我妈妈赔罪,我在我妈妈受难的时候也对她说过刺激她的话。第二,我为有你这样的同学感到自豪,我愿意为你做点儿事。"

"这可不是做点儿事。"胡敬说,"这是牺牲。"

"我还能做什么?"我说。

"我想捐一个肾给我父亲,我的家人坚决不同意。我父亲也不同意。"胡敬说。

"你当然不能捐肾,你是国宝级的人物。"我说,"只能别人给你捐器官,你绝对不能给别人捐器官。胡敬,请你接受我捐一个肾给你父亲。买肾对你有风险。接受捐赠就没事了。"

"谢谢你,欧阳,我真的不知说什么好。"胡敬的眼睛里再次出现泪花。

我终于知道什么是享受了。奉献、给予和帮助他人是享受的基础。没经历过这几样东西的人,不可能体验过真正的人生享受。

胡敬站起来,他给我鞠了一个九十度的躬。

当我看出他有再次鞠躬的意图时,我忙站起来,我伸手阻止他:"胡敬,你千万别这样。"

胡敬推开我的手,他说:"欧阳,这是我唯一能感谢你的方式。"

我用力扳住他的肩头,不让他的上半身脱离身体的中轴线。

这时,曲斌开门回来了。屋里的场面使他吃惊。

我突然意识到什么,我赶紧命令自己的双臂鸣金收兵。我怕曲斌误会,越怕我就越不自然。

"曲斌,我给你介绍一下,这是我的小学同学胡敬……"我还没说完,曲斌打断我。

"名人呀!"曲斌的口气明显不友好。

胡敬听出来了,他一边向曲斌伸出手一边问我:"欧阳,这是你先生？"

我点头。曲斌没有伸手。

胡敬的手停留在空中，他看我。

"曲斌！"我压低声音催他和胡敬握手。

曲斌勉强和胡敬碰了碰手。

我告诉曲斌："是肾贩子告诉胡敬咱们家地址的，你本来准备卖的肾，是移植给胡敬的父亲。"

曲斌动用狐疑的眼光看胡敬。

胡敬对曲斌说："是这样，我来了后才知道这是你们家，很有戏剧性。"

"我不卖肾了。"曲斌说。

胡敬看了我一眼，他对曲斌说："欧阳宁秀已经告诉我了。"

我对胡敬说："你先回去吧。咱们电话联系。你有我的电话吧？上次同学聚会时，互相都留了电话。"

胡敬说："真对不起，我把那张纸弄丢了，麻烦你再给我写一次。"

我给胡敬写电话号码。

我感觉到曲斌像观众那样看我们，他显然怀疑我和胡敬在演戏。

"再见，谢谢你。"胡敬对我说。

我说："定下手术时间，我会给你打电话。"

胡敬对曲斌说："再见。"

曲斌点点头。

我给胡敬开门："不送了。"

胡敬走了。我关上门。

曲斌到窗口看胡敬，我也凑过去。胡敬开车走了。

"米小旭不是瞎说。"曲斌说。

"我就知道你会这么想。"我说,"曲斌,这确实是巧合。我听见敲门,我也没想到是胡敬。胡敬的父亲得了尿毒症,需要换肾,可是没有肾源。胡敬无奈之下,找了肾贩子。咱们反悔后,胡敬想做最后的努力,他从肾贩子那儿要了你留的地址,他想出高价说服咱们卖肾。"

曲斌脸上写满了不屑一顾。

我说:"你有肾贩子的电话,你可以给他打电话,问他买你肾的人姓什么。"

曲斌二话不说,拉开抽屉找肾贩子的电话。

我看得出,他如果不能证实我和胡敬的关系,会发疯。

我看着曲斌给肾贩子打电话,我担心胡敬是用假名假姓和肾贩子联系。

曲斌和肾贩子通话,我仔细听。

曲斌放下电话,我松了口气。显然肾贩子告诉他,买他肾的顾客姓胡。

"你信了?"我问曲斌,"就你老婆这德行,谁要?"

曲斌想起什么,他问我:"我进来时,你和胡敬干吗拉拉扯扯?"

我说:"胡敬给我鞠躬,我不让。"

"他给你鞠躬干什么?"曲斌问。

"曲斌,有件事我要跟你商量。"我说,"我想捐个肾给胡敬的父亲。"

曲斌从凳子上蹦起来:"你说什么?"

我说:"胡敬是孝子,他为父亲得了尿毒症很着急……"

曲斌大声说:"胡敬出了多少钱说服你卖肾?"

我说:"我不是卖肾,是捐。我不要钱。"

曲斌和我结婚这么多年头一次咆哮:"欧阳宁秀,你说什么?

你白送胡敬一个肾？为什么？他给了你什么？股票信息？"

曲航回家了，他一进门就说："今天老师让我们回家复习。你们嚷嚷什么？我在楼下就听见了。"

曲斌认定儿子这回是他的同盟军。

曲斌劈头告诉曲航："我能不嚷嚷吗？你妈要送她的一个肾给胡敬！"

曲航笑："老爸喝酒了？"

曲斌说："这是真的。刚才我回家的时候，你妈正和胡敬谈这事呢！"

曲航不信："胡敬来咱们家了？不会吧？"

曲斌说："你问你妈！"

曲航看我。

我只能点头。

"名人来过咱们家了！"曲航说。

"什么名人，他是来收购人肾的！"曲斌说。

"曲斌，你不要胡说！"我制止丈夫在儿子面前乱说。

"你自己向儿子说！"曲斌瞪我。

"妈，到底是怎么回事？"曲航问我。

我看着曲斌说："曲航应该全身心准备高考吧？他不能被别的事分心。"

曲斌说："这件事，儿子必须知道。"

曲航意识到了事情的严重性。往常，曲斌挂在嘴上的话是：天塌下来有我和你妈顶着，你只管给我考上大学。

我只有告诉儿子了。

我尽可能简短地对曲航说："上午你爸出去卖三轮车。我在家听见敲门声。我开门一看，是胡敬。"

曲航惊讶："你没约他？他自己来的？"

我说："咱家炒股赔了后，你爸准备卖肾，给你筹上大学的钱。"

"卖肾？！"曲航呆了。

我说："卖一个肾可以得到五万元。你爸已经联系好了，今天上午是约定的移植肾的时间。"

曲航看曲斌的腰部："爸，你没卖吧？"

曲斌摇头。曲航松了口气。

"如果我用爸爸卖肾的钱上大学，我还是人吗？"曲航心有余悸地说。

"你妈能用八卦推测股票后，我取消了卖肾的计划。"曲斌对儿子说。

我继续说："昨天，肾贩子来电话叮嘱你爸今天去卖肾，我们告诉他不卖了。我们没有想到，胡敬是买主。"

曲航说："成小说了。胡敬的肾坏了？"

"胡敬的父亲得了尿毒症，需要移植肾才能保住命。"我说，"他的父亲已经在医院等待移植你爸的肾，肾贩子告诉胡敬，卖主反悔了。胡敬向肾贩子要了卖方的地址，登门出高价求购。他也没想到是咱们家。"

曲航说："那是，胡敬如果知道他买的是小学同学丈夫的肾，他不会要吧？"

我说："胡敬他爸年轻时遭了大罪，胡敬特别想救他爸爸。"

曲航说："胡敬应该给他爸买肾。"

我不说话了。

曲斌对曲航说："你妈还没说完，她要捐一个肾给胡敬的父亲。"

曲航立即说："绝对不行！"

我说:"我想帮助胡敬。"

曲航说:"胡敬自己为什么不向他父亲捐肾?"

我说:"胡敬是著名经济学家,国家也不会同意他摘除一个肾。"

曲航激动地说:"妈,你现在比胡敬的价值大多了!如果胡敬都不能捐肾,你就更不能了!过去我看胡敬觉得他很了不起,自从你能用八卦推算股票后,我觉得胡敬比你差远了。"

我说:"不能这么说,人家是真本事。"

曲航反驳我:"妈,你才是真本事!你这样身怀绝技的人怎么能捐肾?"

曲斌拍拍儿子的肩膀,说:"说得好!"

我孤军奋战:"我已经答应胡敬了,我不能食言。"

曲航急了,他说:"妈,你要说赞助胡敬几十万元救他老爸的命,我都没意见。可你要摘除自己的一个肾,我会拼死阻拦。你是我妈,如果非要捐,就捐我的肾!前几天米阿姨说你和胡敬有事,我不信。妈,如果你坚持要捐肾给胡敬的老爸,我可就不得不相信米阿姨的怀疑了。"

我看见曲斌扬眉吐气。

曲航换了口气对我说:"妈,你的本事胡敬还不知道吧?如果他清楚,他绝对不敢要你的肾。他给你捐肾还差不多。妈,你如果在我高考前捐肾给胡敬,我还能考上大学吗?"

我说不出任何话。

曲斌对儿子说:"你一定要上大学。"

曲航竟然说:"这要看妈了。"

这是我印象中曲斌父子在家里头一次结盟和我唱对台戏。

曲航对我说:"妈,你现在就给胡敬打电话。"

"干什么?"我问。

"告诉他，由于爸爸和我反对，你收回捐肾的决定。"曲航使用命令的口气和我说话，"你不打电话，我就没心思复习高考。"

曲斌帮腔："你必须打。"

我别无选择。

曲航从抽屉里拿出我家的电话本，他找到胡敬的电话。

"我拨号了？"曲航问我。

我正要说话，电话铃响了。

我抢先拿起话筒，我感觉是胡敬。

"喂。"我说。

"你是欧阳宁秀吗？"对方问。男声。

"我是。"

"我不喜欢拐弯抹角。我是西部钟表的庄家之一，你就叫我庄先生好了。我必须知道是谁把西部钟表的信息透露给你的。据我所知，你对西部钟表的行情了如指掌，如果没人向你透露，你不可能知道得这么准确。"

"没人向我透露。"我说。

"绝对不可能。我吃股票这碗饭已经有八年了。你蒙不了我。这次我们几个人联手坐庄西部钟表，出资不是小数。这几天有人告诉我们你对西部钟表料事如神。我们断定庄家里肯定有人违背了游戏规则，向外透露了信息。你肯定知道，咱们这儿的股市是无股不庄，庄家将散户小投资者玩弄于股掌之间，突然蹦出你这么个信息灵通得百发百中的散户小投资者，我们不可能坐视不管，我们必须查出你后边的人。丑话说在前边，庄家里可是什么人都有。"他一口气说了这么多。

我毛骨悚然。米小旭在证券公司大厅张扬我的信息，传到了庄家耳朵里。他们认为我威胁到他们的利益，派人找我来了。

第十七章　四面楚歌

曲斌和曲航屏住呼吸听我接电话，我看出这父子俩在判断电话那端是何许人。

庄先生在电话里说："我们调查了你的股票账户，你是刚开户，而且钱少得可怜，但你这几天只买涨停的股票，你怎么解释？"

我相信对方囊括白道黑道红道了，能到证券公司调查私人股票账户的人，绝对不是等闲之辈。

庄先生说："两个小时后，我在你家附近的鹊满咖啡厅见你。"

我说："我不去。"

对方冷笑："你可以不担心自己，难道你也不担心家人的安全？此外，我有言在先，你不要做报警那种傻事。我提醒你，犯法的是你，而不是我们。知道证监会的稽查二局吗？也叫证券犯罪稽查局，是专管操纵股市的人的机构。只要我们向二局举报你，你就会被绳之以法。你不会傻到自投罗网吧？一会儿见。"

他挂了电话。

我拿着话筒呆站在那里，半天才还话筒以自由。

"是胡敬吧？"曲斌问我。

我摇头。

"米小旭？"曲斌又问。

"是男的。"曲航离我近，他听见话筒里是男声。

193

"谁？"曲斌再问。他从来没有这样盘查过我。

我不能说出西部钟表的庄家找我兴师问罪。曲航知道了，肯定分心，影响高考。我目前也不想让曲斌知道，曲斌胆小，他会因此坐卧不宁胆战心惊。

我编织谎言："是我的小学同学。"

曲斌和曲航对视，他们疑惑的目光交织在一起，像天罗地网那样罩住我。

我说："我去做饭。"

我冲破丈夫和儿子的疑网，躲进厨房做饭。我心乱如本市的交通状况。我怕西部钟表的庄家，两个小时后，我去见他们吗？我不敢不去。

我正在洗菜，曲航在厨房门口对我说："妈，你得先答应我，你不捐肾给胡敬的父亲了，要不我没心思复习。"

我看着水池里淋得透湿的菜，没说话。

曲航身后的曲斌开口了："你应该答应儿子的要求。你不能耽误他高考。"

"妈，你的股票信息不会真的是从胡敬那儿获得的吧？否则你怎么会捐肾给他？"曲航怀疑我的八卦了。

我说："曲航，你参与了测试。胡敬不在旁边，他能遥控我？"

曲航说："妈，我确实觉得推算股票是你自己的本事。但是如果你捐自己的一个肾给胡敬家，我不能理解，因为你和胡敬没什么来往呀！我还能怎么想？"

儿子如此和我交谈，这是头一次。我的感觉是他和我调了个儿，他是我爸爸，我是他女儿。

曲斌对我说："你必须答应我们。"

就因为我要白送一个肾给外人，由此在我家产生了两个爸爸教训一个女儿的局面。

我清楚，一旦我一意孤行坚持送肾给胡敬，我将失去丈夫和儿子。权衡得失后，我选择了我家。

我说："我答应你们。"

曲航高兴地说："妈，谢谢你。你知道吗，就算我需要移植肾，如果你捐给我，我都不会要，我宁可死掉。"

"胡说八道，别死死的。"我恢复给菜洗澡。

曲斌说："欧阳，你最好现在就给胡敬打电话，也好让人家有准备，不要再弄得病人在医院等着。"

曲斌是不放心，他想亲耳听我告诉胡敬我变卦了。

我说："我既然答应你们了，就不会说话不算数。"

我还没想好怎么同胡敬说，我知道要尽快告诉他。可我怎么张口呀？

吃饭时，曲斌注意到我时不时地看表，他基本上没往嘴里送食物，他的筷子上夹的都是大惑不解。

吃完午饭，曲航问我："妈，明天什么股票涨停？"

"你干吗总是关心股票？"我看儿子，"把心思都用在高考上吧。"

我恢复成儿子的妈妈，教导他。从孩子出生起，父母就是孩子的身教导师，父母当着孩子怎么做，孩子长大就怎么做。父母生养孩子的本质是带研究生。

没想到曲航说："我是想证实妈妈的八卦推算能力，以此证明妈妈和胡敬是清白的。"

研究生意图反客为主给导师当导师。

另一位导师曲斌在一旁看热闹，我注意到曲斌的鼻孔里隐藏有幸灾乐祸。

我只得告诉儿子明天涨停的股票名称，我索性把后天的也告诉

195

了他。

"复习功课去吧。"我拿回导师权。

曲航去他的房间，关上门。

我在自己的家里竟然出现了手脚不知道往哪儿放的感觉，我发现不管我在哪个房间包括厕所，曲斌的目光都追随我。

我躺在床上佯装午睡，我在想我如何对付庄先生们。我听米小旭说过，股市上的庄家都是腰缠万贯财大气粗的人，其中不乏亿万富翁。这些人左右股市，将中小投资者的钱源源不断地攫取到他们的钱包里。刚才那位庄先生在电话里竟然拿我的家人威胁我！电影里的场面终于让我在生活中碰到了。看电影遇到这样的情节时，我觉得扣人心弦。在生活中真的碰见了这种事，我觉得毛骨悚然。

我只有三件事可做：一、单刀赴会；二、妥协告饶；三、对金拇指守口如瓶。

我家距离鹊满咖啡厅只有五分钟的路程，由此可见庄先生们已经对我家的地理位置了如指掌，说不定，他们现在已经二十四小时在监视我。想到这儿，我从床上爬起来，往窗下看。结果自然是看谁谁像盯梢的。

我离开窗口转身，曲斌倚在门框上看我。

"我看看楼下有没有收废品的。"话一出口我就知道自己犯了欲盖弥彰的错误。

"你要出去？"曲斌问我。

我不置可否："我想去……买点儿菜……"

"咱家的菜能吃到明天。"曲斌揭穿我，"是去见胡敬吧？"

"不是！"我特坚决地否认。

曲斌说："我希望你去见他，你最好今天告诉他，你不给他肾了。"

"我既然答应你们了，我会尽快告诉他的。"我承诺。

曲斌不说话了，我看出他的手脚也不知道往哪儿放。在自己的家里，夫妻的手脚都没地方放，安详也就没地方放了。

我看了一眼表，离两点只有八分钟了，我必须去鹊满咖啡厅了。

我对曲斌说："我心里闷得慌，我出去走走。"

曲斌轻轻叹了口气，说："欧阳，咱们这个家过去虽然穷，但三个人是一条心。自从你参加了一次同学聚会，怎么咱家就变了？一家人互相猜疑，真麻烦。"

我一边看表一边说："曲斌，你要相信我，我没做过任何对不住你的事。我走了。"

我三步并作一两步离开家，走出单元门时，我明显感受到我的后背被来自楼上窗口里曲斌的目光烤得发烫。

我虽然无数次经过鹊满咖啡厅，但我一次也没进去过。我站在咖啡厅门口看手表，差一分钟两点。

咖啡厅门口站着一位乍看貌若天仙细看却是柴火妞的小姐，她问我："请问您是庄先生约的客人吗？"

我打了个冷战，我想起描写意大利黑手党的电视剧，那些酒店的服务生多是黑手党成员。

看到我发呆，天仙柴火妞问我："您姓欧阳？"

我一边点头一边用我的九根手指头快速抚平胳膊上的鸡皮疙瘩。

"请您跟我来。"天仙柴火妞转身往里走。

我有被绑架的感觉。

鹊满咖啡厅的灯光是负度数，比没灯还暗。天仙柴火妞将我带到一张桌子旁，我看见那张桌子旁边空无一人。

"请稍等。"天仙柴火妞说完走了。

我尽可能环顾四周，我的眼睛渐渐适应了昏暗，我发现整个咖啡厅没有一位顾客。我感到恐怖，我后悔没告诉曲斌，如果我失踪，曲斌报警时只能将胡敬作为线索向警方提供。胡敬就惨了。

一个男人就像从地底下钻出来似的坐在我对面，在如此缺光的场所，他竟然戴着墨镜。

"游戏规则这句话，你不会不懂吧？"他开门见山。

他的声音低沉，配上此处的环境，我不由得想起了一个叫渣滓洞的地方。

我不知怎么说。

"侵犯别人的利益，你不会不懂吧？"他说，"欧阳宁秀，咱们最好有问必答。"

我赶紧点头。他叫我的名字，我不寒而栗。

他说："我们几个人联手当西部钟表的庄家，我们的游戏规则是严格保密。我们得到了你知道西部钟表行情的消息，除了我们之中有人向你泄露外，我们找不到别的解释。我们必须查出我们之中是谁违背了游戏规则并严惩他。"

我说："确实没有任何人向我透露过西部钟表的信息，请你相信我，这只是巧合。"

"巧合？你可真会说。我炒股很多年了，从没见过这样巧合的。你如果知道我们的实力，就不会这么说了。"

我壮着胆子说："你们如果真有实力，应该已经将我的人际关系查清楚了，我认识你们之中的人吗？或者间接认识吗？"

他警告我："你最好不要使用这样的口气和我说话。"

我突然有一股冲动，我说："我凭什么在这儿接受你的讯问？你是警察？你是执法人员？如果我确实像你们猜测的那样，从你们之中的某个人那儿获得了西部钟表的信息，你这么训我还说得过去，可我确实没有呀！再退一步说，只许你们从股市上挣钱，别人就不行？"

他显然没想到我会这么说，他愣了一下，说："双重标准是强者的专利。"

我说："恐吓我这么一个弱女子，你们算什么强者？你们真有本事，找出你们中的叛徒呀！当然你们永远也找不出来，因为没有。"

他说："看来你是不准备说了？"

我说："不是不说，是没的说。杀了我，我也编不出你们之中的人的名字。"

他停顿了片刻，一字一句地说："实话告诉你，我们动用了很多手段，的确查不出你和我们之中的任何人有联系。虽然我们至今不知道你是采用什么方法获悉的西部钟表信息，但这并不意味着你可以继续侵犯我们的利益。请你听好，从现在起，如果你再向任何股民透露股票信息，我们会给你颜色看的，直到你学会守口如瓶。"

我说："我是无意中侵犯了你们的利益，我可以答应你，我今后不再同任何股民谈论股票的事。但你们不能伤害我的家人。"

"你家人的安危不是掌握在我们手中，而是掌握在你自己手中。"他说，"你可以走了。"

我站起来往外走。

"顺便告诉你，"他在我背后说，"你怎么知道我不是执法人员？"

我停了一下，没回头。我走出鹊满咖啡厅。我想出一口长气，被站在一棵树下的曲斌顶回去了。

曲斌在离我不远的地方看着我，他不回避我的目光。

我走过去，问他："跟踪我？"

曲斌说："我怕你去捐肾。"

我说："有到咖啡厅捐肾的吗？"

曲斌问我："见到胡敬了？告诉他你不给他肾了？"

我回头看鹊满咖啡厅，天仙柴火妞正站在门口笑眯眯地看着我和曲斌。

"咱们回家去说。"我拉曲斌走。

"怕我见胡敬？"曲斌挣脱我的手。

我瞪曲斌："让你走你就快走，哪儿有什么胡敬，是西部钟表的庄家！"

"西部钟表？庄家？"曲斌不明白。

我一边往家走一边告诉曲斌："刚才我在家接的电话，就是他们打来的。"

"他们找你干什么？"曲斌知道股市庄家都是腰缠万贯的大款。

我说："本来我不想告诉你，怕你担心。既然你跟来了，你知道也好。"

曲斌站住了："出事了？"

我不想让曲航知道这件事，这绝对会影响他高考，而曲航现在在家里，我和曲斌在外边说话比较方便。我将曲斌拉到一个僻静的地方，这里看不到鹊满咖啡厅。

我小声告诉曲斌："西部钟表的庄家从股市听说我知道西部钟表详细的未来行情，他们怀疑庄家里出了叛徒，怀疑我是从叛徒口中得到信息的。他们要我说出叛徒的名字。"

曲斌问："叛徒是胡敬？"

我皱眉头："你胡说什么？胡敬是著名经济学家，他会当股市的庄家？那是犯法的事。你亲眼看见我靠的是八卦呀！"

曲斌等着我往下说。

"他们拿你和曲航威胁我。"我说。

曲斌的脸色变了："威胁？"

我说："他们说他们能通天。你不用怕，我已经答应他们，不再向任何人披露股票信息了。我不说了，就不会侵犯他们的利益，他们就没有理由和咱们过不去了。"

"他们约你在那家咖啡厅见面？"曲斌心有余悸。

"是的。"

"你应该叫上我。你怎么能自己去？"曲斌生气地说。

"他们能在公共场所拿我怎么样？他们就去了一个人。"我说。

"达成协议了？"曲斌问。

"达成了。我不再向外披露股票信息，他们不伤害咱们。"我说。

"什么事儿！"曲斌愤慨。

"别让曲航知道。"我说。

"当然。"曲斌愁眉苦脸，"欧阳，咱们别再炒股了，弄不好连命都搭上了。"

"咱们拿什么供曲航上大学？"我提醒丈夫。

曲斌没话说了。

我说："挣够曲航上大学的钱，咱们就不炒股了。"

曲斌点点头，说："你绝对不能再向米小旭透露股票信息了。"

我叹了口气。

我和曲斌回家。在家门口，我听见曲航在打电话。我听到一句"涨停"。

见我们回来了，曲航对对方说："就这样吧，拜拜。"

我问曲航："谁打来的电话？"

"同学。"曲航支吾。

"什么涨停？"我追问儿子。

"他家也炒股。我们聊了聊股票。"曲航脸上不太自然。

曲斌严厉地对曲航说："以后你不要再和同学谈论股票！"

"爸，你怎么了？"曲航吃惊刚才还和他结盟的爸爸突然之间就易帜了。

我赶紧说："你爸担心你分散精力，影响高考。"

曲航看着我和曲斌说："你们化干戈为玉帛了？"

曲斌对儿子说："别贫了，快去复习吧。"

电话铃响了。曲航抢着接电话。

"妈，找你的。"曲航将话筒递给我。

"谁？"我捂着话筒问儿子。

"米阿姨。"曲航一边说一边往他的房间走。

我和曲斌对视。

"欧阳宁秀，你接电话呀！"话筒里传出米小旭的声音。

我说："你好，小旭。"

我自己都觉得我的声音很奇怪。

"告诉我五天之内涨停的股票。"米小旭说。

"小旭，我测不出了。"我说。

"你本来就测不出。"米小旭还是这句话，"去问胡敬呀！"

"……"

"胡敬确实神了，不愧是著名经济学家。你转告我的信息，让我赚了钱。"

"……"我不知怎么说。

"欧阳宁秀，我要知道今后几天的股票信息。"

我说："小旭，请你原谅，我真的不知道了。"

"欧阳宁秀，你真做得出来人一阔脸就变的事，我得感谢你给我上了人生一课。"通过米小旭的声音，我看见了她那被愤怒扭曲的脸。

"小旭，我有我的难处……"我看了曲航一眼。

如果曲航不在家，我真想告诉米小旭西部钟表的庄家威胁我了。

米小旭虎着声带说："欧阳宁秀，我最后问你一句：你告不告诉我股票信息？"

"小旭，我确实不能……"我的声音浸泡在泪水里。

米小旭摔了电话。

我拿着话筒，眼泪和话筒里传出的忙音交织在一起。

曲斌从我手里拿过话筒，他放在自己耳朵上听了听，叹了口气，将话筒放回到电话机上。

曲航从他的房间里探出头不解地问我："妈，你为什么不告诉米阿姨股票信息了？"

我看曲斌。

曲斌对儿子说："没你的事，去准备高考吧！"

曲航狐疑着脸关上他的门。

电话铃又响了，吓了我一跳。

"又是小旭吧？"曲斌猜测。

我的眼泪增加了流量。我了解米小旭，她会不依不饶的。

曲斌问我："我接？就说你出去了？"

我不置可否。

曲斌拿起话筒："是。你是谁？你等一下。"

曲斌捂住话筒对我说："胡敬找你。你对他说不给肾的事吧。"

我觉得我的承受能力已达极限，我承受不了这么多事同时压在我身上。

我擦擦眼泪，接过话筒。

"胡敬你好。"我说。

"欧阳，现在我有空，我想请你吃晚饭，可以吗？"胡敬的语气里有殷勤的成分。他还在感激我。

我捂住话筒请示曲斌："胡敬请我吃晚饭，我能在吃饭时告诉他我不给他肾了吗？现在就这么在电话里说，我觉得太……"

曲斌点头。

我对胡敬说："可以。"

"五点钟，我到你家楼下接你。"胡敬说。

"去哪儿？"我问。

"国贸大厦。"胡敬说。

"一会儿见。"我挂了电话。

曲斌问我："去哪儿吃饭？"

我说："他说去国贸大厦。"

"很远呀，你骑自行车要骑两个小时。"曲斌说。

"他说他来接我。"我看表。

曲斌脸上的血管显得不是很通畅，像遭遇了交通阻塞。妻子乘坐别的男人驾驶的汽车而不是乘坐丈夫驾驶的汽车，身为丈夫，脸上和心里都不会舒畅。

曲航打开房间门，他出来对我说："有人请妈吃饭了，还是国贸，而且是名人。妈，你穿什么去？"

国贸大厦在我们这座城市算是豪华场所。我从没去过。

曲斌说儿子："你不专心准备高考，竖着耳朵听我们说话！"

我对曲航说："去复习吧。我就穿这身衣服去。"

焦头烂额的我，哪儿还有心思琢磨着装。

曲航说："妈，你要明确告诉胡敬，你不给他肾了。别说模棱两可的话。"

曲斌说："曲航说得对。"

我说："我会的。"

我的脑子被庄先生、米小旭和胡敬瓜分成数瓣，我得同时想好几件事，结果一件也想不出头绪。

第十八章　国贸之夜

　　五点整，胡敬的奥迪车出现在我家楼下。曲斌和曲航都在窗户前往楼下看。

　　曲斌见我开门，说："你真的就这么去国贸吃饭？"

　　我的衣服陈旧，外加素面朝天。我从曲斌的声音里听出了欣慰。妻子去和名人共进晚餐，穿成这样，确实意味着没把对方放在眼里。

　　我回头冲曲斌苦笑了一下，开门。我关上家门后，听到曲斌父子的对话。

　　曲航说："胡敬真的能来接我妈！"

　　曲斌说："傻小子，胡敬不是来接你妈，他是来接你妈的肾。"

　　见我从楼里出来，胡敬下车给我开车门，我坐在副驾驶的位置。

　　胡敬坐在我身边，他将汽车驾驭走了。我感觉到车窗外有什么东西促使我非看一眼不可，我扭过头，看见米小旭拿着一张报纸站在我家楼下，她的身边是一辆出租车。虽然我和米小旭之间有三十米的距离，但我还是清晰地感受到她目光里的鄙夷。

　　奥迪转弯切断了我和米小旭对接的目光，我的手下意识地护住自己的咽喉。我判断，米小旭是来我家找我要股票信息的，她竟然阴差阳错鬼使神差地看见我被胡敬接走了。

胡敬问我:"你不舒服?晕车?不少女士乘坐高级轿车会晕车。吃片药?口香糖也行。"

胡敬腾出右手,打开我面前的一个储物舱,储物舱里亮着灯,里边有口香糖、晕车片和音乐磁带。

"我没事。"我关上那储物舱。

胡敬打开车载音响,舒缓的乐曲和车身的起伏配合得十分默契,这是我头一次乘坐高级轿车,但我无心体验享受。有两件事困扰着我:胡敬对我越是殷勤,我越不忍心说出让他失望不给他肾的话;米小旭虽然看见我和胡敬走了,但以我对她的了解,她依然会去我家游说曲斌站在她一边,我担心曲斌反复。在这些烦心事中,最让我苦恼的,是曲斌和我反目。

"还在投资证券?"胡敬一边开车一边问我。

"是的。"我说。

"我的工作有变动,对你有好处。"胡敬侧头看着我说。

"对我有好处?"我不解。说实话,胡敬以平起平坐的姿态和我相处,我还真不适应。

"我到证监会出任副主席。"胡敬将车停在一处红灯前,说。

我知道证监会是管理股市的最高机构。

"以后,我可以向你透露一些有价值的信息。"胡敬对我说,"当然,你要守口如瓶,连米小旭也不能告诉。"

我像被雷击了,从脸到心全焦了。我清楚,如果米小旭知道胡敬出任证监会副主席,她肯定更加确信我的股票信息来自胡敬。

"登报了吗?"我问胡敬。

"今天的晚报登了。"胡敬说。

我想起了刚才米小旭手里的报纸,我断定她是在看了晚报上有关胡敬出任证监会副主席的消息后拿着证据愤然去我家兴师问罪的。

汽车驶上一条环城快速路，胡敬开车比较稳，经常有车超越他。

我说："你开车不快。"

胡敬说："开快车的人都胆小。"

我惊讶："你说反了吧？开快车的人应该胆大呀！"

胡敬说："专家研究证实，人类中有百分之九十五的人存在不同程度的胆怯，只有百分之五的人天不怕地不怕。越是胆怯的人，越要想方设法向他人证明自己不胆怯。开快车是胆怯的人向他人证明自己不胆怯的一个最直接有效的方法。"

我觉得胡敬的谈吐确实不一般，我说："照这么说，你是那百分之五了？"

胡敬一边换挡一边说："很遗憾，我属于百分之九十五，我骨子里很胆怯。"

男人当着女人承认自己是胆小鬼，没有实力的男人会这么说？

我问他："那你干吗不开快车？"

"胆怯的人有很多向他人证明自己不胆怯的方法，开快车只是其中的一种，比如还有打骂孩子。我选择的是别的方法。"

"你的方法是什么？"

"做学问，通过学识证明自己胆大。"

"这么说，你是一个胆怯的人，你选择了通过出人头地证明自己胆大的方法？"

"正是。"

"我头一次听到这样的说法。"

"觉得有道理吗？"

"有。"

"真正胆大的人，都是和颜悦色、不急不气、远离功名利禄的人。"

"照你这么说，名人都是胆小鬼了？"

"不光名人是胆小鬼,生活中那些声色俱厉的人、打骂孩子的家长、对学生严厉的教师、对下属苛刻的上级,等等等等,他们骨子里都是胆怯的人,他们之所以在生活中表现得张牙舞爪,就是要掩盖自己的胆怯。"

胡敬的谈吐驱走了我心中的烦恼。我不得不在心里说,人和人确实不一样。

胡敬驾驶汽车驶进国贸大厦的地下停车场,身穿制服的工作人员指挥胡敬泊车。

我像到了另一个世界。

我和胡敬乘坐电梯抵达国贸大厦的二十三层,胡敬对这里的熟悉程度令我自惭形秽。

电梯门打开时,两位妙龄女子向我们鞠躬致欢迎词。

"请问先生几位?"其中一个小姐问胡敬。

"两位。"胡敬说。

我们在小姐的引领下,在一张被花丛环抱的雅致餐桌旁落座。

胡敬将烫金菜谱打开推到我面前,说:"你爱吃什么?"

我赶紧把菜谱推回去,说:"不怕你笑话,我几乎没在外边吃过饭。"

胡敬问我:"没什么不吃的吧?"

"没有。"我说。

胡敬叫小姐点菜。

我说:"就两个人,少要点儿。"

胡敬点了五个菜。

"太多了。"我从胡敬手中缴下菜谱。

胡敬对小姐说:"就这些吧。"

置身于优雅的环境之中,我和胡敬面对面坐着,我忘记了一切。

胡敬喝了口茶，说："光阴似箭，好像上小学就是昨天的事。"

我说："都是一个老师教出来的，我这么没出息。"

胡敬笑了："你应该说我是胆小导致的出名。"

"主要是靠才能。"我说，"有才真好。"

"凡事都有利弊。"胡敬说，"才不可用尽，用尽招灾。"

我心中一惊。

胡敬又说："当你功成名就后，你总会自觉不自觉地以各种方式炫耀，然后你就成了众矢之的，然后你就完了，众矢之的的结局当然是万箭穿心。咱们的同胞干别的不一定行，枪打出头鸟却个个是百步穿杨的行家里手。"

我想起了我的金拇指。

我自言自语："千万不能成为众矢之的。"

胡敬说："有时也是身不由己。事业有成必然成为众矢之的。"

"照你这么说，人不用奋斗了，当普通百姓最好。"我说，"你不知道我们这些普通人日子过得很难，受限制的地方很多。"

"公民没有触犯法律，却处处感到受限制，这是一种悲哀。"胡敬感叹。

我说："我爱人的一个亲戚打官司，明明有理，却败诉了。就因为对方在法院有人。"

"法律如果有弹性，就成了怂恿犯罪的酵母。"胡敬严肃地说。

胡敬的话真有水平。

"你应该多写书，让更多的人分享你的思想。"我发自内心地说。

"我已经出版了八本书。对了，我给你带了一本。"胡敬从皮包里拿出一本书，递给我。

我双手接过胡敬的书，我翻开扉页，上面有胡敬的亲笔题字：

欧阳宁秀惠存。胡敬。

"谢谢你的书。谢谢你给我签名。"我如获至宝。

胡敬说："写作不可能永远创新，弥补这一遗憾的方法是尽快创造经典。我希望我送给你的这本书是经典。"

"一定是经典。"我说。

小姐过来给我们补茶水。

我说："你交往的名人多，和我这样的老百姓接触，反差很大吧？"

"我最烦和名人打交道。"胡敬说，"还是和你接触轻松。有一次，我参加一个会，休息时，我和一个文艺界的名人外出，他戴着墨镜，怕别人认出来。他无意挡了一辆汽车的路，那司机张口就是你找死呀，那名人摘下墨镜，露出庐山真面目，他对那发愣的司机说：'你没有资格和我说话。你只能对我说一句话：您能给我签个名吗？'"

"真牛。"我说，"人比人，气死人。"

"一般人是挣钱，能人是造钱。"胡敬说，"造钱就是人们常说的创造财富，挣财富和创造财富不是一个概念。"

我说："你是创造财富的人，我是挣财富的人。"

说完我觉得可笑，在胡敬眼里，我和他有可比性吗？

小姐开始上菜。

"吃吧，这里的菜味儿还可以。"胡敬对我说。

我发现，多好的菜，和胡敬的言谈比起来，也没味儿。我喜欢听胡敬说话，听他说话，是地道的享受。

我觉得像胡敬这样的成功人士肯定是有成功窍门的，我想给曲航寻觅事半功倍的方法。

我问胡敬："你觉得你成功主要靠什么？"

胡敬没有马上回答我,他的嘴里有一块白鳝肉,他嚼完肉才说话。我顿悟,刚才我一边吃一边说话,嘴里的残渣余孽告老还乡喷到一盘菜里,弄得我挺尴尬。我跟胡敬学了一手,聚餐时,不能一边嚼一边说话。

胡敬说了四个字:"抓住机会。"

"抓住机会。"我重复。我回家要告诉曲航。

胡敬说:"看过电影《辛德勒名单》吗?"

我点头说:"奥斯卡获奖影片。"

胡敬说:"二次大战时,纳粹大规模屠杀犹太人。有位叫奥波德·佩奇的犹太人被党卫军军官格特提供给德国工业家辛德勒当奴隶劳工,辛德勒用钱保住了一千多名犹太人的性命,他向纳粹军官行贿,让这些军官保证不杀他开具的名单上的犹太人。佩奇位于辛德勒名单的第一百七十三位。战后,佩奇开了一家皮货店,每当有作家走进他的皮货店时,佩奇都会极力说服作家把辛德勒拯救他和另外一千二百名犹太人生命的事写下来。遗憾的是,没有一个作家对佩奇说的事感兴趣,其中不乏名作家。"

"这就是错过机会?"我问。

"没错。"胡敬说,"佩奇就这么说了三十多年,无数作家和辛德勒失之交臂擦肩而过。直到1980年,澳大利亚作家托马斯·基尼利走进佩奇的皮货店,佩奇在得知面前这位顾客是作家后,他几乎不抱什么希望地重复他已经对其他作家重复了上千遍的台词:'我有一个很棒的故事要告诉你……'"

"托马斯抓住机会了?"我为远在澳大利亚的陌生人捏了一把汗。

胡敬吃了一口菜,嚼完后,说:"托马斯将佩奇告诉他的故事写了下来,长篇小说《辛德勒名单》于一九八二年出版。托马斯认为这个故事很适合拍电影，他向多位导演推荐自己的小说，但没有导演感兴趣。托马斯像佩奇一样不懈地努力，终于有一天，托马斯通过一位读者的安排见到了美国导演斯皮尔伯格。斯皮尔伯格自然是善于捕捉机会的人，他听了辛德勒的故事，同意拍摄电影，但他说自己的片约很多，要等到十年后才能动手拍《辛德勒名单》。"

我又为斯皮尔伯格捏了两把汗。曲航最喜欢斯皮尔伯格导演的《侏罗纪公园》。

胡敬说："托马斯对斯皮尔伯格说，你别再拍恐龙了，你现在就缺奥斯卡奖。我保证，《辛德勒名单》能让你得奥斯卡奖。斯皮尔伯格终于抓住了这个机会，他听从了托马斯的劝告，放下别的电影，立即着手拍摄《辛德勒名单》。一九九三年，《辛德勒名单》囊括七项奥斯卡奖。"

听得我心潮澎湃。我想，胡敬的家人有多幸福呀，他们天天能听胡敬说话。我甚至想，如果他们不把胡敬每天说的话记录下来，他们就是对人类的犯罪。

我问胡敬："有你崇拜的经济学家吗？"

"凯恩斯。"胡敬说，"约翰·梅纳德·凯恩斯，英国人。"

我头一次听这个名字。

胡敬说："我认为，经济学家的重要职责之一是提醒政府避免发生经济危机，经济危机给一个国家造成的损失，有时不亚于战争。一旦发生经济危机，经济学家的职责是解救危机和保护平民百姓。听说过一九二九年美国经济危机吧？"

我点头。

胡敬说："几个星期内，随着股市的崩溃，美国损失了相当于今天的两千五百亿美元，千万人失业，对外贸易减少了百分之五十。"

"怎么办？"我好像成了当时的美国财长。

"自由经济学说反对政府干预经济。发生经济危机后，如果政府不出面干预，结果是这样：随着失业和收入下降，老百姓只能动用储蓄活命，而银行最怕储户都来取钱，这在经济学上叫挤兑。银行只能通过提高利率减缓储户提钱。而提高利率意味着工商业贷款的价格更为高昂，从而妨碍老百姓增加收入和就业。这样就进入恶性循环：老百姓越没工作越没钱，他们越要去银行取钱。取钱的人越多，银行就越提高利率。银行越提高利率，企业贷款的利率就越高。贷款利率越高，企业发展的成本就越高。企业发展的成本越高，就业机会就越少。就业机会越少，靠储蓄过活的人就越多。靠储蓄生活的人越多，银行就越要提高利率保住存款……"

"那怎么办？"我着急。就像我们这儿发生了这样的事。

"是凯恩斯解决了这个难题。"胡敬的脸上魅力四射，"他主张政府出面干预，减少税收，降低利率以刺激投资，实施公共工程计划以增加就业。美国总统罗斯福采纳了凯恩斯的建议，使得美国摆脱了一九二九年的经济危机。凯恩斯经济学说的本质是干预主义。凯恩斯的对头说他无异于马克思主义。"

"格林斯潘怎么样？"我想出一个出镜率高的名字。我发现和胡敬谈经济，他兴致勃勃。

"我不赞同他的很多做法。"胡敬好像对美国这位炙手可热的经济学家嗤之以鼻。

"有人管他叫'世界央行行长'。"我说。

"他除了拿利率当武器，似乎没有别的办法。"胡敬喝茶，"我访问过位于华盛顿的美国联邦储备局大楼。在大楼一层的大厅里，有一台电子游戏机，用来测试访问者控制货币杠杆的技巧。游戏开始后，各种经济局面诸如通货膨胀、通货紧缩、股市涨落和失业率等纷纷展现在你面前，就看你是提高利率还是降低利率，如果你的手段正确,游戏结束时,你被任命为美联储主席。我觉得,身为美联储主席的格林斯潘,实际上就是拿美国经济当游戏机玩。我觉得目前的美国经济周期不同于二战后,它更像十九世纪和二十世纪初的美国经济周期,甚至和二十世纪八十年代的日本经济有相似之处。我预言,一个月后,美国股市将大跌,美国经济将进入衰退时期。我的依据是,美国企业债台高筑、在长期的繁荣中形成了生产能力过剩、负储蓄率以及居民家庭负债急剧增长。对这些现象的修正,必然导致经济衰退。"

"如果你预言错了,对你的声誉不利吧?"我问。

"当然。"胡敬说,"美国总统小布什的首席经济顾问劳伦斯·林赛在一九九八年预言道——琼斯工业股票将下跌,他在八千五百点时卖掉股票,结果股市不跌反涨,突破了一万点。林赛的名声受损不小。"

我突发奇想,我想用我的金拇指验证胡敬对美国股市的预言,当然我不能当着他的面。我的金拇指能预测个股,这已经是毋庸置疑的事,但它能否预测整个国家的股市行情,我还没试过。

"对不起,我去趟洗手间。"我和胡敬打过招呼后,离开餐桌。

我到收款台向小姐要了纸和笔,我在纸上写了"美国股市"四个字,我将金拇指盖在美国股市上。金拇指上出现了美国股市未来一个月的发展曲线。

胡敬预言错了。

我又在纸上写了"中国大陆股市"六个字。我拿金拇指测整个中国大陆包括沪深股市在内的未来行情。结果出来了。

我索性一不做二不休,又在纸上写了"世界股市"。

测完世界股市总体行情后,我又测"世界经济"。

我的左手大拇指是名副其实的金拇指。它能预测包括世界经济在内的所有宏观和微观经济，大到全球经济，小到北方马奋那样的个股。

我没有去卫生间，我估计这儿的卫生间比黄帝酒楼的还高级，我肯定不忍心尿，还得小便便秘。

回到餐桌旁，我对胡敬说："美国股市一个月内不会跌。"

我担心胡敬对媒体预言美国股市后出洋相。

"你怎么知道？"胡敬惊讶。

我说不出根据，我只能说我是瞎说。

胡敬站起来："我也去卫生间。你照看我的包。"

胡敬走后，我绞尽脑汁也想不出说服胡敬相信美国股市一个月内不跌反涨的方法。

胡敬回来时将一张纸放在我面前："收款台的小姐对我说，这是你忘在收款台的纸。"

我赶紧收起那张写有"美国股市""中国大陆股市""世界股市"和"世界经济"的纸。

胡敬看着我说："对不起，我看了你写的字。你对经济有兴趣？'世界股市'是什么意思？"

我遮掩："就是全世界的股市呀！"

胡敬笑了，他给我扫盲："股市没有联合国。"

我不能给他扫盲。我只能使劲儿点头称是。

胡敬沉默了一会儿，我看出他是在措辞，我几乎忘了肾的事。

胡敬略有些结巴地说："欧阳，我父亲的病情恶化了……如果没什么不方便……能不能明天……移植肾……"

我发愣，我不知道我怎么开口。

"胡敬，我对不起你……"我掉了眼泪。

胡敬呆了。

"我丈夫和儿子都不同意……"我哭泣,"我不能没有他们……"

胡敬腾地站起来:"欧阳宁秀!你为什么不在上车之前说?你知道我的时间多宝贵吗!"我想起了他刚才给我讲的"你没资格和我说话。你只能对我说一句话:您能给我签个名吗?"的故事。

"胡敬,请你原谅我……"我泣不成声。

胡敬怒目圆睁:"昨天有个同行对我说,千万不要和穷人打交道。我还反驳他。现在我信了。"

胡敬抬手叫小姐结账,他想起什么,对我说:"这顿饭,你来结账!"

"我……没带钱……"我傻了。

"我来结账。"一个熟悉的声音在我身后响起。

我回头,米小旭站在我身后。

"怎么会是你?"胡敬惊讶,"米小旭?"

我比胡敬更惊讶。

"我能坐下说话吗?"米小旭问胡敬。

"抱歉,我有事该走了。"胡敬站起来,"你们聊吧。"

胡敬的口气十分冷淡。

米小旭笑着对胡敬说:"胡敬,都是同学,干吗这么厚此薄彼?"

"对不起,我走了。"胡敬拿他的包。

我注意到,胡敬脸上全是厌恶的表情。

米小旭说:"胡敬,你等我说完一句话再走。"

胡敬看表。

米小旭说:"你要理解欧阳宁秀,她出尔反尔不给你肾,她有她的难处。"

胡敬看我:"你叫她来的?替你当说客?"

我有口难辩。

胡敬摇摇头，转身就走。

米小旭说："胡敬，我还没说完呢。欧阳宁秀舍不得把肾给你父亲，我给。"

我和胡敬都愣了。

片刻后，胡敬冷笑："再涮我一回？"

米小旭对胡敬说："我刚从欧阳宁秀家来，她的丈夫曲斌告诉我欧阳宁秀要捐肾给你父亲。曲斌说，他和儿子都不同意。我理解他们。胡敬，欧阳家经济很困难，她在她家是主要劳力，如果她的身体垮了，她家就完了。如果她家垮了，胡敬，就算令尊长命百岁，我估计你心里也不会安宁，对吧？"

胡敬呆呆地看着米小旭。

米小旭继续说："我听曲斌说了欧阳宁秀要捐肾给你父亲的事后，很为欧阳宁秀的奉献精神感动，我也万分理解她丈夫和儿子的心情。胡敬，我经过慎重考虑，决定将我的一个肾捐给令尊。我没有孩子，我和丈夫的经济状况很不错，我没有后顾之忧。再说了，现在都喝纯净水，要两个肾有什么用？没毒可过滤呀。"

胡敬问米小旭："你丈夫同意吗？"

米小旭说："我已经和他联系过了，他支持我的决定。我丈夫是乐于助人的人，他是佛教徒。"

胡敬又问米小旭："你为什么要捐肾给我父亲？"

米小旭说："胡敬，虽然咱们是小学同学，但你现在是著名经济学家，我为有你这样的同学感到自豪，说句不怕难为情的话，我崇拜你，我愿意为你排忧解难。像我们这样的普通人，一百个也顶不上你一个。"

"不能这么说。"胡敬外谦内傲地说。

米小旭动情地说："胡敬，请你一定接受我的捐赠，我们这种人，为国家为社会做不了什么贡献，请你给我一次为国家做贡献的机会吧。你这样的经济学家如果没有了为父亲操心的后顾之忧，是国家的福气呀！胡敬，我从报上看到你出任了证监会副主席，你身上的担子多重呀！股市的健康有序发展就靠你了。胡敬，接受我的肾吧，我一分钱都不要。"

米小旭热泪盈眶。

胡敬的眼眶也和米小旭遥相呼应，他含着眼泪对米小旭说："坐下说，坐下说。谢谢你，小旭！你是真心英雄，我代表我父亲谢谢你！"

胡敬和米小旭落座，我们三个人面对面。

我想明白了：米小旭下午给我打电话要股票信息遭到我的拒绝后，很气愤。当她从晚报上看到胡敬出任证监会副主席的消息后，更加确信我的百分之百准确的股票信息来自胡敬。她怒气冲冲拿着报纸去我家兴师问罪。当她在我家楼下看到我坐着胡敬驾驶的汽车和胡敬一起走了后，她对我和胡敬的特殊关系以及胡敬向我提供股票信息再没有一丝怀疑。她去我家拉曲斌和她一起战斗，曲斌告诉她，我要捐肾给胡敬，他和儿子反对，我去告诉胡敬不捐肾了。米小旭灵机一动，她决定捐肾给胡敬的父亲，以此确立和胡敬的密切关系。米小旭想，我连肾都给了你爹，你能不向我透露股票信息？米小旭向曲斌打听到我和胡敬在何处吃饭后，她离开我家，在征得她丈夫同意她捐肾后，赶到国贸大厦。米小旭曾经对我说过，她丈夫对她言听计从，她在家里说一不二。

想到这儿，我的两个肾脏和一个心脏共同震颤：米小旭捐肾后，当胡敬不能向她提供准确的股票个股信息后——事实上，胡敬也不可能知道个股的未来行情，我敢说，在这个世界上，除了我，没有任何人能百分之百准确地获悉个股未来走势——米小旭肯定怒火中烧，而且不是一般的怒火中烧，我连肾都给了你爹，你胡敬还不告诉我股票信息？死吧你。

我不寒而栗。我必须阻止胡敬接受米小旭的肾，否则，胡敬将死无葬身之地。

在我思索的时候，胡敬和米小旭热烈地交谈着。

我对胡敬说："胡敬，你不能要米小旭的肾。"

胡敬惊讶地看我："为什么？"

我这才发现我无话可说。

米小旭撇嘴："欧阳宁秀，这就是你不对了。你不给肾了，还不让我给？我不给可以，只有一个条件，你给。咱们不能眼看着胡敬的父亲撒手人寰呀！"

"米小旭，你这样做，对大家都没有好处。"我说。

胡敬瞪大了眼睛："欧阳宁秀，你这话什么意思？"

我哑口无言。

米小旭激动了，她对胡敬说："你父亲什么时候需要移植肾？"

胡敬说："最好是明天。"

米小旭一甩头发，仁人志士就义似的说："明天上午，我去医院捐肾。欧阳宁秀，你也可以去。如果你捐，我让给你。如果你不去，对不起，我就捐了。我不能见死不救。胡敬，捐肾前，我还要和你签合同，合同上说明我是自愿捐赠，不要一分钱。省得事后有人拿这事找你的麻烦。"

胡敬感激："谢谢你，小旭。"

"哪家医院？"米小旭问胡敬。

胡敬说医院的名称。

"明天上午八点整，我会准时到。"米小旭看着我说。

我真想说我也准时到，但我不能说。我清楚，我这样做的结果是失去丈夫和儿子。

胡敬看出我不会捐肾给他了。他问米小旭："我可以请你吃饭吗？"

米小旭幸福地点头。

"去哪儿吃？"胡敬殷勤地问。

米小旭指指与我们这张餐桌一衣带水唇齿相依的餐桌，说："就那儿。"

胡敬和米小旭易地点菜。我傻坐在原桌。胡敬和米小旭的说话声一点不漏地传进我的耳膜，辛德勒外加格林斯潘捎带凯恩斯。

我站起来，我只能走。我连回家乘车的钱都没有，我一分钱没带。

一位小姐拿着账单过来，她笑容可掬地问我："您结账？"

我不知如何是好，眼泪流了出来。小姐吃惊。

米小旭冲小姐招手，说："我结账。"

我抽泣着离开餐厅，我的衣着外加泪脸，几乎将餐厅所有顾客的目光都聚焦到我身上。

我走了四个小时才到家，天已经蒙蒙亮。

第十九章　不愿意当奶奶

　　曲斌没有睡，他坐在饭桌旁等我。
　　"怎么这么长时间？"曲斌质问我。
　　我看着他，没有力气说话。
　　曲斌火气很大，他说："你走后，米小旭来了，她给我看晚报，胡敬是证监会副主席了。米小旭说，证监会副主席，怎么可能不知道股票信息？你的股票信息肯定是来自胡敬。八卦是你骗我。"
　　我苦笑。
　　"整整一晚上，你和胡敬干了什么？"曲斌叫喊。
　　"你去问米小旭吧。"我说，"米小旭也去了。"
　　"她去干什么？"曲斌吃惊。
　　"你告诉她我不捐肾了，她去告诉胡敬她捐肾。"
　　曲斌呆了半晌，说："真有卖肾投靠的？也好，让她炒股去赚大钱吧，这回胡敬该给她股票信息了。"
　　我逗曲斌："没了胡敬的信息，曲航拿什么上大学？"
　　曲斌义正词严："我去卖肾！"
　　我说："你不让我卖肾，你怎么能去卖肾？"
　　曲斌说："你那不叫卖肾，叫卖身。"
　　我抬手打了曲斌一个嘴巴。
　　曲斌还了我一个嘴巴。

曲斌恶狠狠地说:"我宁愿胡敬把股票信息都给了米小旭,我不要那种赃钱。我儿子也不用赃钱上大学!什么八卦,无稽之谈!"

我懒得解释。

曲航起床了,我去厨房给他做早饭。

曲航一边拿着毛巾擦脸一边问我:"妈,和胡敬说了?不给他肾了?"

我点点头。

"这就好。"曲航说。

曲航去上学后,我和曲斌没再说话。

我躺在床上目不转睛地看表,米小旭和我约定的"决斗"时间是上午八点。眼看着挂钟上的分针马不停蹄地拖着时针往八点赶,我却束手无策。我清楚,一旦米小旭把她的肾移植给胡敬的父亲,事后当胡敬不能向米小旭提供百分之百准确的个股信息时,胡敬和我将陷入灭顶之灾。我现在如何能阻止胡敬要米小旭的肾呢?给胡敬打电话?我能自圆其说吗?何况曲斌在家,倘若我当着丈夫的面给胡敬打电话阻止胡敬接受米小旭的肾,曲斌拿菜刀砍我是善待我。我在八点前去医院说服米小旭不捐肾?以米小旭现在舍不得孩子套不住狼的心态,她会听我的?歇吧。鉴于人类普遍具有的越是不让干的事越要干的逆反特点,我去医院游说米小旭的结果只能是导致她把两个肾都奉献给胡父。

当挂钟旁若无人我行我素地走到九点时,我躺不住了。我要去医院打探米小旭捐肾了没有。

我对曲斌说:"我出去一下。"

曲斌眼睛不看我,也不搭话。

我开门时,他才问:"去找胡副主席?"

"什么胡副主席?"我没听懂。

"证监会的胡副主席呀。"曲斌像变了个人。

我说:"我去医院看看米小旭做手术了没有。"

"你是替补?"曲斌不可理喻。

"我很快回来。"我关上门下楼。

我听到家里的凳子被踢翻了。

医院离我家不算远,我骑自行车半个小时就到了。我打听到手术室,老远看见胡敬坐在手术室外边。我没有过去。一个从手术室出来的护士经过。

我问她:"麻烦问您一下,有个移植肾的手术开始了吗?一个女士捐肾给一位老大爷。"

护士说:"开始了,挺顺利的。谁说如今没有雷锋?我看那女士就是活雷锋。捐献,一分钱不要。非亲非故的。"

我的心情极为复杂,我既希望肾移植成功,又为成功后的麻烦担忧。

我追上那护士,问她:"手术后,捐肾的人要住多长时间医院?"

护士告诉我:"住一个月比较稳妥。"

我还有一个月的安宁。一个月后,我料定我和胡敬将遭受来自米小旭的疾风暴雨。

我对日后来自米小旭的疾风暴雨的预料是正确的。但我没有预料到来自另一处的疾风暴雨。

这之后的三个星期我过得比较安稳,尽管由于胡敬出任证监会副主席导致曲斌和我的关系日渐僵化,但现在距离曲航考大学只有两个月的时间,我看出曲斌投鼠忌器,他顾忌到曲航的高考,因此对我手下留情,没有公开和我冲突,曲斌选择的是同床不同房的低调保守斗争策略。

在这三个星期中，我埋头在家通过电话买卖股票，依据金拇指的指引，我只买涨停的股票。在三个星期的时间里，我挣了七万元，当我确信这个数目足以保障曲航上大学头两年的开销后，我暂时停止了买卖股票，我确信庄先生们在密切监视我的股票账户。事后证明，我的这个估计是正确的。

胡敬出任证监会副主席后，曲斌再也不相信我对股票的准确预测来自八卦，他认定是胡敬在关照我。我由此没有将我已经赚了七万元的信息告诉曲斌，我清楚披露的结果肯定是曲斌盘问我什么时候通过什么方式和胡敬又联系了又接受胡敬的面授机宜只买涨停的股票了。

令我感到宽慰的是，曲航相信我是用八卦推算的股票。这使得我在家中免遭过街老鼠人人喊打的厄运。

我悄悄告诉曲航，他上大学的费用已经有了。我叮嘱他无须告诉曲斌。但我看出，曲航告诉了他爸爸，因为曲斌再没为儿子没钱上大学发过愁。我推测，曲斌是这样想的：反正老婆已经和胡敬有染了，不如索性睁一只眼闭一只眼，待老婆靠从胡副主席那儿获取的股票信息挣够了儿子上大学的钱以及儿子考上大学后，他再快刀斩乱麻，将老婆从胡敬手中夺回来。

我们依然过着穷日子，我没从我的账户上取一分钱。

在这三个星期中，曲斌几乎没和我说一句话。只有一次吃晚饭时，我问曲航高考成功的把握，曲航自信地说百分之百。我说怎么可能是百分之百。曲斌瞪了我一眼，他说就是百分之百。三个星期里，曲斌和我只说了这么一句话。

这天下午，我和曲斌在家。曲航去学校了，他说上午是高考体检。

曲斌在我们的房间里，我待在儿子的房间里，家里鸦雀无声。

225

电话铃响了。这些日子，我尽量避免接电话，以免曲斌的心情雪上加霜。曲航在家时，曲航抢着接电话。曲航不在时，我礼让曲斌接电话。

我没有动窝，电话铃不懈地响着，似乎在彰显电信企业为顾客服务的唯一一种耐心——执着。

一波铃声结束后，见没人接听，另一波铃声又响起。我走到曲斌待的房间门口，见他躺在床上两眼看着天花板。

"我接电话了？"我请示。

曲斌翻身把背给我。

我拿起话筒。

"请问是曲航同学家吗？"对方问。

"是的。"我说。

"您是曲航的母亲？"

"是的。您是？"不知为什么，我有不祥的感觉。

"我是曲航学校的教导主任。请您现在来一趟学校，我们校长有事找您。如果方便，请让曲航的父亲一起来。"

"曲航出什么事了？！"我喊叫。

曲斌从床上腾地蹦起来。

"你们来了就知道了。"教导主任说。

我立刻想到了曲航今天是去参加高考体检。

我急了："体检查出曲航有病？"

"曲航身体很好，您不要乱猜。您来了就知道了。我们希望你们尽快来。再见。"对方挂了电话。

曲斌从屋里冲出来问我："曲航出什么事了？谁来的电话？"

曲斌终于和我说话了。曲斌和我的关系的解冻没有给我带来丝毫如释重负的感觉，我全身从头到脚没有一处闲着，全让曲航占满了。

我说:"学校教导主任来的电话,让咱们立即去学校。他没说曲航怎么了。我觉得和体检有关系。"

曲斌蒙了:"查出曲航得了绝症?"

电视剧里这种情节太多了。

我说:"你不要胡说,曲航身体很好呀。"

曲斌喃喃地说:"这孩子营养太差……一岁断奶后,他就没喝过奶……"

经曲斌这么一说,我有点儿慌,两腿发软。

"要不发生了校园枪击案?"想象力为弱项的曲斌突然开了窍,思如泉涌。

"哪儿来的枪?"我不得不遏制丈夫的想象力,提醒他注意国情。

"咱们快去学校!"曲斌说。

我和丈夫飞身下楼,我们骑上各自的自行车,参加环法自行车赛般向曲航的学校狂奔。

在学校门口,我看到一辆停着的汽车有点儿眼熟,我定睛一看,毕庶乾和毕莉莉坐在车里。我没多想,估计是毕庶乾来接女儿放学。

进学校后,我和曲斌上气不接下气地往校长办公室跑,在楼梯上,我接不上气了,曲斌向我伸出援手:他接我的气,我接他的气。

我和曲斌互相提携着闯进校长办公室时,看见一男一女神情严肃地坐在屋里。

男的问我们:"你们是曲航的家长?"

我一边点头一边迫不及待地问:"曲航在哪儿?"

男的说:"你们别急,坐下说。这位是校长,我是教导主任。"

我不坐:"快告诉我,曲航怎么了?"

227

校长对我说："您坐下，先喝点儿水。"

校长看出我和曲斌精神和体力都是负数。

教导主任取出一次性纸杯从饮水机上给我们倒水。我和曲斌只得坐到沙发上。

校长和教导主任瞬间对视后，校长语气缓慢地说："你们要有思想准备。"

轮到我和曲斌对视了。我下意识抓住曲斌的手。我担心我承受不了噩耗。

校长问我们："你们知道毕莉莉吗？"

我点头："知道。"

校长说："她和你们的儿子早恋，按规定要被开除。"

我和曲斌不约而同以坐姿跃起，头撞到天花板后，我俩的身体下落站在校长面前，异口同声地说："这不可能！绝对不可能！"

教导主任说："曲航已经承认了。"

我情绪激动地说："肯定不会！"

校长说："你们的心情我能理解。但请你们相信，这种事我们没有百分之百的把握，是不会通知家长的。"

教导主任说："曲航就在隔壁，一会儿你们可以问他。你们自会做出自己的判断。"

曲斌大声说："叫曲航来！如果是真的，我打死他！"

校长说："曲先生，您不要冲动。在学校，您不能打孩子。回家您也不能打。会出事的。"

教导主任说："很遗憾，我得向你们宣布学校的决定：双开。"

"什么双开？"我心里一惊。我们工厂有个副书记由于贪污被双开：开除党籍开除公职。

校长说："学校决定开除曲航和毕莉莉。双开。"

曲斌急了："曲航不能参加今年的高考了？"

教导主任说："不能了。我们必须严肃校纪。"

我看出曲斌站不稳，我扶住他。

教导主任看校长。校长点点头。

教导主任对我们说："我现在去把曲航叫来。你们一定要冷静，绝对不要刺激他，万一出了意外，就不好了。曲航的档案在这里，请你们签收后转到街道劳动科去。"

我说："我要确认我儿子的确和毕莉莉早恋后再签收档案。"

教导主任说："可以。我再强调一次，我们把完好无损的孩子交给你们了，从曲航进这间屋子起，他的安全就由你们负责了。"

教导主任去隔壁叫曲航。

曲航进来后，他不敢看我和曲斌。

曲斌问儿子："你和毕莉莉早恋了吗？"

曲航低声说："是的。"

曲斌朝儿子扑过去："我打你个不争气的……"

我和教导主任抱住曲斌。

"曲斌，你冷静些！"我喝道。

教导主任提醒曲斌："这里是学校！"

曲斌恶狠狠地看儿子。曲航的眼睛看窗外。

校长对曲航说："曲航，你在这上面签个字。"

我看那张纸，是开除通知书。曲航在上面签了字。

教导主任示意我签收曲航的档案。我的眼泪擅自离开眼眶。

我一边签字一边说："曲航，你好糊涂啊！"

校长说："从现在起，曲航已经不是我们学校的学生了。"

我拿着曲航的档案，对曲斌说："咱们走吧。"

曲斌垮了，他显然是在重组他的骨骼，否则他走不动。我帮助他接骨。

在我们要离开校长办公室时,校长说:"我觉得有必要提醒你们注意,毕莉莉的家长在你们之前来给毕莉莉办理离校手续的,他一直没走,在学校门口的车上。你们要有准备。去年有所学校出了类似的事,女生的家长情绪激动,将男孩打了一顿。"

我走到窗口往下看,毕庶乾的汽车还停在学校门外,像一头捕猎的猛兽,虎视眈眈地注视着校园里。

我不知所措,我看曲斌。我看出曲斌为儿子的安危担心了。他看校长。

校长说:"你们出校门时,我们会密切注意毕莉莉家长的举动。如有意外,我们会报警。"

我向校长求助:"我们能不能待会儿再走?"

校长说:"如果毕莉莉的家长一直不走呢?天色越晚,越不安全。"

曲斌问:"现在报警呢?"

教导主任说:"案情没有发生,怎么报警?警察来了警告毕莉莉的家长?"

我小声问了一句话:"学校有后门吗?"

校长和教导主任摇头。

我和曲斌都清楚,如果毕庶乾打骂曲航,我们从道义上无法阻止他。一个濒临高考的女生被开除了,搁谁谁也得怒从天降。何况毕庶乾警告过我们,我们没有管住自己的儿子。

曲斌咬牙切齿地说:"曲航是自作自受。该打。咱们走!"

校长在我们身后叹了口气。我听见她对教导主任说:"可惜了,本来他们可以考大学的。"

第二十章　真相大白

我上学时，听得比较多的一句话是"明知山有虎，偏向虎山行"。

时至今日，我才身体力行这句话。

当我和丈夫、儿子推着自行车走向学校门口时，目睹校门外露出的半个车头——说是虎头更确切——我奢望这段不足五十米的路一辈子也走不到头。

我回头看楼上的窗户，看到校长和教导主任的身影在窗口上，我心里稍微踏实了点儿。只要毕庶乾不一棍子打死曲航，我相信校长会在第一时间叫来110。

我们终于走出了校门。毕庶乾打开车门，下车，他拦住我们的去路。我看见毕莉莉坐在车里。

我们面对面，气氛紧张。我注意观察毕庶乾手里有没有利器。

为了儿子的安全，我认为我有必要主动道歉。

"对不起，我们没管好孩子。"我怯懦地对毕庶乾说。

"一个巴掌拍不响。"毕庶乾说。

我以为自己听错了，我看曲斌，曲斌也在惊讶地看我。曲航的眼泪喷到我身上。

我心头一热，我感觉毕庶乾变了个人，和上次教训我时大不一样。

我感激涕零地说:"谢谢毕先生,就算您打骂曲航,我们也不会阻拦。是他耽误了毕莉莉上大学。"

毕庶乾说:"塞翁失马,坏事能变好事。说实在的,大学是培养雇员的场所,不是培养老板的地方。如今,这世界上几乎只剩下当老板一种职业不需要大学文凭了。"

我和曲斌面面相觑。

毕庶乾对曲航说:"曲航,你去车上和莉莉待会儿,我和你父母有话说。"

曲斌制止道:"这不合适吧?他不能再和您女儿交往了。"

毕庶乾对曲斌说:"老曲,咱们都熟悉'梁山伯和祝英台'还有'罗密欧与朱丽叶'的故事,抽刀断水水更流的道理咱们应该懂。"

曲斌呆若木鸡。

曲航对毕庶乾说:"谢谢叔叔。"

曲航拉开车门,他坐进汽车的后座,关上车门。毕莉莉笑容可掬地回头和曲航交谈。

我和曲斌的灵魂出了窍,它们脱离各自的躯体,在空中发呆了足足三分钟后,才对号入座返航。

我不知所措地对毕庶乾说:"您这样宽容孩子,对他们不好吧?"

毕庶乾说:"咱们都是过来人,谁在上学时没有暗恋的异性同学?只不过咱们那时有那心没那胆罢了。说实话,我上小学二年级时就喜欢我们班一个女生,现在想起来还心跳呢。"

我不敢看曲斌,我怕毕庶乾的话使他想起我和胡敬。我感觉到曲斌看我。

毕庶乾笑笑,说:"咱们现在可以说算是一家人了,说实话,我的资产只有四百万元,其中五十万元还是在你的帮助下挣的。四百万元留给孩子算什么？我计划……"

我拦住他的话，问："您刚才说什么？我帮您挣了多少钱？我怎么帮的？"

毕庶乾说："你看你，还没拿我当一家人。曲航早就把你能用八卦推算股票的绝活告诉莉莉了。莉莉头一次跟我说时，我还不信呢！那时的我可真是井底之蛙呀，哈哈。当后来事实一再证实你的推测时，我口服心服了。你是名副其实的股市女神！股市天才预言家！"

我虽然穿着衣服，但我明白无误地感到自己已然被雷击得只剩下冒着煳味儿的骨头架子。

我听见我的声音在我的身体外边问他："曲航这些日子不断向你提供个股信息？"

毕庶乾说："所以我说你帮我挣了五十万元。我得谢谢你。我有资金，你有八卦，咱们联姻，让咱们的孩子当世界首富只是时间问题。"

我全明白了。我冷笑道："毕先生，你在确信我能用八卦推算股票后，就鼓动你女儿给我儿子示好？你葬送了两个孩子的前途！你卑鄙！"

毕庶乾热笑："亲家母，你说错了，我是成全了两个孩子的前途。说实话，那个大学有什么可上的？上过的谁不知道是自欺欺人瞎耽误工夫？如今知识更新的速度连火箭都赶不上，在大学学到的东西还没出校门就已经升级换代了。"

我继续冷笑道："您没上过大学吧？"

毕庶乾继续热笑："不好意思，我是名牌大学毕业，而且是硕士。"

我说："不管您怎么说，反正我的孩子一定要上大学。上大学学知识并不是最重要的，重要的是和那么多聪明的同龄人共同生活四年，近朱者赤，从而实现自我价值，变为对社会有用的人。这才是上大学的目的。"

毕庶乾拿走了我的冷笑权，说："把自己的亲骨肉逼进大学和同龄人共同生活四年？能实现自我价值？"

我母亲是大学讲师，尽管她在大学的经历令人不堪回首，但大学在我心中的神圣地位丝毫没有受到损害，从我怀上曲航开始，我就只有一个信念：把我的孩子培养进大学。

是面前这个人在我的孩子"兵临城下"即将跨入大学校门时毁了他，我恨不得生吞了毕庶乾。

我咬牙切齿地对毕庶乾说："你的美梦做得太好了，我告诉你，我绝对不会再给你任何股票信息！你是赔了女儿又折兵！哭去吧你！"

毕庶乾掏出手机，说："好，你不仁，我也不义。我要将你儿子单方面勾引我女儿，给我女儿写情书，致使我女儿被开除的事反映给教育局，让他们来做决断。"

"你是小人！颠倒是非黑白！"我咆哮。

"你说对了！"说着，毕庶乾拿出了手机。

毕庶乾要给教育局打电话我并不害怕。但考虑此事闹大后，可能对我儿子以后有影响，再加上毕庶乾在社会上的人脉关系，如果任他红口白牙地乱说，怕是曲航今后连就业都困难。我盯着他的手指。当他按完前三位数时，我告降。

我有气无力地说："你提条件吧。"

毕庶乾清除手机上的前三位数，他说："你别一副苦大仇深的模样，不管你承认与否，咱们已经算是半个亲家了，今后少不了来往。我现在要一个最能表现你的诚意的个股信息，必须是从后天起连续涨停三天的那种。"

我说:"我也有条件。此后曲航和毕莉莉一刀两断,再无瓜葛。"

毕庶乾说:"我刚才说了,他们已经是成年人了。你总不能棒打鸳鸯吧。"

"你是魔鬼。"我夺回冷笑权。

"能用八卦推算股票的人才是魔鬼。"毕庶乾和我分享冷笑权。

我无法让毕庶乾答应我的条件,我又不能看着他毁了曲航的前途,我回头看不远处的曲斌,他还蹲在地上,眼睛盯着地,像考古学家在觅古。我再看车里的曲航,他和毕莉莉甜甜蜜蜜聊得火热。我真想冲过去把那车点了。

毕庶乾说:"孩子们在一起多合适啊,你也看见了吧?"

我恢复头部的位置,面对他:"我只告诉你这一次股票信息。如果事后你再向我要,我会杀了你。"

"请讲。"毕庶乾拿出洗耳恭听的姿态。

我很清楚今后几天哪只股票涨得最多,我恶狠狠地说:"海南玛黄。"

"连续涨停几天?"毕庶乾脸上布满了贪婪。

"四天。"我咬碎了自己的一颗牙。

毕庶乾眉飞色舞:"这么说,四天后,我的四百万就变成七百万了!欧阳宁秀,你这个××!"

我没想到他获得信息后会骂我,我愤怒至极:"你才是××!"

毕庶乾忙解释:"看来上过大学和没上过大学就是不一样,还是要上大学。你知道普希金吗?俄罗斯大诗人。普希金每写完一首好诗后,都要高兴地喊:'普希金,你这个××!'上过大学的人都知道这个故事。想当年,我们大学毕业拿到文凭那天,我们全班同学在大学校园里齐声呐喊:'×××,你这个××!'我喊的当然是:'毕庶乾,你这个××!'明白了?我说你是××是在夸你!"

我说不出任何话。

毕庶乾问我:"海南玛黄的这个信息,你没有告诉别人吧?"

"这跟你有什么关系?"我反问他。

"知道的人越多,越不灵。我把这么多钱投进去,万一砸了……"

我鄙夷地说:"你是小男人。"

毕庶乾不以为耻反以为荣:"这是人性,没什么丢人的。看过《圣经》吗?我是在大学看的。《圣经》里有个著名的故事:一个人要求上帝给他一些东西,上帝说可以,但有一个条件,不管我给你什么,你的邻居都会得到双倍的同样的东西。那人想了想说,上帝呀,请你挖走我的一只眼睛吧!"

我没兴趣听他跟我瞎掰,我厌恶听他说话。同样是大学毕业生,我爱听胡敬说的话。

我说:"我们走了。你不要做影响曲航前途的事。"

他笑着说:"只有你能影响你的儿子的前途。也真有意思,明明是你儿子影响了我女儿的前途,到头来你却对我说不让我伤害你的儿子。滑稽。你放心,我不会害我未来的女婿,否则我还是人吗?"

我走到汽车旁,用尽力气冲车里的曲航喊:"下车!"

曲航下车。曲斌从地上站起来。他俩分别解除各自自行车的支撑。

我跨上我的自行车,发疯似的往家骑,曲航和曲斌被我的速度吓坏了,他们使劲儿追我,徒劳。

途经一个车水马龙的本市重要交通枢纽路口时,我闯了红灯,急刹车声此起彼伏不绝于耳。

警察骑摩托车追上我。

"下车！"警察的摩托车横在我的自行车前。

我刹不住车，撞在摩托车的警徽上。

警察大声质问我："闯红灯？不要命了！"

被毕庶乾和曲航气昏了头的我说："红灯是通行的标志呀！你没炒过股？绿灯才不能走。"

曲斌和曲航气喘吁吁地赶上来。

在证券公司大厅的屏幕上，股票呈现红色是上涨的标志，绿色是下跌的标志。股市大跌的形容词是"全线飘绿"。

那警察显然炒过股，他竟然笑了。他问曲斌："你们是一起的？"

曲斌忙点头。

警察问："她炒股赔了受刺激了？精神有问题？"

曲斌使劲儿点头。

警察说："不要让她骑自行车出来，这很危险。我舅妈炒股赔了，得了精神病，现在还在精神病医院呢。"

警察判断我是精神病，宽容了我。

曲斌和曲航一前一后将我夹在中间，三辆自行车绷着劲儿行进在路上。我几次欲冲破重围，都没成功。

一进家门，我和曲斌异口同声："曲航，你过来！！"

曲航站在我们面前，出奇地冷静，他说："我错了。你们就是打死我，我也不会恨你们。我是真喜欢毕莉莉。"

我冷笑："她喜欢你吗？"

"喜欢。"曲航说。

我说："毕莉莉是只狸猫。"

曲航抗议说："妈，你怎么能这么说莉莉？是我追求她，喜欢她，她才答应和我在一起。"

"你把我告诉你的股票信息都告诉了毕莉莉？"我看着儿子。

237

曲航犹豫了一下，说："是的。"

"然后，本来对你冷淡甚至把你给她写的信交给她爸爸的毕莉莉突然就对你情有独钟了？"我冷笑。我今天把上帝分配给我的一辈子冷笑配额都用完了。

"妈，你太功利了。我和莉莉的感情是纯洁的。"曲航皱眉头。

我的库存冷笑都用完了，我只得干笑："你给毕莉莉的股票信息，帮她家赚了五十万元。"

曲航和曲斌惊讶地看我。

我说："这是毕庶乾告诉我的。他为什么要单独和我说话？他是向我要股票信息！他敲诈我！我推算股票，我就不能推算别的事？现在我把你和毕莉莉的事推算给你听：上高中后，你暗恋毕莉莉，可毕莉莉根本看不上你。你给她写'情书'，她交给她爹了。于是她爹来教训我管好自己的儿子。你表面答应我们不再和毕莉莉发展关系，但你贼心不死。当你获悉我能用八卦推算股票后，你就主动告诉毕莉莉，以此为契机接近她。如果我没记错，你第一次告诉她的是黄山蚂蚁和公交海洋吧？毕莉莉回家后向其父转述，毕庶乾肯定耻笑。当次日应验后，毕庶乾傻眼了，他向女儿追问信息来源。毕莉莉说出了你的名字。再次日，毕莉莉受其父嘱托，热情地向你询问信息来源，你受宠若惊，忙不迭地将我用八卦推算股票的事告诉了毕莉莉。尽管毕庶乾未必相信，但你一再向毕莉莉提供的百分之百准确的股票信息令毕庶乾不得不口服心服并大赚特赚。毕庶乾意识到我的股票推算技术是无价之宝，他决定让女儿回应你的追求，使得我能永远向他提供股票信息。于是，在他们的精心策划下，你在毕莉莉的温柔乡里中了圈套。儿子，那可真是货真价实的圈套呀！"

曲航面红耳赤地申辩："这不是真的，不是这样！"

我说:"毕庶乾刚才向我要股票信息,我不给。他拿出手机威胁我,他说他要打给教育局,说你影响了他女儿的学业,致使他女儿被开除。除非我向他提供股票信息。"

曲航一屁股坐在地上,目光拐弯。我头一次看见人的目光能拐弯。

一直没说话的曲斌突然大喊:"胡敬,你害了我全家!我和你不共戴天!"

我喝道:"曲斌!这和胡敬有什么关系?"

曲斌的眼睛里全是血:"如果不是胡敬向你提供股票信息,我儿子拿什么讨好毕莉莉?毕莉莉看不上曲航,曲航会被学校开除?我从儿子上幼儿园起就盼着他上大学!胡敬,我和你拼了!"

曲斌冲进厨房拿出菜刀:"欧阳宁秀!你给我胡敬的地址!给我胡敬的电话号码!你给不给?"

曲斌把菜刀剁在饭桌上,菜刀被桌子夹住,来回晃动,发出嗡嗡声。

我说:"曲斌,你理智点儿!这些事儿,和胡敬一点儿关系也没有!"

曲斌的脸上渗出血珠,他从桌子上抽出菜刀,问我:"欧阳宁秀,我再问你一次,你给不给我胡敬的地址?"

"不给!"我说,"何况我也不知道!"

曲航站起来拍拍屁股对曲斌说:"爸,我建议你去和毕庶乾算账。"

曲斌不理会儿子,他冲我举起菜刀:"你不给我胡敬的地址?你袒护他?"

我觉得死了也好,我现在活着比死了还难受。

"我告诉你胡敬的地址。"米小旭推门进来说,我们进家后连门

239

都没顾上锁。

"你？！"我吃惊，"你不是在医院吗？"

"我已经出院三天了。"米小旭说。

米小旭的脸色苍白，人也瘦了。能看出她身体很虚弱。

"胡敬是该劈。"米小旭对曲斌说，"这是胡敬的名片，上面地址电话全有。老曲，我支持你！"

曲斌接过名片看。

"米小旭，你在制造祸端！"我急了。

米小旭冷笑："制造祸端的是你和胡敬！你俩不是人，狼狈为奸！你们合谋骗了我的一个肾！胡敬可真心疼你呀，他舍不得用你的肾，他要留着你的肾给他自己享受，却把我的肾给了他爹！我出院那天向胡敬要股票信息，拿了我的肾不给我正确的股票信息也罢，你们想好了害我！他给我的是错误的信息！我赔惨了！欧阳宁秀，我通过关系查了你的账户，你这两天买的都是涨停的股票！你们怎么这么坏？！"

曲斌的人脸变成了狮子脸，米小旭的话使他更加确信我和胡敬是一丘之貉，曲斌将菜刀插进裤腰带，用上衣盖住。他拿着胡敬的名片对米小旭说："我会替你报仇的，起码让胡敬还你一个肾，看他今后还怎么寻欢作乐！道貌岸然的人十有八九是人面兽心！"

曲斌拉开门冲了出去。

"曲斌，你给我回来！"我追出去。

"妈，你看米阿姨怎么了？"曲航在我身后喊。

我分身无术，只得先返身回家看米小旭。米小旭躺在地上，口吐白沫。

我吓坏了："小旭！小旭！你怎么了？你醒醒呀！"

曲航还算清醒："妈，我打电话叫急救车了？"

240

"快打！"我抱着米小旭的头说。

曲航打电话给急救中心。

"他们说马上来，让我到楼下等他们。"曲航放下电话对我说，"妈，米阿姨不会死在咱们家吧？"

我喃喃自语："怎么会弄成这样……"

曲航出门前对我说："妈，都是我惹的事，我再不会理毕莉莉了。"

我坐在地上，把米小旭的头放在我的腿上。我用手指接触她的脖子，以此判断她还有没有脉搏，当我发现我是用金拇指找米小旭的脉时，我像被开水烫了似的赶紧换手。是金拇指把米小旭弄成这样的。

米小旭还活着。我看见她的上衣卷起在我的腿上，我给她拽衣服时看见了她腰部长长的像蜈蚣一样的红色刀疤，医生从这里取走了米小旭的肾。

我泪如雨下。

楼下响起急救车的笛声。

医护人员在曲航的指引下拿着担架进入我家。

"怎么回事？"一个医生问我。

"她刚摘除了一个肾，刚才情绪有些激动，就昏迷了。"我说。

米小旭被抬上担架。氧气面罩、听诊器、针头等从不同的方位接触米小旭的身体。

"带上两万元押金，咱们走。"医生对我说。

我说："我家没这么多钱，我得去银行取。"

医生说："坐急救车去吧，我们在银行外边等你。没有押金，急救中心不收。任何医院也不会收。"

我对曲航说："你在家吧，我送她去急救中心。如果你爸回来，你无论如何要留住他！"

曲航突然之间像长大了，他说："妈，我会的。你放心去吧。"

第二十一章　狗血喷头

急救车停在一家储蓄所门前，我下车取钱。保安问明情况后，说服柜台前排队的顾客让我先取钱。

这是我头一次到急救中心，一层像是一个大车库，急救车直接开进急救中心的一层。医护人员很职业地将米小旭抬下汽车，我到窗口交押金办手续。

窗口里收钱的小姐隔着玻璃冲抬着米小旭的同事打了个OK的手势，她的意思是钱已到位，你们可以实施救治了。

米小旭被抬进一个有四个床位的房间，其他三个床位已经有人，其中一个全身缠着纱布。

护士推来各种剑拔弩张的仪器，轮番给米小旭做检查。

缠纱布的陪床小声告诉我："好多检查没有必要，他们是为了挣钱。她怎么了？"

我说："昏迷。"

她说："昏迷拍片子干什么？又不会骨折。"

我不敢指责医护人员。

我问她："他怎么了？"

她看了一眼床上缠满纱布的亲人，说："车祸。开得太快了，每小时一百七十多公里。突然看见路上有一捆草，一踩刹车，就翻了。"

"没危险了吧？"我问。

"没事。他爸说了，出去就给他买带气囊的汽车。"她说，"这儿特趁火打劫，医生就差提出给我们做亲子鉴定了。连肝功能都给他检查了，车祸能撞出肝炎来？"

我不说话了。我现在不在乎钱。只要我愿意，明年的现在我就能成为千万富翁。

米小旭在医生护士通过仪器的召唤下终于睁开了眼睛。

我凑过去："小旭，你醒了！"

米小旭的声音之大底气之足，震惊了整座楼的医患人员。她看见我后，喊道："欧阳宁秀，你给我滚！滚蛋！"

另外两张病床的陪床喊护士："他醒了！"

缠纱布的陪床告诉我，那两个人昏迷好多天了，醒不了。他们被米小旭的喊叫吵醒了。

"你还不滚？"米小旭再接再厉。

一个护士对我说："她不能激动，请您离开。"

病房里的人都诧异地看我。我倒退着出去。米小旭瞪我，我看见她的眼睛里没有眼球，全是火焰。燃烧的是天然气。

我站在病房外边，不敢走，也不敢进去。我听见米小旭让护士给她先生打电话。

半个小时后，一个戴眼镜的男子匆匆赶来，他经过我身边进入病房，米小旭和他说话。

片刻后，他出来对我说："你是欧阳宁秀？"

我点头。

他说："天下怎么会有你这种人？你把小旭害苦了！我们没有孩子，她就是我的一切。求求你了，放了小旭吧！还有那个什么胡敬，既然要当孝子，自己怎么不捐肾给父亲？拿小学同学的肾给父亲，算什么孝子？拿了人家的肾，再让人家在股市倾家荡产，你们还是人吗？告诉你，如果小旭有个三长两短，我不会放过胡敬！你还站着干什么？想让她早点儿死？"

我跑出急救中心。我想让车撞死我。

一辆奥迪拦住我，它停在我面前，我的速度足以撞死它。我趴在车身上。

我身下的车门拱开我。胡敬从车里出来。另一侧的车门也开了，出来的是一个风韵犹存的中年女人，相当漂亮。

"胡敬，怎么是你？"我赶紧擦干眼泪。

胡敬绷着脸说："欧阳宁秀，这到底是怎么回事？"

那女人从车尾绕过来，她故意把她的胳膊插进胡敬的胳膊和身体之间的部位。以此向我证明她和胡敬的关系。

"你夫人？"我不知说什么好。

胡敬点头。

她说："我现在是夫人兼保镖。"

"保镖？"我不明白。

她说："你先生刚才拿着菜刀要杀胡敬。"

我看胡敬，发现他的手上缠着创可贴。我急忙拿起他的手，胡夫人打掉我的手，我发觉她的手很有劲儿。

"我可是柔道高手。"她说，"你先生已经被刑事拘留了。"

"曲斌在哪儿？"我一听急了。

胡敬沉着脸对我说："欧阳宁秀，你和米小旭到底想对我干什么？刚才你丈夫拿着菜刀跑去要砍我，他还口口声声说我是破坏他家庭的第三者，这不是信口雌黄是什么？这是我妻子，你看见了，欧阳宁秀，我能放着这样的妻子去和你好？我有病？她起码有十根手指头呀！"

胡夫人舒展她的十根手指头翻过来倒过去看，看完了她的看我的。我的手和心都在颤抖。

胡敬嗤之以鼻地说:"米小旭是自愿捐肾给我父亲的。她出院后,向我要股票信息,我就给了她。没想到她赔了,这股票谁能百分之百预测准确?总是有赔有赚嘛。她找到我大闹,说什么我和你欧阳宁秀穿一条裤子,我只把赚钱的信息给你。这是哪儿跟哪儿呀?欧阳宁秀,我什么时候单独给过你股票信息?你说!"

"给过吗?"胡夫人质问我。

我摇头。

胡敬继续声讨我:"欧阳宁秀,你和米小旭到底搞什么名堂?我看你们是受不了同班的小学同学有出息,你们联手要搞垮我!今天下午,米小旭到证监会二局举报我,说我透露股市信息,操纵股票价格。她走后没多久,你丈夫就举着菜刀来砍我!"

我判断胡敬夫妇是去我家找我算账的,曲航告诉他们,我在急救中心。

胡敬说:"欧阳宁秀,咱们可以说从小就无冤无仇,你能不能跟我说句实话,你们到底想对我干什么?我真后悔参加那次小学同学聚会!"

我今天已经被骂蒙了,我不知怎么说。

胡夫人突然问我:"对不起,我能问问你的三围是多少吗?"

我的脸变成了番茄。我扫了一眼她的三围,确实出类拔萃。

"保密?"她嘲笑。

胡敬骂我我能忍受。曲斌骂我我能忍受。米小旭骂我我也能忍受。不知为什么,胡敬的老婆损我我却不能忍受。我一甩头发,正视她,说:"我的三围的数据是一样的,这么跟你说吧,我身上只有一围。你都看见了。你这么挖苦我一个失业的家庭妇女,使你很有成就感吗?"

她没想到我会顶撞她，她恼羞成怒："你算什么东西？你有什么资格跟我说话？如果不是你和那个米什么串通害胡敬，你这辈子能见到我？"

　　我反唇相讥："人不能把话说绝，你大概不知道有一句话叫作天外有天。我现在才明白，井底之蛙绝大多数时候是用来形容老虎的。"

　　胡敬摇着头说我："欧阳宁秀，你可真是厚颜无耻呀！你懂什么叫天外有天？我原先还以为你们就是想通过我获取点儿股市信息，想从股市挣点儿小钱。现在我明白了，你和米小旭除了嫉妒还会什么？小学同学聚会，不比不知道，一比吓一跳，你和米小旭混得最差，你们自惭形秽了，于是你们就……"

　　我不能容忍胡敬再往我头上喷狗血。我必须维护我的尊严。我还要让拥有绝妙三围的胡夫人知道女人真正的三围在什么地方。我打断胡敬的话："胡敬，你在咱们班的同学里是最有出息的，这些年来，我一直为有你这样一位小学同学感到自豪。我觉得，杰出人物之所以杰出，是由于他们有杰出的判断力。我不怀疑你有一流的判断力，否则你不会有今天的成就。但是我要告诉你，在这件事上，胡敬，你判断错了！在一个月前，我意外发现我能用八卦推算股票未来行情，而且准确率是百分之百。我告诉米小旭后，米小旭不信我能用八卦推算股票，她坚持认为是你胡敬向我提供的股票信息。她由此还煽动我丈夫嫉恨你。当我决定向你父亲捐肾后，就更加深了我丈夫对你和我的关系的怀疑。为了能从你那儿获取股票信息，米小旭不惜捐肾给你。胡敬，如果你的记忆力也杰出的话，你会记得我在国贸劝阻你不要接受米小旭的肾。因为我清楚，当她把肾摘给你父亲后，你是不可能向她提供百分之百准确的个股信息的，一旦有误差，咱们的灾难就开始了。胡敬，你在这方面的运气太差，米小旭手术后你给她的第一个信息就是错误的信息。米小旭能不恼怒？肾都给你了，你依旧不给她信息！胡敬，我看出你不信我的话，我只提醒你一点，那天晚上在国贸，你说美国股市在一个月内将大跌，我马上到服务台用八卦推算美国股市未来一个月的走势，结果和你预测的正好相反。我回到餐桌旁告诉你美国股市一个月之内只升不降，你一笑了之。后来你去卫生间途中，小姐说我遗失了纸，让你带给我。那纸上没写着'美国股市'？胡敬，我再问你一句，一个月过去了，美国股市如何？"

胡敬呆若铁鸡，比木鸡还呆。

胡夫人说："非升即降，傻子也能蒙对。"

我乘胜进军，发力提升我的自尊："胡敬，我和你打一个赌：我现在预测明天两只股票的行情，如果我预测对了，你和你的夫人向我道歉，鞠三个九十度的躬。如果我预测错了，我捐一个肾给你父亲，我估计，令尊的另一个肾也好不到哪儿去，更新是迟早的事。需要说明的是，我的预测不是涨和跌，而是涨多少和跌多少，精确到小数点后边两位数！错零点零一都算我输！明天股市收盘后，咱们就在这个地方见面，你们输了，你们向我鞠躬道歉，我输了，我直接去医院摘肾。行吗？"

胡敬发愣。他老婆冷笑着对我说："你精神有问题吧？你输了，我们能拉你去医院摘了你的肾？"

胡敬制止妻子说话，他问我："欧阳宁秀，你预测哪两只股票？"

我说："口说无凭，我给你写在纸上。"

胡敬回身从车里拿出纸笔。

这些天，用金拇指预测个股成了我的娱乐项目。我对一些给我留下深刻印象的股票走势倒背如流。

我在纸上写了两只股票的名称和它们明天的走势，精确到小数点后边两位数。

胡敬接过纸看,他边看边摇头,说:"绝对不可能。"

胡夫人撇嘴:"当然不可能!"

我盯死胡敬,说:"胡敬,明天下午,你会和你太太在这儿给我鞠躬的。告辞了,明天见!"

我走出几步后,又返回去,我对正要开车门的胡夫人说:"我得给你扫个盲。知道女人真正的三围在哪儿吗?你听好,女人真正的三围是品质、勤劳和智慧。"

我走出二十多步后,听见她在夸我是××。由此我断定她肯定上过大学。

第二十二章　铁窗内外

　　我到家时，已经是晚上七点了。曲航见我回来了，很高兴，像是和我失散了起码十年。从前儿子没和我这样过。这也算因祸得福吧，我想。

　　曲航说："妈，公安局来电话，爸爸被拘留了。人家让家属送被褥和洗漱用品去。"

　　我筋疲力尽地坐下，说："你爸关在哪个拘留所？"

　　"南城分局。"曲航递给我一张纸，"这是我记的地址和电话。"

　　我一边喝曲航给我倒的水一边说："幸亏你爸没伤着胡敬，要是出了人命，你爸就完了。"

　　曲航说："下午胡敬来过，他找到你了？"

　　我点头。

　　曲航吞吞吐吐地问："妈，你和胡敬没事吧？我看爸真够可怜的……"

　　我说："我和胡敬什么事也没有。你说得对，胡敬不可能看上我。你爸是受米小旭的影响，走进了误区。"

　　"米阿姨怎么样？"

　　"住在急救中心，醒了就骂我。"我叹气。

　　"我觉得米阿姨也挺可怜……肾都没了……"

　　曲航变得多愁善感起来。

　　我说："曲航，我觉得，最可怜的，是你。读了十二年书，在十拿九稳的高考前一个月被学校开除……"

曲航哭了:"妈,我是自作自受。"

我也哭了:"怨我。如果我不推算股票,毕莉莉怎么会和你……"

"妈,我觉得在这些人里,你最可怜。"曲航泣不成声地扑到我怀里。

曲航上初中后,就不再和我有身体接触了,我有时真想亲他一下。不管儿子多大了,当妈的都想亲他。有多少成年儿子想亲妈?

我和儿子抱头痛哭,我的目光透过泪眼,看到我的放在儿子肩头的金拇指。眼泪打湿了金拇指。

哭够了,我放开曲航,说:"我去做饭。还得给你爸送东西去。"

曲航说:"妈,你教我做饭。今后我做饭。"

他的话提醒了我,我问他:"你今后怎么打算?明年再考大学吧。"

"我不想上大学了。"曲航说,"我明天就去找工作。"

"没有大学文凭,怎么找工作?"我说。

曲航笑了:"那就当老板呗。毕莉莉的爸爸说的也不全错,如今,这世界上确实只剩下当老板一种职业不需要大学文凭了。"

"你自己去申领营业执照?"我问。

"我先去打工,拿别的老板的钱积累经验。然后再自己干。"曲航胸有成竹。

刚才我在从急救中心回家的路上,曾经担心被学校开除没有出路的曲航坚决要求我教他用八卦预测股票。现在我松了一口气。

我和儿子的晚饭是用剪刀做的,我们没有菜刀了。晚饭后,我和曲航骑自行车去南城分局拘留所给曲斌送东西。

一个年轻的警察接待我们。他一看我和曲航拿着被褥就知道我们来干什么。

"叫什么名字?"警察问我。

"欧阳宁秀。"我说。

警察翻看登记簿。

"没有呀?"他抬头问,"是关在我们这儿吗?"

我这才反应过来他刚才是问我曲斌的名字。

"对不起,我以为您是问我叫什么名字。他叫曲斌。"我赶紧说。

警察说:"那个拿菜刀劈证监会副主席的人?"

我点头。

警察一边找曲斌的名字,一边说:"他胆子也太大了。依我看,最少十年。"

"什么十年?"我急忙问。

"还能是什么?判刑呀!"警察找到了曲斌的名字。

我不信:"他只碰破了人家一点儿皮,又没有伤人,怎么会判十年?"

警察说:"判多少年不是我说了算,是法院说了算。但我见得多了,估计得八九不离十。他虽然没砍成,但他的行为对社会的危害太大了,光天化日下举着菜刀跑到证监会去砍副主席,要不是保安眼疾手快……"

我站不稳了,曲航扶我。警察发现自己话多了,他收声。

我说:"我们能见见他吗?"

警察说:"可以。五分钟。你们去隔壁房间等,三号窗口。东西放我这儿,我们要检查,由我转交。"

曲航扶着我到隔壁,房间里是一排像银行那样的柜台,台子上是通到房顶的玻璃。玻璃被隔成单元,每个窗口有对讲电话。我想起了港台电视剧里的探监场面。

251

我和曲航来到三号窗口，曲航让我坐下。

一个警察押着曲斌出现在玻璃里边，警察示意曲斌坐下，曲斌没坐，警察将他按在凳子上坐下。

我看见曲斌的额头上有瘀血。

"他们打你了？"我喊。

曲斌面无表情。曲航拿起电话给我，他说爸爸听不见。里边的警察也摘下电话递给曲斌。

"你挨打了？"我问。

"同房间的犯罪嫌疑人打的。"曲斌恶狠狠地说。

"曲斌，你太冲动了，我和胡敬真的没事呀！你要相信我。"我流着泪说。

曲斌眼睛看着别处，不说话。

我说："我去想办法……你在里边顺着同房间的人，别吃眼前亏。"

曲斌不吭气。

曲航拿过电话："爸，你别……"

曲斌瞪儿子，曲航不敢往下说了。

警察说："时间到了。"

曲斌站起来，转身走了。我看见他的后脑勺上有一张脸，那张脸和他前边的冷漠脸反差极大。曲斌后脑勺上的脸泪流满面，眼巴巴地不忍离去。

我不知道是怎么和曲航回到家里的。我一头扎在床上，发愣。

曲航坐在我的床边，说："妈，咱们得想办法，爸真要被判十年，咱家就……"

我无话可说。我不知道我有什么办法。

"妈，你不是有个小学同学在法院工作吗？"曲航提醒我，"找找他，起码他能给出出主意。"

我说:"我丢不起那人。我怎么跟人家说?我说胡敬插足我家,我丈夫去劈胡敬?你别忘了,胡敬和那法官也是小学同学呀!"

曲航说:"爸都要被判刑了,妈就别有那么多顾虑了。"

我思索。

曲航吞吞吐吐地说:"妈,我觉得……毕庶乾的事……你也应该向法官咨询……"

"毕庶乾什么事?"我没明白。

"我估计,毕庶乾过几天还会向你要股票信息的。你不给,他还会拿报警威胁你。咱们不能老是让他这么……"

我认为曲航的分析有道理。

我说:"我明天上午找涂夫去,丢人就一块儿丢吧,两件事一起向他咨询。让人家说咱家成什么了,强奸加情杀。"

曲航脸红。

这天晚上,孤身一人的我躺在床上睡不着,我总算知道了,同床异梦比异床同梦强。眼见为实,心想为虚。

到五点时,我才迷迷糊糊睡着了。我梦见曲斌在拘留所里被同室的人用菜刀劈得头破血流,我冲上去从那人手里夺菜刀,那人一回头,吓了我一跳,是胡敬。

我大汗淋漓地醒了。

曲航推门进来,说:"妈,我做了早饭,在桌子上。我去找工作了。"

我坐起来,一边擦额头上的汗,一边说:"去吧,骑车注意安全。"

我先去厕所大便。大便时,我计划今天的日程,发现自己已经从闲人变成了日理万机的人:早饭后,我要先通过电话买卖股票,我估计救曲斌需要钱。然后去法院找涂夫。下午,去急救中心看米小旭。之后见胡敬夫妇,接受他们的道歉。

我坐在饭桌旁,曲航热的剩饭摆在桌子上,饭已经凉了,我的心却一热。毕竟这是儿子出生以来第一次给我弄饭。

我刚端起碗,电话铃响了。

谁还会来电话?曲斌在拘留所出事了?我扔下碗,跳起来接电话。

"喂。"我说。

"欧阳宁秀女士?"这声音有点儿耳熟。

"我是。"

"你好。我是庄先生。"

"……"

"你在听吗?"

"我遵守了我的承诺。"

"您别紧张,我给您打电话,是想和您合作。"

"合作什么?"

"咱们合作炒股,能赚大钱。"

"我已经没有股票信息了。"

"您谦虚。我们一直在关注您的股市账户,您的准确率是百分之百。这使我们备感惊讶和钦佩。遗憾的是,您的资金太少了。如果咱们联手,您出信息,我们出资金,咱们四六分成,您的收益会大幅度增加。我们拥有上亿元资金。"

"很抱歉,我已经失去了信息来源。"

"昨天上午开盘时您还在买卖股票。"

"我是昨天下午丧失股票信息来源的。"

"这么说,您的股票信息来自您丈夫?他进去后,您就断了信息?"

"……"

"欧阳宁秀女士?"

我挂了电话。他又打过来。我拿起话筒。

他说:"您如果了解我们的实力,您就不会拒绝同我们合作了。我允许您放开想象力,充分想象我们的背景,尽管往大了猜测。"

"……"

"我们已经认定你家有股票绝活儿,请你听好我下边的话:即便你不同我们合作,你也不能和别的庄家合作。否则,我们会给你颜色看的。您想帮毕庶乾先生早日成为庄家?多一个庄家,我们就多一个竞争对手,您一不留神,又侵犯我们的利益了。"

我手里的话筒掉在地上。

庄先生在监视我,我不能再用我的股票账户买卖股票了。而我现在需要钱。我还在无意中使他们误以为我是从曲斌那里获得的股票信息,他们的魔掌会伸向关在拘留所里的曲斌吗?

我的脑细胞乱得像热锅上的蚂蚁。

我到厨房,把头伸进自来水龙头下冲,给脑子里的蚂蚁降温。

我的双手扶着水龙头,眼睛盯着墙上一块已经剥离但尚未脱落的墙皮,梳理头绪。

我必须立即停止使用我的股票账户。但我不能停止通过股票挣钱,捞曲斌肯定需要钱,起码要请律师。

我的目光透过厨房的门落在门厅墙上挂着的镜框上,镜框里是我们的全家福照片。用曲斌和曲航的名字在证券公司开户?我马上否定了曲斌,我估计我刚才的话会导致庄先生关注曲斌。只有用曲航的名字开户了。这很容易,我先去银行取五万元钱,再和曲航拿着他的身份证去某家证券公司以他的名义办理开户手续。今后我就可以通过曲航的股票账户买卖股票挣钱。

我离开厨房,我感觉到我的所有脑细胞都在高喊"天无绝人之路",就像毕庶乾大学毕业时喊"毕庶乾你这个狗娘养的"一样。

好景不长,有脑细胞提出异议:能让曲航知道他有股票账户吗？万一我将来挣多了，他清楚自己的身价，对他有好处吗？经过民主表决，我的脑议会通过了不能让曲航知道用他的名义开设股票账户的决议。

　　我只有一条路可走了：去劳务市场物色一个和曲航长得比较接近的外来人口，给他点儿钱，我带他去证券公司冒充曲航开户。

　　我找出曲航的身份证。出门前，又有脑细胞提醒我：会不会有庄先生的人在楼下监视我？如果被他们跟了去，借用曲航账户炒股的计划岂不落空？

　　有一部分脑细胞建议我化装。

　　我拿剪子剪掉我头上的下半部头发，戴上曲斌的一顶帽子，再将上半部头发塞进帽子里。我用纱布缠紧乳房，穿上曲斌的一件男装，再戴上曲斌的墨镜。我对着镜子审查自己，镜子里是一个在暑天患了疟疾依然坚持工作的国民党男特务。我的脑细胞都认不出主人了。

　　我踏上征程。

　　为了迷惑敌人，我没有骑自行车，而是打的。出租车司机一直紧张地通过反光镜盯着我，他还一再告诉我他是上有老下有小的穷司机，刚给瘫在床上十八年的父亲买了药，现在身上绝对超不过五块钱。

　　我先去银行取钱。银行的两个保安从我进门后就和我寸步不离。

　　我从银行出来后，听到身后的银行保安长出气，那气几乎吹掉我的帽子。

　　我赶到劳务市场，外来人口在这里人头攒动，我物色到一个和曲航岁数差不多的男孩儿，他的鼻子和眼睛和曲航差得不太多，就是嘴巴不太像，但我觉得可以用嚼口香糖的办法迷惑证券公司。

我问他:"愿意当钟点工吗?"

"中。"他说,"大哥,干啥?"

"很轻松,人家问你这是你本人?你点点头就行了。"我掏出曲航的身份证。

"诈骗?"他吓了一跳。

"乱讲。"我说,"我儿子去外地实习,他让我去证券公司给他开户,我找一个和他长得像的人。超不过一个小时,我给你两百元。干不干?不干我找别人了。那边有一个更像我儿子的。"

"俺去。"他说。

在郊区的一家证券公司办理开户一切顺利。他们没对"曲航"发生怀疑。这得归功于他们的眼睛只认钱。

我付给外来人口两百元后离开他,走出几步我回头叮嘱他:"口香糖要吐出来,别吃下去。"

他一边往下咽一边问:"大哥你说啥?俺没听准。"

我用路边的公用电话遥控曲航账户上的五万元全部买入明天涨停的股票。

我现在该去法院找涂夫了。

第二十三章　指点迷津

在离法院不远的地方，我摘掉帽子和墨镜，放进衣兜。我摸摸后脑勺，对着路边一辆汽车的车窗玻璃照，车窗上是一只凸尾巴鹌鹑。

我对传达室的人说我找涂夫。他问我叫什么名字。他给涂夫打电话，问他见不见一个叫欧阳宁秀的人。涂夫让我去他的办公室。

"现在流行这种发型？"这是涂夫见我的第一句话。

"大概吧。"我说，"涂夫，我有件事向你咨询，是法律方面的急事。"

"请坐。你说。"涂夫给我倒水。

"嗯。"我措辞，"我丈夫昨天拿菜刀去砍一个人。"

涂夫惊讶："砍死了？为什么？"

"只蹭破点儿皮。"

涂夫松了口气："仇人？那人是谁？"

"胡敬。"我说。

"叫胡敬的还不少。"

"不是重名，就是咱们班的胡敬。"

见多识广的涂夫站起来："你是说，你先生拿菜刀去砍著名经济学家胡敬？"

我点头。

"为什么？"

"我先生怀疑我和胡敬有婚外恋。"

涂夫哈哈大笑："这怎么可能！"

"他一意孤行，无论我怎么解释，他就是怀疑。"

"拘留了？"

我点头。

"想救他？"

我点头。

"只伤了胡敬一点儿皮？"

我点头。

"你先生的家族有精神病史吗？"

我摇头。我问他："拘留所的警察说，判十年刑都有可能？"

涂夫说："故意伤害，再加上胡敬是名人，有可能。"

"我应该怎么做？"

涂夫说："除非胡敬出面替你先生开脱，即使这样，最少也会判他一年。"

我沉思。我在想我央求胡敬的成功率有多少。

涂夫问："这事给胡敬添麻烦了吧？"

我叹了口气。

涂夫说："只有受害者胡敬能帮你。"

涂夫看着我说："欧阳宁秀，你是祸不单行呀，对了，前几天还有一次你先生骑车撞伤了人家。"

我站起来："耽误你的时间了，谢谢你。"

"最近见米小旭了吗？过些天我请你们两个吃饭。"涂夫送我出门。

哪壶不开提哪壶，我赶紧走。

259

我看表，已经是中午一点半了。法院离急救中心比离我家近。我往家里打电话，没人接，曲航还没回家，我不用回家给他做饭了。我乘坐公共汽车直接去急救中心。

到急救中心后，我没敢贸然去米小旭住的病房，我先到护士值班台询问。

"麻烦您，请问昨天来的一个叫米小旭的患者病情怎么样了？"我问护士。

护士看了我一眼，说："她的病情比较严重，转到大医院去了。"

"转到什么医院去了？"我忙问。

"她的家属反复叮嘱我们，不让告诉来打听她的人。"护士耸肩。

我拖着沉重的心情缓慢走出急救中心，几辆内部健康的急救车驶出去，另几辆内部患病的急救车驶回来，医护人员在我身边忙碌着，收款台的护士收完款不停地向在急救车旁等信号的同事打着可以开始抢救了的 OK 手势。

我来到昨天胡敬夫妇往我头上喷狗血的地方，我看表，离股市收盘只有五分钟了。我坐在马路牙子上，低头看地上的一队蚂蚁。

我对于我和胡敬打赌获胜没有任何怀疑，但我估计胡敬未必会来。如果他不来，我如何去找他请他宽容曲斌？他会见我吗？就算见了，我怎么开口？

那队蚂蚁在搬运一粒体积比它们大数倍的面包屑，它们都很卖力，没有偷奸耍滑的。我估计这巨型面包屑进洞后，享用它的不是搬运它的蚂蚁，而是蚁后。蚂蚁在地球上生存了少说有百万年，我估计没发生一例跳槽事件。

一个车轮使蚂蚁前功尽弃并死无葬身之地，那车轮停在蚂蚁身上。

我抬头，一辆汽车停在我面前。由于距离很近，我看不到车窗里的人。

我一边站起来一边向后退，胡敬打开车门下车。

胡敬和昨天比变了一个人，他热情地和我打招呼："欧阳宁秀，你好。我来向你道歉！"

胡敬不等我说话，他向我鞠了一个超过九十度的躬。我看他还要继续鞠，忙伸手制止他。

我说："胡敬，你不要鞠了，我还有事求你。"

"什么事？"他问。

我说："我丈夫可能会被判刑，我想请你为他说话，他是老实人，只不过一时冲动……"

胡敬愣了一下，说："好说，好说，我会尽力而为。"

"谢谢你，胡敬。"我没想到胡敬这么痛快就答应了。

胡敬说："欧阳宁秀，你的预测太准了，简直令人难以置信。我翻过《易经》，也对八卦略知一二，你怎么能把八卦掌握得如此炉火纯青？从来没失误过？还能预测外国经济走势？你是什么时候发现自己有这个本事的？"

我不想和胡敬谈这个话题。我问他："你太太没来？"

胡敬用不屑一顾的口气说："她刚才打电话问我你预测对了没有，我说没对。我不想让她知道。她说她要来拿你的肾，我说算了吧。欧阳宁秀，你说得太经典了，女人的三围确实是品质、勤劳和智慧，我太太根本没有三围，这我最清楚。"

我伸出双手揉自己的双耳。

"但你太太有十个手指头。"我提醒胡敬。

胡敬做了一个我说出来你绝对不会相信的动作，他打了自己一个嘴巴，然后说："我太太的十个手指头比不上你一个手指头，你是金指头。"

我吓了一跳，下意识将承载金拇指的左手背到身后。

我说："你在大街上这么和我说话，不怕有人认出你来？"

胡敬说："我已经被解除证监会副主席的职务了，我现在是无官一身轻。"

"为什么？"我吃惊。

胡敬苦笑："还能为什么？米小旭告我告得有鼻子有眼，再加上你先生来找我拼命，我能不被解职？有多少人盯着股市！"

我觉得对不住胡敬。

我说："胡敬，我对不起你。"

胡敬说："没事，我本来就不想当。你可以和我一起吃晚饭吗？"

我想起了国贸之夜，我摇头。

胡敬说："你不想和我制订救助你先生的方案？"

我这才明白我不能拒绝和他共进晚餐，我产生了曲斌成为人质的错觉。

"我要给我儿子打个电话，他一个人在家。"我说。

胡敬掏出手机，他竟然牢记我家的电话号码，他给我拨号。

"通了，给。"胡敬递给我手机。

我离开胡敬和曲航通话。

"曲航，我是你妈。找到工作了吗？"我问。

"找到了，是一家汽车销售公司，卖汽车，当销售顾问。"

"真的？太好了。"

"妈，我的身份证呢？明天去上班人家要复印我的身份证，我回家找不到。"

"……对不起……在我身上……"

"怎么在你身上？"

"……我去街道给你联系接收档案的事……"

"你回来吃饭吧?我正做饭呢。"

"胡敬请我吃饭……"

"胡敬?"

"你听我说,我去向涂夫咨询过了,他说只有胡敬出面能救你爸,我要跟胡敬谈这事。"

"你一定要让胡敬为我爸说话。"

"我会的。你自己吃饭吧。别忘了关煤气。"

我回到胡敬身边,还给他手机。

胡敬给我开车门。我上车。汽车上路。正值下班时间,汽车的速度还不如自行车。

胡敬不着急,我觉得他反而嫌车开得太快。

"找一个近的地方吃吧。"我建议。

"我带你去一个我最爱去的饭馆,菜烧得很好。"胡敬说。

"你不回家吃饭,你太太不生气?"

"我和她是貌合神离,我们没有共同语言,离婚是迟早的事。"

我扭头看胡敬,他和昨天判若两人。

我说:"米小旭病得很重。"

"是吗?"胡敬没再问。

"你父亲怎么样?"

"很好,他移植肾后,身体状况一天比一天好。我还得感谢你,没有你,米小旭不会捐肾给我父亲。"

"你不用再为你父亲担心了。"我的话里有刺,我不满意胡敬对米小旭的漠视。

我想起了我母亲,我不说话了。车窗外的堵车把车流变成死水一潭。

263

一个小时后，我和胡敬才坐到餐桌旁。

胡敬点完菜后，我发现他看我的眼光不对。我用目光询问他干吗这么看我。

胡敬口吃着说："欧阳……我知道我下面的话会让你吃惊……我还断定你会由此误解我……是势利的小人……但我不管你怎么想，我都要说出来……我是执着的人……欧阳，我从上小学就暗恋你，但我一直没有机会。昨天当你和我太太在一起时，我才发现她和你根本不是一路人，你才是我的真心所爱……"

我吐了，我无论如何不能控制自己不吐。我还想起了毕庶乾对曲航下的圈套。我们母子确实生活在社会的底层，但我们不会傻到前仆后继地见套就钻。

"你不舒服？晕车？"胡敬拿出无微不至的关怀姿态。他给我递纸巾，甚至直接给我擦嘴角。

我很清楚，胡敬是看上了我的"八卦"绝活儿。有我向他提供百分之百准确的股市和经济走势，他胡敬拿诺贝尔经济学奖还不易如反掌？

我故意问他："你想怎么办？"

胡敬以为我就范了，他说："离婚，和你结合。"

我看着他，用目光给他做核磁共振。

"胡敬，我告诉你一句话。"我说。

胡敬凑过来。

我对着他的耳朵说："我瞧不起你。"

我站起来要走。

胡敬说："不想救你先生了？"

我坐下了。

一个人过来坐在我们的餐桌旁，我和胡敬抬眼看，是胡夫人。

"怎么，不欢迎我？扫了你们的兴？"胡夫人冲我冷笑，"看来我要向你先生道歉，他应该劈死胡敬！"

"你跟踪我？"胡敬勃然大怒。

"这不叫跟踪，是拯救你！你身为副主席，竟敢在外面胡来！"胡夫人声色俱厉。

"我已经被免职了！"胡敬亮出我是流氓我怕谁的架势。

胡夫人愣了片刻，说："只要你的档案不拿到街道去，我就不会让你顺了心！我找你的领导告你，有人能管你！"

我突然体会到报复的快感，昨天还是她和胡敬联手对我横加凌辱，今天就变成了她势单力薄如丧家之犬。

我伸出自己的九个手指头，翻过来掉过去看。

她被激怒了："胡敬，你丢不丢人？就这个处理品你也不放过？"

我站起来："胡敬，咱们走！"

胡敬义无反顾跟我走，胡夫人坐在地上大哭撒泼。

天已经黑了。我和胡敬钻进汽车后，胡敬一把抓住我的手，他把嘴凑过来。

我啐了他一脸唾沫。这也是一种吻。只要和唾沫沾边儿，都算吻。随地吐痰是吻地球。我推开车门下车时，竟然冒出这样的念头。

胡敬也下车，他说："欧阳宁秀，咱们做个交易：我为你先生说话，你向我提供几个我需要的经济信息。怎么样？"

我说："可以，但只能电话联系。我不想再见到你。"

我到路边叫出租车。

我进家时，看见曲航趴在桌子上睡着了。桌上放着他做的饭菜。

曲航醒了，他说："妈，你吃饭吧。你的头发怎么了？"

我说："头发这样凉快。你怎么知道我没吃饭？"

曲航笑:"爸被拘着,你跟胡敬一起能吃得下饭?"

我大口吃儿子给我做的没味儿的饭,极香。

曲航告诉我,那家汽车销售公司的主管挺欣赏他。公司的人告诉曲航,销售顾问的职责是说服顾客买汽车。干这行,形象最重要,这形象不是长得好那种形象,而是让顾客看了觉得厚道可信,敢掏钱。长得特好的人反而容易让顾客起疑。曲航的形象属于老实巴交能让顾客打开钱包那种。

第二天,曲航兴致勃勃地去上班。我在家拿他的账户买卖股票。中午,我去拘留所看曲斌,曲斌不见我。据一个警察说,检察院正准备起诉曲斌,曲斌会被移交到法院去。我问他是哪家法院,警察说了涂夫所在的法院的名字。我觉得这是不幸中的万幸。

下午,我在家给涂夫打了电话,告诉他曲斌的案子在他所在的法院审,涂夫说他会关照曲斌的,他还叮嘱我一定要让胡敬为曲斌说话。

此后的几天,我每天轮流去全市各大医院打听米小旭,我无功而返。邻居告诉我,有个男人来找过我几次。我判断是胡敬。

这天下午,我刚进家门,电话铃响了。我拿起话筒。

"我是毕庶乾。未来亲家母你好。"对方说。

我不说话。

"你神了,我的四百万已经变成七百万了!我要给曲航买一辆汽车!"

"我们不要。"我说。

"我需要新的信息。"

"我已经说过了,只有一次。不会再有下次了。"

"我报警了?"

"随你的便。"

"欧阳宁秀！你的儿子葬送了我女儿的前程，如果你不给我股票信息，我不会放过你和曲航！"

我突发奇想。我说："能让我考虑五分钟吗？"

毕庶乾高兴了："你是明白人。五分钟后，我再给你打电话。"

我找出证券报，一边咬牙切齿一边用金拇指挨个测股票。一只名为"台江笔业"的股票脱颖而出：后天破产。

证监会已经出台了上市公司破产国家不再管的政策。

我恶狠狠地坐在桌子旁等毕庶乾的电话。我要给曲航报仇。要给曲斌报仇。真正激怒曲斌使他丧失理智的是曲航与毕莉莉早恋导致曲航被学校开除。

毕庶乾很守时。

"想好了？"他问。

"你不能告曲航。"

"这要看你怎么做。"

"买台江笔业。"

"涨停几天？"

"从后天起，连续涨停两天。不要告诉别人。"

"我一定要给曲航买汽车，谁也拦不住。"他得意忘形地说。

放下电话后，我的眼睛也往外喷了一次天然气火焰。

有敲门声。我估计是胡敬，我不能开门。但门外的人不依不饶地敲。

我在门后说："胡敬，我不是说了吗，以后咱们只能电话联系，我不想见你了！"

门外说："我不是胡敬。我是米小旭的丈夫。"

我赶紧开门。门外是米小旭的丈夫，他捧着一个骨灰盒。

他说："米小旭昨天死了。她在遗嘱里说，她的骨灰安放在欧阳宁秀家。"

"小旭死了？怎么会？"我放声大哭。

他把骨灰盒放在我手上，说："善待小旭吧，确实是你和胡敬害死了她。否则我不会让你和胡敬好过的。恶有恶报。"

第二十四章　两条人命

关上门后，我跪在地上，抱着米小旭的骨灰盒泣不成声：

"小旭，谢谢你给了我向你说实话的机会。如果我这辈子不能把实情告诉你，我死不瞑目呀！小旭，我和胡敬什么事也没有，我知道你对我和胡敬之间的关系的猜测伤了你的心，其实，咱们看高了胡敬。我现在最庆幸的，就是没嫁给胡敬这样的人。曲斌和胡敬相比，那是天壤之别呀！我是偶然发现自己的大拇指指甲盖能预测股票的，小旭，请你原谅我，我真的不敢说呀！我连自己的家人都不敢告诉。即使这样，我现在也到了叫天天不应叫地地不灵的境地：你死了；曲斌被拘留了；曲航被开除了；胡敬被解职了；毕庶乾威胁我；庄先生恐吓我……小旭，你不觉得我这活着的人比你还惨吗？小旭，从前没人理我呀，如今怎么这么多人缠着我？小旭，你生前是我让你觉得世界不美好了，你死后我要补偿你，我发誓我迟早要耗资千万元给你修墓，就建成证券公司的造型，你在里边随心所欲地炒股，会朋友。小旭，你先住在我家，委屈你了。等有一天我给你造好了墓，我送你到那里下榻……小旭……我求你原谅我……求求你……你说话呀……"

米小旭不说话，她依然不原谅我。

晚上曲航下班回来，他一眼就看见了米小旭的骨灰盒。

"妈，这是什么？"曲航问。

"你米阿姨。"我说。

"米阿姨死了？"曲航惊愕。

我点头。

"怎么会？"曲航发愣。

"摘除一个肾，再加上怒火攻心，怎么不会？没听说诸葛亮气死周瑜的故事？周瑜还有两个肾呢。"我说。

"她的骨灰怎么在咱家？"

"她立下遗嘱，骨灰安放在咱们家。"

"这怎么行？！"曲航急了，"我给她家送回去，要不送到公墓去？"

"不行，就让她住在咱家。"我说。

"妈！"曲航恐惧骨灰盒。

"我对不起米小旭。这样我心里好受些。"我说。

曲航不说话了。我把米小旭安置在我的房间里。

吃晚饭时，我问曲航卖车的情况，他兴致来了，滔滔不绝地向我描述。我没跟他说毕庶乾来电话的事。

次日上午，我下楼买菜。胡敬从路边的奥迪车里钻出来。

"你干吗？"我皱眉头。

"我在这儿等了你一夜。"胡敬的脸显得浮肿，每个眼睛下边挂着一个眼袋，像我插队时村里的驴屁股后边挂着的粪兜。

"欧阳，我反复想了，我一定要娶你。"胡敬说，"你是我一生碰到的最大的机会。"

"米小旭死了。"我说。

"是吗？"胡敬说，"她的肾还活着。"

我抬手打了他一记耳光。

胡敬岿然不动。

我说："胡敬，过去我是从下边往上看你……"

胡敬打断我的话："现在你是从上边往下看我，这是肯定的，哪个经济学家能百分之百预测经济？你不光从上往下看我，你是从上往下看全世界所有经济学家。"

我说："别的你就不用想了，还是咱们那天商定的交易：你开脱曲斌，我向你提供一次预测。"

"三次。"他说。

"两次。"我讨价还价。

"成交。"胡敬说，"我先要一个月的全国经济走势。"

"明天上午你来电话。"我说，"曲斌的事……"

"检察院和我预约了今天下午向我了解情况，我会为你先生开脱的。"胡敬说。

我头也不回地去买菜。

第二天上午，胡敬打来电话。我告诉他信息。

"这么精确？"胡敬吃惊小数点后边有三位数。

"你跟检察院怎么说的？"我一手交钱一手交货。

"你如果在场，肯定满意。"他说。

我刚挂电话，就听见敲门声。

我开门，门外是哭成泪人的毕莉莉。

"你……"我不知所措，认定毕莉莉遵父命来纠缠曲航了。

毕莉莉说："阿姨，我爸跳楼自杀了。他昨天用全部钱买了台江笔业，今天一开盘，台江笔业宣告破产。我爸直接从位于十三层的证券公司大户室跳楼了。"

我呆了，我身上已经有两条人命了。

我让毕莉莉进来。

毕莉莉扑通一声给我跪下了："阿姨，我是单亲家庭，爸爸一死，我就举目无亲了。求您看在我和曲航相恋一场的份上，收留我吧！"

毕莉莉抽泣着。我想扶起她，没想到我的力气不够，我坐到地上。毕莉莉反过来扶起我。

都是女人，再说，是我间接害死了她爸爸，我除了接纳她，别无选择。

我说："我同意。你先回去，等曲航下班回来，我再征求他的意见。"

"曲航上班了？"毕莉莉问。

"在一家汽车销售公司。"我说。

毕莉莉走后，我一头扎进厕所，靠在墙上抬头看吊死我母亲的那根下水管，我反复端详它，看了七个小时。直到曲航回家。

曲航一进家门就发现我神色不对："妈，出什么事了？爸的事？"

我说："毕莉莉上午来了。"

曲航紧张："来闹？"

"她爸爸今天上午在证券公司跳楼自杀了。"

"为什么？"

"前天他给我打电话要股票信息，我不给。他说不给就去告你。我一气之下，给了他即将破产的股票。他昨天把所有钱都买了今天破产的股票。"

"活该。"

"他受不了刺激，当时就跳楼了。"

"死了？"

"死了。"我叹气，"早知道这样，我不会告诉他。"

曲航问："毕莉莉来找咱们算账？"

"没有，这孩子没说一句埋怨我的话。她说没亲人了，想让咱们收留她。挺可怜的。"

"您答应她了？"

"我说要和你商量。"

"我听妈的。"

我看出曲航愿意接纳毕莉莉。

"你给她打电话吧。"我说。

次日，曲航将毕莉莉接来了。老实说，像毕莉莉那样生活环境好的女孩儿，能不嫌弃我家的简陋，我还由此真对她刮目相看了。

用今天的话说，毕莉莉的加盟，给我家增添了生气。她帮我做饭，打扫房间，和我聊天，全然没有娇贵的做派，我已经喜欢上她了。

第二十五章　无处藏身

几天后，曲航下班回家给我拿来一张报纸。

"妈，你看看这个。"儿子把报纸递给我。

我看到头版头条的标题是《著名经济学家胡敬大胆预言国家经济走势》，我看那文章，我提供给胡敬的数据赫然刊登在报纸上。文章还说，大多数经济学家不同意胡敬的预测。

我清楚胡敬会因此声名大振，我还清楚他会再接再厉向我要信息。我心里拿定了主意，只要曲斌的案子结了，我不会再搭理胡敬。现在我还需要胡敬为曲斌开脱。我承认我这样做比较那个，但我别无选择。

我发现我突然变得忙了起来，用门庭若市形容我家，不过分。

胡敬一天也没有停止纠缠我，他不是在楼下伏击我就是打电话给我，从前天起，他雇花店的员工每天上午给我送一束鲜花。过去，每当我从小说和影视中看到女人收到男人送来的鲜花时，我都羡慕不已。如今，我看着胡敬送来的鲜花，觉得恶心。我让毕莉莉把花扔掉，她舍不得，说花又没错。

送花的刚走，又传来敲门声。毕莉莉开门。

"您找谁？"毕莉莉问。

"我找米小旭。"一个男人说。

我赶紧从房间里出来。门外站着米小旭的丈夫。

"我来看看小旭。"他对我说。

我虽然知道他是来给我添堵的,但我只能请他进屋。他见到米小旭的骨灰盒后泣不成声。

毕莉莉站在我身后看他。我让毕莉莉去厨房择菜。

米小旭的丈夫从包里掏出一堆纸,他对着骨灰盒说:"小旭,我来看你。你在欧阳宁秀家过得怎么样?她和胡敬又欺负你了吗?你怎么会选择在她家定居呢?我给你带来了喜欢的东西,你慢慢享用吧。"

我看那些纸,是冥钱。纸上还有汽车、手机、蛋糕……他还拿了一张证券报。

他拿出打火机,在我的房间里烧纸。我没有阻拦他。毕莉莉闻到烟味儿跑来看。

"你怎么能在家里烧纸!"她谴责他。

"你没给你爸烧纸?"他瞪毕莉莉。

毕莉莉一愣,我也吃惊他竟然知道毕莉莉的底细。

"认贼作父不好。"他一边烧纸一边嘀咕。

毕莉莉想越过我去和他理论,被我拦住了。

他走之前对我说:"以后我每三天来给小旭送一次东西,打扰了。"

他开门走时,过堂风把纸灰吹满我家的每一个角落。

电话铃响了,我拿起话筒。

"欧阳宁秀吗?你好,我是康巨峰。"对方说。

"你好,怎么想起给我打电话了?"我说。

"昨天我有事去找涂夫,听他说你最近不太顺,有什么需要我帮忙的吗?"康巨峰热情地说。

"谢谢你,目前没什么需要。"

"你别小看我这个报社总编,我的能量不比胡敬差。到底是怎么回事?你先生拿着菜刀去砍胡敬,真实原因是什么?我想帮你救他。"

我觉得康巨峰的话有道理,他的路子肯定广,除了金拇指,我尽可能详细地将过程告诉他。

我万万没想到康巨峰把我们的通话录了下来。次日,当曲航下班拿给我《午报》时,我一看标题就把那报纸撕得粉碎:《本报独家报道:卅年前青梅竹马种下祸根 下岗工刀劈证监会副主席 三角早恋卅年后气杀以肾代心痴情女》。

我给康巨峰打电话,他的秘书问明我姓甚名谁后,说康总永远不在。

"卑鄙!"我怒不可遏。

曲航宽慰我:"妈,你别生气了。这些媒体,只要能扩大发行量,连亲爹的隐私都敢抖落,何况小学同学了。"

从此我只要出家门,我的全身上下左右前后都被邻居的目光封闭得水泄不通。

吴卫东、庄丽、窦娟、代严、白京京、乔智……争先恐后给我打电话问寒问暖,窦娟还说你和胡敬结婚时千万别忘了通知我们。

热火朝天的日子不好过。

上午我去看曲斌,曲斌警告我:"如果你的那个姓康的同学再来捣乱,我出去第一个杀他!"

我问警察是怎么回事,警察说《午报》总编亲自带着记者来采访曲斌,警察和曲斌都不同意。康总编就找警察的上级,上级发了话,曲斌不见也得见。在采访中,遇到曲斌不愿回答的问题,康总编就说在这里你必须回答,我们有协助警方破案的义务。当时曲斌咬碎了两颗牙,都是智齿。

中午回到家里,我看见曲航在家,我问他:"今天这么早就下班了?"

曲航说:"我被老板炒了。"

"为什么?"我问。

曲航说:"我卖的这种车有个质量问题,行驶时跑偏。我将这个问题告诉了一个客户,我看那客户不是大款,攒点儿钱不容易。老板知道了,就把我炒了。"

我说:"曲航,你做得对。"

毕莉莉说:"我也说曲航做得对。"

电话铃响了,曲航接电话。

"妈,找你的,是涂夫。"曲航将话筒递给我。

涂夫说:"欧阳,你有时间吗?能不能马上来一趟?"

"我这就去。"我放下电话二话不说就走。

在楼梯上,我碰到了来我家烧纸的米小旭的丈夫。我赶紧回身给他开门,并叮嘱曲航和毕莉莉务必给他提供方便。

我赶到涂夫的办公室。

涂夫开门见山:"欧阳宁秀,你要我帮忙,你就得对我说实话。"

我以为他怀疑到金拇指了,忙说:"我撒什么谎了?"

"你和胡敬到底有没有关系?"

我松了口气:"绝对没有。"

涂夫摇头:"你没说实话。欧阳,你这个忙,我帮不了了。"

我赶紧发毒誓说我如果和胡敬有关系我断子绝孙。

涂夫不紧不慢地说:"刚才胡敬来找我,他拜托我想办法从重判曲斌。"

我傻了。

涂夫说:"其实,我已经从检察院的起诉书上看到胡敬的态度了,他对检察官说,曲斌严重危害他的人身安全。"

我看着涂夫的喉结，上小学时，他脖子上没这个编制。

涂夫说："我问胡敬为什么要这样，他说他爱你，他无论如何要和你结婚。他还说，你们已经有了关系……"

"放屁！"我感到受了莫大的侮辱。

涂夫问："你真的和胡敬没事？"

"涂夫，你一定要相信我，我怎么会和胡敬这种人有事？"我说。

"是呀，我也觉得胡敬不会看上你……"

"是我看不上他！"我大喊。

有人听见喊声推门进来问："涂副院长，没事吧？"

"没事没事。"涂夫冲手下摆手。

我这才知道涂夫是副院长了。

"欧阳宁秀，是你看不上胡敬？"涂夫难以置信地拍自己的头。

我说："难道不是胡敬亲口对你说他要和我结婚？我说过吗？"

"不可思议。不可思议。"涂夫站起来来回走，"欧阳宁秀，突然之间你身边发生这么多事，我还从报上看到米小旭死了，说是被你和胡敬气死的。欧阳宁秀，你肯定有什么秘密没告诉我，能是什么？你在你家发现了一大捆唐朝的字画？"

我说："涂夫，请你告诉我，如果你帮忙，曲斌能判多少年？如果你不帮，又能判多少年？"

"我帮，判五年。我不帮，判十年。"涂夫说。

我给涂夫跪下了："我求你帮我。我可以给你十万元。"

涂夫扶起我："欧阳宁秀，我答应帮你。钱我一分不要。那是受贿，按现行法律，十万元能要我的命。对了，你哪儿来的十万元？我记得上次同学聚会时你说你家经济很困难呀！"

我无话可说。涂夫眯起眼睛看我，他调用的分明是法官审视犯罪嫌疑人的专用目光。

涂夫送我出门时说:"欧阳宁秀,既然我答应你了,曲斌的事我一定帮忙。但作为老同学,我有句话要说,不义之财千万不能要。"

涂夫以为我不是抢过银行就是盗过古墓。

走出法院后,我不知为什么回头看涂夫办公室的窗户。涂夫果然站在窗口看我。我直觉他会调查我,尽管这不在他的职权范围内。他可能是出于对同学的关心,也可能是职业病,发现坏人就想办掉。

我一边走一边心说:"涂夫,任你再怎么精明,你也想不到金拇指。"

在我家楼下的单元门口,胡敬的老婆拦住了我,她身后是两个彪形大汉。

她问我:"胡敬在你家吗?"

我不回答她。

她说:"欧阳宁秀,你毁了我的家,也毁了胡敬。你是一个妖女、巫婆,什么八卦,全是迷信妖术!我告诉你,如果胡敬在一个星期内再不回家,我就给你颜色看。我说得出来做得出来,你别忘了,我可练过柔道!"

她一挥手,走了。两个大汉簇拥着她。

我抬头往楼上看,所有窗口都夹着容光焕发唾液欲滴的人头。没有一个窗口挂遮羞布,都赤裸裸地露着。

我走到家门口没有掏钥匙开门,我怀疑胡敬在我家等我。我将耳朵贴在门上听里边的动静。

毕莉莉说:"曲航,报上说了,你爸肯定会被判刑。胡敬这么追你妈,你妈守得住吗?"

曲航说:"你胡说什么?我妈特烦胡敬,还打过他一个嘴巴子呢。"

279

"电视剧里打过嘴巴的，剧终前都结婚了。"

"生活不是电视剧。"

"胡敬可是名人，以你妈的条件，我估计她迟早会和胡敬好。曲航，你说胡敬看上你妈什么了？"

"那还用说，当然是我妈会用八卦推算股票。"

"如果你妈和胡敬结了婚，你妈的绝活儿就落到胡敬手里了。咱们没有大学文凭，今后找工作都难。"

"……"

"你应该让你妈把八卦传给你，咱们也有了谋生的手艺。"

"……"

"你妈整天这么东跑西颠的，心情又不好，万一撞到汽车上，绝活儿不就失传了？"

"你瞎说什么？"

"人可是说完就完，我爸身体多好，说没就没了。"

"……"

"你倒是说话呀！"

"我跟我妈学八卦。"

"她如果不传你呢？"

"绝对不会。这世界上再没第二个母亲比得了我妈对我好了。"

"万一她不教呢？"

"没有万一。"

"那如果有呢？"

"……那我就只有认了。"

我转身下楼。我清楚我进家门意味着什么。我的所有脑细胞都声嘶力竭地自责引狼入室。

第二十六章　涅槃境界

我骑上自行车，看见胡敬的奥迪刚好开过来，他显然看见了我，他驱车跟着我。我钻进一条单行线小路，把他甩了。

我漫无目的地在大街上骑车，我想去看曲斌，但他肯定不见我。我不能回家，如果我不想失去儿子的话。

大热的天，我很快骑累了。当我骑不动了时，我发现我停在闯过红灯的那个路口。

警察那句"精神有问题"回响在我耳畔。

精神病闯红灯不受处罚！别的事也一样。人类中谁可以不按游戏规则行事？唯有精神病患者。

我的脑细胞一致通过了如下决议：装疯是我目前唯一的选择。如果我还想继续活的话。

欧阳宁秀都疯了，你们还不放过她？

我决定了。我需要专业知识保佑我不穿帮。我到书店找到一本《精神病学》，我站着狼吞虎咽地看完了它。其间一个店员嫌我看书时间太长，有免费享用空调的嫌疑，她过来驱逐我。我将计就计演习了一次：我抬起封面让她看清书名，然后冲她一边傻笑一边说，我今天过生日你送我什么礼物？她见状掉头就走，去那边和同事嘀咕，再不搭理我。

我受到成功的鼓舞，又将书中的重点死记硬背了一遍。

我到书店隔壁的一家小饭馆饱餐了一顿。我清楚，今后当众喝尿吃屎会成为我的护身符。

我到地摊上花两元钱买了一个小泥人。我又买了一瓶矿泉水。我把水喝光，到一个公共厕所往空瓶子里尿尿。

一切准备就绪，从前的欧阳宁秀消失了，另一个欧阳宁秀诞生了。使用同一张身份证。我回家。

我站在家门口运气，告别过去。我敲门。

曲航开门："妈，你没带钥匙？"

我闪身进屋，神秘地说："孩子，我把你爸捞出来了！"

"真的？涂夫帮的忙？"曲航看我身后，"爸爸在哪儿？"

毕莉莉也往我身后看。我警惕地看看外边，迅速关上门，将右手食指放在嘴唇上，示意他们说话小声点儿。

"劫狱？"曲航惊讶。

我从衣兜里掏出小泥人，放在桌子上，说："你爸在这儿。看他瘦的。现在好了，曲斌，你回家了，我天天给你做好吃的。曲航，还不快和你爸打招呼？对了，曲斌，这是曲航的女朋友。"

曲航和毕莉莉面面相觑。

我打开手里的矿泉水瓶盖，对毕莉莉说："莉莉，你去拿四个杯子，我买了酒，咱们庆祝庆祝。"

毕莉莉看曲航，曲航冲厨房努嘴，毕莉莉去拿杯子，曲航趁机跟过去。

我佯装和泥人曲斌说话，我听见曲航在厨房和毕莉莉分析我。

曲航说："我妈精神可能受刺激了。"

毕莉莉说："刚才出去时还好好的呀！"

"大概又碰到什么事了。这些日子，也真够我妈受的。"

"你去问问邻居，是不是在楼下遇到的事？"

"我这就去。"

曲航和毕莉莉从厨房出来,毕莉莉把酒杯放在桌子上,我往酒杯里斟尿。

我端起酒杯,说:"为了庆祝你爸出来,咱们干了这杯!"

我一仰脖,喝干了自己的尿。

曲航和毕莉莉全吐了出来。

我问曲航:"儿子,你怀孕了?有反应了?像是怀了女孩儿吧?我就喜欢女孩儿,像莉莉这样的。"

曲航对毕莉莉说:"你看着我妈,我出去问问。"

毕莉莉往后退了一步,和我保持一个缓冲的距离。她看我的眼神很恐惧。

我冲她傻笑。我每笑一次,她就往后退一步,直到靠墙背水一战。平常我笑没人害怕,怎么被人怀疑是精神病后连笑都成了凶器。

曲航回来对毕莉莉说:"邻居说,刚才一个女的带着两个大汉把我妈堵在单元门口,威胁我妈。"

"谁呀?"毕莉莉说。

"还能是谁?肯定是胡敬的老婆!"曲航跺脚。

"把你妈吓疯了?"毕莉莉说。

"准是!我妈跟我说过,胡敬的老婆练过柔道。"

"那你妈还能用八卦推算股票吗?"

"都什么时候了,你还惦记八卦!咱们得送我妈去医院检查。"

我对毕莉莉说:"莉莉,我教你学八卦吧。"

毕莉莉眼睛发光。

"你过来。"我冲毕莉莉招手。

毕莉莉凑过来。

我问她:"你知道八卦的定义吗?"

毕莉莉摇头。

我说:"八卦就是王八算卦。懂了吗?这点很重要,你务必牢记,千万不要外传。"

曲航对毕莉莉说:"我妈确实得精神病了,咱们这就送她去医院。"

我瞪曲航:"你胡说什么?你妈这不好好的吗?有儿子说妈是精神病的吗?"

曲航哭了。毕莉莉也哭了。曲航是伤心地哭。毕莉莉是痛心地哭。

曲航和毕莉莉哄着我去了医院,那医生不知是为了创收还是真的医术低劣还是我的表演太到位,他很快就诊断我患了精神分裂症,给我开了八百元钱的药。

"用住院吗?"曲航问。

"如果她对他人没什么危害,暂时不用住院,吃我开的药就行了。住院她会很受罪,里边什么精神病都有。在家治疗效果更好。"医生说。

我记住我不能危害别人,比如拿菜刀假装要砍人。我绝对不能被送进精神病医院,我会被病友吓破胆。

回到家里,已经是晚上十一点了。我从来没这么放松过,想笑就笑,想哭就哭,想说什么就说什么。自从毕莉莉来我家后,我连放屁都不好意思当着她放,很憋气。现在好了,我可以当着她使劲儿放,连有没有痔疮都能听出来。不管我怎么做,曲航和毕莉莉都觉得是天经地义。我终于明白了,在地球人类中,真正享有自由的是精神病患者。

曲航通宵未睡,他怕我出意外,一直守着我。而毕莉莉对我的态度则是一百八十度大转弯。曲航是个好儿子。我知足了。我要用金拇指把我的儿子变成亿万富翁,我无须隐瞒,我可以公然告诉他,而且是当着毕莉莉的面。当精神病真爽，心里怎么想，嘴上就可以怎么说。我想起我过去看过的一本书上有句外国谚语："实话是我们最宝贵的东西，所以我们应该节省着用。"那是，不节省就都成精神病了。

次日早晨，我对曲航说："儿子，妈要让你当亿万富翁，妈说到做到，你信吗？"

曲航泪流满面："妈，我信。我信。"

"你呢？"我问毕莉莉。

毕莉莉瞪了我一眼，说："做梦吧您。"

曲航斥责毕莉莉："你怎么跟我妈说话呢？"

毕莉莉撇嘴："她能听懂？"

"那你也不能这么跟我妈说话！"曲航喝道。

毕莉莉把手里的碗摔到地上："曲航，你妈把我家害得家破人亡，她是罪有应得！就算我爸利用我设套算计你，他就该死吗？你妈让我爸买破产的股票，你妈的心是怎么长的？"

曲航扑过去和毕莉莉撕打起来。毕莉莉砸完我家的所有碗碟后，扬长而去。从此我再没见过她。

毕莉莉走后，我几次想告诉曲航我是装精神病。但我都忍住了。曲航知道了实情，肯定对我装疯不满。再说了，没有精神病给我当护身符，我如何招架胡敬他们？

毕莉莉走后没一个小时，米小旭的丈夫来给米小旭烧纸。我对他说："妹夫，你这么和小旭两地分居，我心里怪难受的，你别难为情，咱们又不是外人，何况你和小旭？这么着吧，我给你关上门，你和小旭尽管小别胜新婚。"

他惊愕地看着我，拿冥纸的手直哆嗦。

曲航凑过去对他说："我妈疯了，精神分裂症。"

他再看我，我傻笑。他拔腿就走。

比较难对付的，是胡敬。我决定主动出击。

我给胡敬打电话。

"胡敬吗？我是欧阳宁秀，我要见你！"我说。

"真的？什么时候？"

"现在，你现在来我家。"

"我马上去！"胡敬很兴奋。

曲航在一边叹气。

"妈，你吃点儿药。"曲航给我拿药倒水。

"妈又没病，吃什么药？"我说实话。

"营养药，专给没病的人吃。"曲航骗我。

"你吃一粒我看看？"我试探曲航的孝心。

曲航二话不说，抓起一把药就往嘴里放。我赶紧拦住他。

"我的药，你干吗吃？欺负妈？"我说。

我当着曲航吃了药。

胡敬捧着一大束花来了。我笑脸相迎。

"欧阳宁秀，你好。这是你儿子？叫什么名字？"胡敬看曲航。

我说："大儿曲航，小儿胡敬。哈哈，反动？"

胡敬一愣，说："你可真幽默。"

我说："胡敬，我想和你结婚，从三岁时就想，真的。咱们现在就结？你也别和你太太分手，让她和你继续，行不？还有米小旭，虽然少了一个肾，也可以和你一起……"

胡敬瞠目结舌，他看曲航。

曲航哭着说："昨天你妻子带了人来骂我妈，我妈就疯了。"

胡敬迟疑地问："去医院看了吗？"

"看了，医生说是精神分裂症。"曲航擦眼泪。

我趁热打铁，上前拉住胡敬的裤腰带："我要娶你！我现在就要娶你！我给你的嫁妆就是八卦，知道八卦吗？纯棉的，穿着特舒服，吸汗。你不是历史学家，你不懂西汉，知道刘邦吗？不晓得？霸王别姬你总应该知道吧？也不知道？文盲呀你！想来小旭了？你跟我来，她在里边等你。"

胡敬夺路而逃。

"敬，小敬！敬敬！！你回来！"我在家门口冲楼梯喊叫。

胡敬竟然打不着车，楼下传来马达被虐待的声声惨叫。

此后，我平均每天给胡敬打二十个以上电话，骚扰他。直到他更换电话号码。

我还在曲航的陪同下到《午报》社找康巨峰。开始曲航不让我去，我威胁他说那我就不吃药了，曲航只得妥协。我去找康巨峰有两个目的，一是痛骂他，出气。二是借助他的报纸向社会宣布我疯了，省得庄先生们还在我身上费心。我还担心涂夫暗中调查我办我，他看了报纸知道我疯了，应该罢手。

遗憾的是我的第一个目的没有达到，康巨峰脸皮相当有基础，骂不红。我专门找了他们吃午饭的时机，闯进报社的食堂当着康巨峰的下属往他身上喷狗血，没想到康巨峰不但满不在乎，还拿馒头蘸着狗血吃。我的第二个目的达到了，次日的《午报》在显著位置刊登了我疯了的消息，还图文并茂地配发了我在该报社食堂发疯的照片。那张报纸被我欣赏了整整两天，这才叫大作。传世之作。经典。

装疯的好处说不完。曲斌自从被拘留后从来不理我，当他从儿子口中得知我疯了后，当我再次探望他时，他改变了对我的态度。

曲斌隔着玻璃负疚地看着我，说："欧阳，我对不起你。我出去后，要照顾你一辈子……"

我说："你笨，你这么一个大老爷们，拿着菜刀竟然砍不死胡敬，为这我恨你一辈子。你好好在里边养着，把身体弄得棒棒的，你出来时，我在大狱门口拿着菜刀等你，你喜欢什么牌子的菜刀？麻子还是小泉？要不我给你整进口的？咱家现在有钱，真的有钱，已经有二十五万了，你怎么不信呢？曲航也不信，我怎么说这是真的他就是不信。咱俩拿着进口意大利菜刀去劈胡敬。胡敬算什么？他连你一根毛都不如……"

"时间到了。"警察宣布。

曲斌一步八回头地看我。头上只剩下一张脸。

曲斌被法院判了五年刑。涂夫是说话算数的人。

此后，我活得极其自在和快活。除了装疯，我没有向曲航隐瞒任何事，我告诉他我给他挣了多少钱，具体到分角，可他从来不信。我每天在家通过电话使用曲航的股市账户买卖股票，曲航的账户上已经有六百三十八万七千二百一十六元四角五分。我们依然住原来的房子，吃原来的饭菜，穿原来的衣服。我还省略了洗头洗脸，蓬头垢面才是真正的化妆，弄那么干净能挡得住火化？外表干净不是真干净，心里干净才是真干净。我每天只给心洗漱。我最得意的，是我和家人的安全。拥有巨额财产和拥有安全是反比关系，而我是世界上唯一不用为人身和财产安全担心的百万富翁。有一句夸奖最聪明的人的话叫作大智若愚，我是大富若贫。喷气式飞机飞得那么快靠什么？靠往后使劲儿。真想富靠什么？靠往穷那边使劲儿。你说我的话有没有道理？否则世界上就不会有败家子这种贬义词了。我相信，靠金拇指，我成为世界首富是两年之内的事。到那时，除了我，没人知道地球上的世界首富和世界首穷是同一个人。

2001 年 4 月 1 日至 8 月 5 日
写于北京皮皮鲁城堡

（全书完）

金拇指

作者_郑渊洁

产品经理_来佳音　装帧设计_何月婷　封面插画_张弘蕾
技术编辑_陈皮　　责任印制_刘世乐　出品人_曹俊然

果麦
www.guomai.cn

以 微 小 的 力 量 推 动 文 明

图书在版编目（CIP）数据

金拇指 / 郑渊洁著. -- 西安：太白文艺出版社，
2024. 10. -- ISBN 978-7-5513-2785-5
Ⅰ. I247.5
中国国家版本馆CIP数据核字第20247BQ048号

金拇指
JIN MUZHI

作　　者	郑渊洁
责任编辑	张　鑫
装帧设计	何月婷
出版发行	太白文艺出版社
经　　销	新华书店
印　　刷	嘉业印刷（天津）有限公司
开　　本	710mm×960mm　1/16
字　　数	223千字
印　　张	18.5
版　　次	2024年10月第1版
印　　次	2024年10月第1次印刷
印　　数	1-5,000
书　　号	ISBN 978-7-5513-2785-5
定　　价	49.80元

版权所有 翻印必究
如有印装质量问题，可寄出版社印制部调换
联系电话：029-81206800
出版社地址：西安市曲江新区登高路1388号（邮编：710061）
营销中心电话：029-87277748　029-87217872